胡適紅樓夢研究論述全編

图书在版编目（CIP）数据

胡适红楼梦研究论述全编/胡适著. —上海：上
海古籍出版社,2013.1 (2023,9重印)
ISBN 978 - 7 - 5325 - 6216 - 9

Ⅰ.①胡… Ⅱ.①胡… Ⅲ.①胡适（1891～1962）—
《红楼梦》研究 Ⅳ.①I207.411

中国版本图书馆 CIP 数据核字（2012）第 010386 号

胡适红楼梦研究论述全编
胡 适 著

上 海 古 籍 出 版 社 出 版 发 行

（上海市闵行区号景路159弄1-5号A座5F　　邮政编码201101）
（1）网址：www.guji.com.cn
（2）E - mail：gujil@ guji.com.cn
（3）易文网网址：www.ewen.co
浙江临安曙光印刷有限公司印刷
开本 850×1168　1/32　印张 10.5　插页 4　字数 250,000
2013 年 1 月第 1 版　2023 年 9 月第 6 次印刷
印数：6,051—6,850
ISBN 978 - 7 - 5325 - 6216 - 9
Ⅰ·2442　定价：48.00 元
如发生质量问题,读者可向工厂调换

胡適像

（一九二一年摄）

陸長庚西星的年歲

續藏經收有陸西星的《楞嚴經說約》一卷，《楞嚴經述旨》十卷。他自己的述旨題跋尾題「萬曆二十九歲次辛丑夏四月，八十二翁淮海陸西星長庚書於邗江舟中」。辛丑是一六〇一年，他八十二歲，當生于正德十六年辛卯（一五二〇）庚辰。

又有同一年二月朔中州戴李戴仁夫「刻《楞嚴述旨》題跋」，其中說他「臨褐時，」蓋仕揚之興化，別號興邑方時士曰陸長庚氏者。

胡適手稿

出　版　说　明

　　胡适(一八九一———一九六二年)字适之,初名洪骍,安徽绩溪人,幼时在家乡私塾接受传统的启蒙教育;一九○四年十四岁时到上海,就读于梅溪学堂,次年转澄衷学堂,一九○六年考进中国公学;一九一○年赴美国留学,初入康奈尔大学农学院,后入文学院;一九一五年进入哥伦比亚大学,一九一七年获得哲学博士学位。他于一九一六年在美期间即提出"文学革命"的主张,后写成《文学改良刍议》一文;一九一七年返国后,执教于北京大学,并参加《新青年》杂志的编辑工作;一九二八年至一九三○年就吴淞中国公学校长职;一九三一年至一九三七年曾长北京大学文学院;一九三八年至一九四二年出为驻美大使;一九四五年至一九四八年担任北京大学校长;一九五七年当选为台湾"中央研究院"院长。

　　胡适一生的学术研究,涉及哲学、历史、文学,领域颇广;《红楼梦》研究为其治学的一个方面。一九二一年起,他陆续发表关于《红楼梦》考证的论著,成为"新红学"的开创人之一;以后四十年中,他始终未放弃这方面的研究,直至其逝世前两日仍在致友人书中谈及《红楼梦》问题。本集除将其有关《红楼梦》的专题论著悉数收入外,并从其笔记、书信、日记、演讲、谈话中广为辑录,庶一编在手可遍览作者在这一领域内的毕生论述,以省红学研究者查觅搜集之劳。

本集收录的篇什,按写作年月先后排列;个别写作时期不详者,列在有关文章之后。为保存原作面貌,对以《红楼梦》为专题的论著,除改正文中明显的错字外,未在内容及文字方面作任何更动;其自非专论《红楼梦》的著述中辑录者,则只删节其与《红楼梦》研究无关的部分,并在篇名后加"节录"字样。至于文后的写作年份,作者或用公元,或用民国纪元,颇不统一;为免误会,一律改为公元。

本集旨在求全,题名为《胡适红楼梦研究论述全编》,或见闻未周,仍有遗漏,希望读者惠为提供篇目,将在重版时补入。

上海古籍出版社

一九八六年九月

目　　录

与顾颉刚书

颉刚兄：

近作《红楼梦考证》，甚盼你为我一校读。如有遗漏的材料，请为我笺出。

你若到馆中去，请为我借出：

昆一，《南巡盛典》中的关于康熙帝四次南巡的一部分。
潜三，《船山诗草》八本。

你若此时不能到馆，且不必亟亟。附上我的借书证。

适　一九二一.四.二

（载《学术界》第一卷第一期）

附　　录

顾颉刚在胡适信上的眉批

我接到了这封信，就到北大图书馆里去翻。不幸《船山诗草》找不到，《南巡盛典》是专记乾隆朝的。就在馆里写一封信给适之先生，说，明天当到京师图书馆去找。又记得扫叶山房《文艺杂志》里引《寄蜗残赘》一则，说雪芹之孙曹瑞因逆案灭族，亦带说了。这信不曾留稿。当下送信人带归一片，因为我已不在

馆了,没有看见。后来到馆觅到,这上说:

> 谢谢。便中请为留意曹家事。但不必使此事占去你的光阴。你说的笔记是什么笔记? 乞告我。

适　一九二一.六.七
（载《中华文史论丛》一九八一年第四辑）

与顾颉刚书

颉刚兄：

　　顷复一片后，偶忆及曹纶似系林清"逆案"内人，检查果然。附上札记一则，请看。

　　我想一考高鹗。此人在嘉庆辛酉已为"侍读"，不知有法子考出他的籍贯与中进士入翰林的年月吗？有清代"进士题名录"一类的书可查吗？此人中进士当在乾隆庚戌（五五）与嘉庆辛酉之间，闻国子监有进士刻石，今天本拟去查看，不幸我从雍和宫出来时天已晚了。若有"题名录"一类的书，便可有此一行（《耆献类征》无高鹗传）。你明日若寻得着《船山诗草》，请钞他"赠高兰墅鹗同年"一首诗的全文。此诗当在乾隆戊申以后。

　　曹栋亭有《栋亭诗钞》，今不知有传本否？

适　一九二一. 四. 三
（载《学术界》第一卷第一期）

附　　录

顾 颉 刚 答 书

适之先生：

　　昨天来函读悉。

　　高鹗的名字，在国子监见到了。他是镶黄旗汉军人，乾隆六十年乙卯科的进士，殿试第三甲第一名。这与先生所设"他中进士在乾隆庚戌与嘉庆辛酉之间"的假定相合。又可见先生藏的程排本《红楼梦》上高鹗名字上模糊的一字，是"岭"字。铁岭是奉天府的属县，或泛称奉天。

张船山赠高鹗的诗，也钞到了。在《船山诗草》卷十六《辛癸集》的第十三页。做的时候，是辛酉年（嘉庆六年）九月，那时正是顺天乡试，张船山做的是同考官，亦即《郎潜纪闻》所纪高鹗搜遗卷的一回，所以他们二人在闱中相遇。诗云：

赠高兰墅鹗同年　传奇《红楼梦》八十回以后，俱兰墅所补。

无花无酒耐深秋，洒扫云房且唱酬。侠气君能空紫塞，艳情人自说《红楼》。逶迟把臂如今雨，得失关心此旧游。弹指十三年已去，朱衣帘外亦回头。

张船山是北闱中式的举人，那时是乾隆五十三年戊申；到嘉庆六年辛酉，恰是十三年。《船山集》中，与高鹗有关系的，只有这一首。诗中有"逶迟把臂如今雨"语，可见他两人向不认识。

昨天有一意外的发见，便是在《诗人征略》上得到几段曹寅的零碎话。《诗人征略》是为《耆献类征》所统编入的，不知为什么却漏了这一条。这条说：

曹寅：

字子清，号栋亭，汉军人，官通政使。有《栋亭诗钞》。
其诗出入于白居易苏轼之间。（《四库提要》）
曹子清好射，以为读书射猎，自无两妨。（《有怀堂集》）
摘句
"晓镫寒无光，驱马别亲故。"

"忽开孤幛晓,独坐白云寒。"

"两间存正气,一脉掠隆中。"(文山祠)

"酒人辞易水,柳色到西京。"

"礼法世难拘阮籍,穷愁天欲厚虞卿。"

"五月江涛新战水,百年篱落旧栽花。"

我看见了这一段,立刻去寻《四库全书》;那知《四库》里没有,只在《提要》上《别集类存目》十一里找到一节:

> 《楝亭诗钞》五卷,附《词钞》一卷。江苏巡抚采进本。
>
> 国朝曹寅撰。寅有《居常饮馔录》,已著录。其诗一刻于扬州,计盈千首;再刻于仪征,则寅自汰其旧刻,而吴尚中开雕于东园者。此本即仪征刻也。其诗出入于白居易苏轼之间。

我于是又去寻《居常饮馔录》,在《提要》《谱录类·食谱之属·存目》里找到:

> 《居常饮馔录》一卷。编修程晋芳家藏本。
>
> 寅字子清,号楝亭,镶蓝旗汉军。康熙中巡视两淮盐政,加通政司衔。是编以前代所传饮膳之法,汇成一编:一曰,宋王灼《糖霜谱》;二三曰,宋东溪遁叟《粥品》及《粉面品》;四曰,元倪瓒《泉史》;五曰,元海滨逸叟《制脯鲊法》;六曰,明王叔承《酿录》;七曰,明释智舷《茗笺》;八九曰,明灌畦老叟《蔬香谱》及《制蔬品法》。中间《糖霜谱》,寅已别刻入所辑《楝亭十种》;其他亦颇散见于《说郛》诸书云。

《楝亭诗钞》还见引于道光间的张维屏，或有可得之望。《居常饮馔录》，正续《汇刻书目》都没有，可见传世已甚稀了。在《提要》里多晓得的一件，便是曹家是镶蓝旗汉军人。

《有怀堂集》，我在京师北大两图书馆的书目上找去，都没有。先生引的《楝亭记》，不知是否在他的原书上引的？还是辗转引来的？"读书射猎，自无两妨"的话，不知就在《楝亭记》内否？

京师图书馆的《善本书目》里，有《楝亭书目》三册，是归安姚氏咫进斋的钞本书。取来一看，里边宋、元本甚多，钞本尤多。这部书没有序跋，只有起首的一个小引，道：

> 楝（通本作"拣"，误。）亭先生姓曹，名寅，字幼清，一字子清，汉军镶蓝旗人。康熙中，巡视两淮盐政，加通政司衔。此本乃其家藏书目也。无卷数，以类分隶，凡三千二百八十七种。原本无总目，今补之。

这小引不知是谁做的。幼清一字，他书没说过。在这书目上，可见他藏书的多，和北大图书馆差不多了。他的书，各类都备，宋以来笔记小笔尤多。若细心看来，定有不少的孤本。不知这种书后来散归那家。

在《楝亭书目》里，见有他自己刊的《周易本义》，一函二册。又在《观古堂书目》里，见有他刻的《施愚山全集》，那时是康熙戊子（四十七年），正是他第三次做巡盐御史的时候。

高鹗既是汉军人，谅住在北京。他的朋友程伟元，序里说"庙市"，说"鼓担"，疑心他是北京本地人，或也是汉军人。倘使这个猜想能对，则这部书的自"作"而"钞"，自"钞"而"续"，自"续"而"刻"，竟都在北京了。

我昨天到国子监去,想起这许多题名碑,我们学校里应当去拓全数份:拿一份照原样保存着,或是装成轴子;拿一份裁开,装成册子。如此,在检查上方便的多。现在立在那里看,乾隆以前已是模糊了,元、明的实在看不出了。这一宗很好的史料,不便使他埋没。将来拓好之后,我们能够从志书及文集笔记里,把各人考他一考,做成一部《元明清进士题名碑考》,更得不少的用处:第一,我们做别的考证时,参考起来便利;第二,我们可以把历来进士的境遇,学问,事业,年岁,比较来看,到底最高的科举中,所得是怎样的人才? 这种人才,能给社会上以怎样的影响?

我希望过几天再到京师图书馆里,作下列诸事的参考:

（一）康熙帝南巡虽无专书,或能在《康熙圣训》及《圣祖御制文集》、《江南通志》等书里,得些约略。

（二）把《江南通志》、《江宁府志》等书翻检随园。

（三）看《楝亭五种》有什么序跋。(《楝亭十二种》,京师馆也没有。)

（四）翻《八旗通志》,看镶蓝旗的曹家,镶黄旗的高家有什么记载。

不知先生再有别的要查么?

先生前天晚上的信上,说给我一片。这片我至今还没接到,想搁在校里了。猜想起来,或者要看这一段笔记。这段笔记,我是在扫叶山房出版的《文艺杂志》上见的;他转钞的,是蓂愚道人的《寄蜗残赘》,这想在中华书局《笔记大观》之内。这段也没有什么话,只说:

《红楼梦》一书,始于乾隆年间;后遂遍传海内,几于家置一编。……相传其书出汉军曹雪芹之手。嘉庆年间,逆犯曹纻,即其孙也。灭族之祸,实基于此。曾闻一旗下友人云,《红楼梦》为谶纬之书,相传有此说。言之凿凿,具有征引。

此与先生说的曹纻是曹寅之曾孙恰合。

学生顾颉刚　一九二一.四.四

这封信去后,適之先生来谈,谓顷到满人志锜家,询问曹寅事;不料他连这个人也不晓得。问他有无满族史书可翻,亦是没有。適之先生劝他趁现在的时候,搜集满族史料;将来要做这种事情,更困难了。但薄于历史观念的满族,恐这件事终不能行。

適之先生又述志锜的话,说满人死了,无论如何的大官,求人作传,作墓志的,总是很少。先生因想及《耆献类征》里满大臣除了国史馆所作传外,请名士握笔的确是很少。所以曹家赫赫扬扬了几代,乃无一篇传状可见,亦不足怪。

一九二一.六.七　刚补记

適之先生又问汉军可改旗否,志锜答不能。于此,可见《四库提要》、《楝亭书目小引》所谓"镶蓝"者皆误。(曹家实是"正白",见后。)

志锜为志锐之兄,光绪帝瑾妃之弟兄辈。

刚又记

(载《中华文史论丛》一九八一年第四辑)

与顾颉刚书

颉刚兄：

　　我的《红楼梦考证》已付印，全书本月即可出版，故我想把你昨天给我的信钞出作一个附录，印在《考证》之后。你若允许，请你答我一片，以后若续有所得，不妨俟再版时加入。附上我的小引，请审定。

　　　　　　　　　　　　　　　适　一九二一. 四. 五

（载《学术界》第一卷第一期）

答顾颉刚书

颉刚兄：

两信都读过了，第一信送还。此信我本想录副寄出付印，但昨得上海信，知《红楼梦》二十五日可出版，不及加入，不如留待再版时即用你的《曹寅传》作一个附录。你此时甚忙，可不必录副了。

作《曹寅传》，我极赞成。汉满的文化关系史上，纳兰成德与曹寅父子都该占一个重要的地位，都消受得起一篇好传。况且你这篇传一定可表示搜集材料的步骤与方法，可以给后来学者开一点新法门。

《曝书亭集》有许多关于曹寅的材料，送上请看。（已钞读书片四页，未钞者看折页处。）最重要的是《仪征县儒学碑》，此时曹寅年五十，可惜立碑年月不载集中，须另检；或县志有之，否则须托人去访此碑年月。查序也很重要，因此可知曹寅死在康熙四十九年与五十三年之间，这比我"康熙五十年至六十年之间"的假设更近了。

我关于你这信，有几点小注：

一、诗局即是《全唐诗》局，设在扬州。《先正事略·汪绎传》："乙酉，奉命校《全唐诗》扬州。"乙酉为四十四年。查慎行的《杨中讷墓志铭》云："癸未假归，适丁父艰，服未阕，奉校刻《全唐诗》之命，开局扬州。"中讷与慎行之弟嗣瑮，皆是当时"校对官"。曹寅为"校阅刊刻官"。《全唐诗》卷首有进书表:"通政使司通政使臣曹寅,翰林院侍讲臣彭定求,编修臣杨中讷,臣潘从律,臣汪士铉,臣车鼎晋,臣谢树本,臣查士璟,庶吉士臣俞梅等上言:康熙四十四年三月十九日,奉旨颁发《全唐诗》一部,命臣寅刊刻,臣定求……等校对。于康熙四十五年十月初一日书成。……"此年月亦可纪。(校对官中尚有汪绎、沈三曾两人。书成已不在局,故未列入表内。)但《观古堂书目》所谓"三十六年",乃是四十六年之误,康熙帝《全唐诗序》年月为康熙四十六年四月十六日。叶目误四为三,似不足据。《书目答问》作"康熙四十六年敕编",可证。

"三十六年"之说固误,但扬州诗局于康熙四十八年刻成《四朝诗》三百一十二卷,五十年刻成《全金诗》七十四卷,皆见《书目答问》。可见诗局到五十年还未撤,只不知《全金诗》(此即《中州集》补本)刻成时曹寅已死否?若五十年他还在,他死的年代更易定了。

二、《江宁府志拾补》里的"尚衣监",疑即"织造"的"雅"称。

三、你考查康熙南巡次数,甚是。我初疑第一二次未到江浙,今始知不然。谢谢你。我在考证里说曹寅接驾大概不止一次,果然。

四、《有怀堂集》里《曹使君寿序》称及"董织造",你以为是曹寅的后任。但《楝亭记》中称曹玺为"其先人董三",我至今不懂。今见"董"字,颇引起前疑,似可注意,将来或可得确解。

现在听说罢工事有早日收束的希望,不知究竟如何?你此时如即欲归去,望勿使曹家事的考索阻你的行期。

适　一九二一.四.十三

(载《学术界》第一卷第二期)

附　　录

顾颉刚原书

适之先生:

我前几天到京师图书馆,原为《辨伪丛刊》去查书的,那知翻检书目时,竟把《有怀堂集》找到,于是不由得不去查曹家典故,于是连及到许多别的书,竟又找到许多考证《红楼梦》的材料。

曹家的家世,在同治十三年修的上元江宁两县志说的最详细:

> 曹玺,字完璧,康熙中督理江宁织造。织局繁剧,玺至,积弊一清。陛见,陈江南吏治极详,赐蟒服,加一品,御书"敬慎"扁额。卒于位。子寅。

> 曹寅,字子清,号荔轩。玺在殡,诏晋内刑部侍郎,仍督织江宁,加通政使,兼巡视两淮盐政。期年,贷内府金百万,有不能偿者请豁免。商立祠以祀之。

在这一段里,可见《啸亭杂录》里称他为"侍郎",原是内刑部的侍郎,依旧是内务府的官。

关于曹寅的政绩,在光绪六年续纂的嘉庆本《江宁府志·拾补》里有一节:

> 江宁机房,昔有限制,机户不得逾百张,张纳税当五十

金。织造批准注册,给文凭,然后敢织。此抑兼并之良法也。国朝康熙间,尚衣监曹公寅深恤民隐。机户公吁奏免额税,公曰:"此事我能任之。但奏免易,他日思复则难,慎勿悔也。"于是得旨永免。机户感颂,遂祀公于雨花冈。此织造曹公祠所由建也。自此有力者畅所欲为,至道光间,遂有开五六百张机者。机愈多而货愈积,积而贱售,则亏本,洋货遂得乘其弊。盖予人以瑕也。曹公颇虑及此,无如民间不解,所谓不知物希为贵耳。……

可见曹寅为政,甚得民心:盐商既祀他于两淮,机户复祀他在南京。南京又有名宦祠,自正德九年至康熙六年,仅得四十三人,而曹玺、曹寅居其二。(此大误。但志上似确如此书。或康熙间立祀,而以后屡加入耳。)因为他们做清官,又是疏财仗义,又是好买古书,又是屡办南巡行宫的差,便是不经查抄,也说不定罢官之后就穷了。

我上月在《汇刻书目》里,见《楝亭十二种》的题目下,注扬州诗局校刊,那时就很疑惑,诗局是什么机关呢? 后来在《观古堂书目》里,见一条云:

> 《全唐诗》九百卷,康熙三十六年敕编,曹寅扬州诗局刻本,版入内府。

于是想到扬州诗局当是为刻《全唐诗》而有的。但若在北京编,何以要送到扬州刻呢? 在《四库提要》上查,竟完全没有提起。要在京师馆看原版的《全唐诗》,找尽书目也没有。想诗局设在扬州,扬州志里应该有,那知嘉庆本的志里一点也没说起。(于此,可见修志时只管编录照例文字的不合。)幸在雍正本《扬州府

志·撰述门》里,有很短的一条:

> 《全唐诗》,康熙四十五年,奉旨命巡盐御史曹寅暨诸词
> 臣校刊扬州。

幸在《楝亭五种》的《集韵》、《类篇》里,见到朱彝尊的一个跋:

> 圣天子文轨之盛,包海内外,野无遗贤,终始典学。《香
> 厨》、《中簿》之盛,分授词臣编摹会粹。而通政司使,巡视两
> 淮盐课监察御史曹公奉命编荟《全唐诗》,历五年,所校旧本
> 广益三百余篇,用呈乙览。复念诗之醇疵一本乎韵,韵之乖
> 合原于六书,既锓《玉篇》、《广韵》,又求《集韵》、《类篇》善本
> 雠勘,雕印以行。……
> 康熙丙戌重九日……秀水朱彝尊跋于扬州使院。

在这个跋后,有三十二个校勘人名字:

洪嘉植(秋士)　汪　鸿(度若)　卓尔堪(子任)　孙　鲤(伯琴)
王文范(允文)　曹日瑛(渭符)　殷誉庆(彦来)　唐继祖(序皇)
吴照吉(尚中)　施　琭(质存)(施琭是施闰章的孙子)
沈嘉然(滕友)　王　楘(安节)　汪　若(上若)　余禹民(九迪)
俞养直(集之)　郭振基(元威)　杨　淯(汇南)　萧　旸(征义)
乔国彦(俊三)　巴　锦(绅庵)　刘可临(景瑶)　程　卜(枚先)
周　仪(确斋)　朱庭柏(林修)　吴贯勉(尊五)　郭正宗(鉴伦)
鲍开宗(又昭)　王朝恒(植夫)　郭元钎(于宦)　乔嘉珍(吉云)
汪　坛(易斋)　杜扬文(吹万)

在这张表里,可见当时曹家的宾客,也可知《全唐诗》的编纂人。
(误。《全唐诗》并未经其编纂。)这许多人里,有很可注意的:吴
照吉是在东园刻《楝亭诗钞》的;郭元𬭚是补辑元好问《中州集》,
经清圣祖赐名为《全金诗》的(见《四库提要》)。又内中扬州人很
多,见于《府志》的,有卓尔堪,殷誉庆,杨潜等。

又在《扬州府志·人物门》里,见一条:

> 俞梅,字师岩,秦州人。康熙四十一年进士,旋丁内艰
> 回籍。四十四年,恭迎仁庙南巡,特命充维扬诗局纂修官,
> 授编修。

那时江南在籍词臣,加入编纂的一定很多。《集韵》、《类篇》后的
校勘人,如查来没有进士在内,也许是曹家自延的宾客。

全唐诗局从康熙三十六年起(《观古堂目》。此误,见適之先
生信),至四十五年(刻《楝亭五种》时)还未散,可见也有十余年
的历史。曹寅在这里,经过很久的文艺生活;延接文人,不知多
少了。

关于南巡一事,先生考证稍有误处。第一,康熙帝曾南
巡六次,在廿三,廿八,三十八,四十二,四十四,四十六年。
宋和的《陈鹏年传》里所说乙酉南巡,曹寅救鹏年事,乃系第
五次,非第三次。第二,康熙南巡,除第一次到南京时驻跸
将军署外,余五次均系把织造署当行宫。直到乾隆十六年,
始把织造署迁出,改建行殿。当康熙己巳(廿八年)二次南
巡时,曹寅正做苏州织造,(由《有怀堂集》推得,当再看《苏
州府志》。)已经开了"以吉祥街织造署为行宫"的先例了。
所以曹寅接驾,只是奉行故事,并非因他富有,自愿做皇帝

的东道主。第三,除第三次南巡时,曹寅的官还未考定外,以下三次的情形如下:

一七〇三　　四次南巡　　曹寅任江宁织造。

一七〇四　　　　　　　　曹寅任两淮巡盐御史。

一七〇五　　五次南巡　　曹寅任江宁织造。

一七〇六　　　　　　　　曹寅任两淮巡盐御史。

一七〇七　　六次南巡　　曹寅任江宁织造。

可见曹寅遭遇不好,(此误。曹寅任两淮盐院时,织造并未交卸。)康熙帝间年一到,他的江宁织造却与两淮巡盐御史间年一任,适逢其会,至于破产倾家(此悬猜)。康熙四十九年,江宁藩库有亏空五十余万的大参案,曹寅有力支配的“内府金”,也未必不亏空。

当时织造署中的样子,在嘉庆本《江宁府志·建置门》里有一节:

行宫:

江宁行宫在江宁府治利济巷大街,向为织造署。圣祖南巡时,即驻跸于此。乾隆十六年,大吏改建行殿。有绿静榭,听瀑轩,判春室,镜中亭,塔影楼,彩虹桥,钓鱼台诸胜。

可见康熙帝所以把他屡做行宫的缘故,原为他的建筑好。(此不确。康熙帝到苏州,亦驻跸织造署。苏州织造署中,无园亭之胜也。)这许多胜景,《红楼梦》里未必不描写在内。

关于随园事,《上元江宁志》里只说:

小仓山,在上元清江门内。有随园(旧为随织造园),袁简斋先生侨寓处也。

同没有查一样。《府志》里更略，但有一句重要的话。他说：

> 小仓山在上元，疑即石头仓城地，今为袁氏地。

我疑心《红楼梦》所以借着"石头"说话，又名作《石头记》，都因南京城为石头城，小仓山又与石头城有关系的缘故。又疑《红楼梦》上的"东府"，"西府"，便是织造署和随园。织造署是他们的公廨，小仓山是他们的私园，两处常常来往。可惜没有南京城图，不能知他们的远近。又在《红楼梦》上，省亲别墅是造起来的，可见当时曹家把小仓山规画点缀之状。

《有怀堂集》卷六，有《织造曹使君寿序》一篇。张氏《诗人征略》所引的话便在内。这文开首记书籍之重要，无大关系。下云：

> 以余所见，三韩（三韩当然是误）曹使君子清乃诚善读书者。其取之博，盖七略，四部，十二库，无不窥也；业之恒，环卫周庐，奉使北南，寝食居处，弗之一释也。情之专，声色货财之诱，蹴踘、博塞、青乌、快牛、驰骋之娱，弗之一问也。盖熟览于万物成亏之数，一切泊如，无易吾书者。顾独好射，以为读书、射猎，自无两伤。间骑快马，拓弓弦作霹雳声，差强闭着车中作贵人。而余矢纳房，与客酬对，捭阖古今，种别文家，源流高下，坐客默然无抗者。亦如子建之对邯郸生也。虽然，其志犹未已，将试诸政事以究其实用，而尤志于圣贤之微言大义，即其遗书以探其至妙。以方富之年，积日新之学，浅深大小，其可量乎！余与使君同自出也，

> 会董织造驻吾吴,于其生日,吴中士大夫征余一言。夫使君之志既足千古矣,岂其敢以祝史之言进,因本其所以自寿者寿之。

这篇寿序既没有载明年月,又没有说曹寅的年岁,官阶。以我推想,那时正是韩菼请假归家的时候(康熙三十年左右),称他为"使君",当是苏州织造;(依《楝亭记》,曹玺没后十余年,曹寅自苏移节的话。)所谓"董织造驻吾吴",当是曹寅的后任。序中只说他欢喜读书聚书,可见他好之已久,到康熙五十年间,聚了二三十年的书,应当有几千种的精本了。序中说"奉使北南",记中又说,"自其先人服官江宁……后十余年,使君适自苏移节",或此十余年中,曾再做过别的事。

《有怀堂诗稿》卷二,有《和曹荔轩使君渔村诗》五律三首,其第二首:

> 地僻无招引,使君辱款门。烟霞真有癖,阡陌久相存。自得濠梁趣,休将浊醒论。旧游指点处,风雪卷蓬根。(自注:"去冬,使君与诸同人玩雪。")

做诗的时候是康熙辛未(三十年),韩菼在苏州。他的交游是徐乾学、叶燮、顾嗣立一辈人,所谓"使君与诸同人玩雪",大概就是这一辈人。风雪中不招而至,可想见曹寅的豪兴。

康熙辛未,韩菼年五十五岁。寿序中称曹寅"以方富之年",当是三十岁时。如寿序与和诗的年分不甚相差,则曹寅当生于康熙元年左右。

在叶昌炽的《藏书纪事诗》卷四里有曹寅的一节,录下:

绿树芳秾小草斋,楝花亭下一尊携。金风亭长来游日,
宋椠传钞满竹西。(曹寅子清)

(注)(一)《昭代名人尺牍》,(略)。

(二)宋荦《寄题曹寅子清户部楝亭》三首,序云:"子清
之尊人,于白门使院手植楝树数株,绿阴纷披可爱。因结亭
其间,颜曰楝亭。子清追念手泽,属诸名人赋之。未几,子
清复移节白门。十年中,父子相继持节,一时士大夫传为
盛事。"

(三)王概(王概即校勘《楝亭五种》者)《题张见阳楝亭
夜话图》诗:"楝亭余每坐清画,墙隅小草秾阴复。楝乃水部
手自栽,亭亦早岁摊书构。"又云:"唐渲宋椠任标举,陆海潘
江半臣仆。"

(四)又吴之骐(吴之骐,仪征人,官浙江教授,康熙壬
子举人。《扬州府志》)诗:"我闻楝亭下,嘉树影婆娑。书卷
拥百城,尚友自吟哦。"

(五)李文藻《琉璃厂书肆记》:"楝亭掌织造、盐政十余
年,竭力以事铅椠。又交于朱竹垞,暴书亭之书,楝亭皆钞
有副本。以予所见,如《石刻铺叙》、《宋朝通鉴长编》、《纪事
本末》、《太平寰宇记》、《春秋经传阙疑》、《三朝北盟会编》、
《后汉书年表》、《崇祯长编》诸书,皆钞本;《魏鹤山毛诗要
义》、《楼攻愧文集》诸书,皆宋椠本。"

(六)钱大昕《艺圃搜奇》跋:"天台徐一夔编。此书世
无刊本,曹子清巡盐扬州时,尝钞以进御;好事者始得购其
副录之。"

在这一节里,可见他书籍的大概。他的书籍,钞本是顶多的。他
结交于朱竹垞,可见他家书籍的渊源;李文藻做《琉璃厂书肆记》

而说他的书,是他家书籍的散失情形了。李文在《南涧文集》,可惜京师馆无《功顺堂丛书》,不得一查宋荦诗,在他的《绵津诗钞》卷八中查到了,除了这序之外,没有什么记事的话。在这序里,有可注意的,他道:

> 子清之尊人……结亭其间,颜曰楝亭。子清追念手泽,属诸名人赋之。未几,子清复移节白门。十年中父子相继……

此与韩菼《楝亭记》所说的"后十余年",上元江宁两县志所说的"玺在殡,诏……仍督织江宁",均有不同。这须把《江南通志》里曹寅服官年月查明了,方能定是非。

在宋荦的《江左十五子诗选》里,找到张大受(号日容,嘉定人,著有《清溪集》)的《赠曹荔轩司农》诗:

> 多才魏公子,援笔诗立成。有时自傅粉,拍袒舞纵横。跳丸击剑讫,何如邯郸生。风流岂已矣,继擅黄初名,百家肉贯串,大雅心所倾。余事都妙绝,叱咤千夫惊。当时应、刘辈,孰敢靡垒旌!区区江东客,乃敢城下盟。

这首诗最可注意:第一,写曹寅豪爽的气概很淋漓,与韩菼做的寿序相映照。所谓"有时自傅粉",或者他竟能唱戏。他的武艺自是八旗气概,他的文学也是江左才子:所以他自己很得意,人家也很恭维他。他在苏州时,正在壮年,意兴更豪,所以与当地士绅如韩菼、张大受辈交情很好。第二,题目上称他做"司农",不知是不是他做过"户部"的官,或是"内刑部侍郎"转为"内户部侍郎"也说不定。这诗本来有二首,可惜给宋荦删去其一。以后能见《清溪集》时,当一检之。

曹寅自己做的诗,也被我集到十首。两首是从沈德潜的《国朝诗别裁》卷二十录下来的:

岁暮远为客

晓镫寒无光,驱马别亲故。残月堕枫林,荒烟白山路。十年游山怀,惜此岁华暮。载咏《无衣》诗,何以蒙霜露?

读洪昉思稗畦行卷,感赠一首,兼寄赵秋谷宫赞

惆怅江关白发生,断云零雁各凄清。称心岁月荒唐过,垂老文章忧患成。礼法世难拘阮籍,穷愁天欲厚虞卿。纵横捭阖人间世,只此能消万古情!

八首是从嘉庆本《扬州府志》卷三十录下来的:

东 园 八 咏

何以筑斯堂,婆娑荫嘉树。置身邱壑间,萧散不出户。回风集群英,流览畅元度。　其椐堂

川原净遥衍,缥渺烟中楼。澄江曳修练,突兀露几邱。推棂纳浩翠,久日成淹留。　几山楼

凭崖结新茅,池水廓然碧。有时泛诗瓢,知汝共吟廦。蒙茸散鱼烟,手弄秋月白。　西池吟社

连稻积嘉穗,卧陇收文瓜。西成陈百宝,滴酒生欢花。谁夸拄斗金,未抵只谷芽。　分喜亭

遥听常在山,心听不离水。卷帘白日长,挥篲清飙起。时来垂钓人,偶过饭牛子。　心听轩

桃坞下多溪,三三列一径。花丁扫列霞,顷刻没畦棱。

主人祝大年，且喜少丹甑。　　丙墅

　　支郎偏爱马，处士独怜鹤。飞行周故歧，同赏入冲薄。
西风警新巢，群起松子落。　　鹤厂

　　白沙有渔莘，甪里有渔莘。莘前活水流，万道通江泽。
中藏短尾鲤，时远尺一函。　　渔莘

这诗里的东园，并不是吴尚中刻《楝亭诗钞》的东园，乃是乔国桢
的别业，在扬州城东甪里村的。在这种地方，都可见曹寅很欢喜
与诗人名士往来；虽是做官，却和文人一样。

吴尚中的东园，嘉庆本《扬州府志》卷卅二，仪征古迹栏云：

　　东园，宋皇祐四年，施昌言许元为发运使，马遵继为判
官，因真州废营地为之。欧阳修记，蔡襄书，人谓"园"与
"记"，"书"，为三绝。国朝，邑中书吴炤吉仿欧阳公记，创建
于学宫东偏，曰真州东园。……内有澄虚阁额，为两淮盐政
曹寅书。今并废。

以上都是我两次到京师图书馆里查到的。至于曹家的世系，曹
雪芹的名字，我现在虽不晓得，却有晓得的把握。因为京师馆里有
四部《八旗氏族通谱》，一部刻的，三部钞的，本数各不同，刻的二十
四册，钞的有至五十余册者。我见了立刻要看，无如新近把钞的三
部提入善本书室，尚未编目，不易取览。单是看了刻的一部，而搜集
在康熙时，竟没有登载。想来在钞的三部里，将来定可查到。

我下次到京师馆，预备作下列的参考：

　　（一）翻曹寅同时人的诗文集，如叶燮、徐乾学、陈鹏
年、高士奇、汤斌、施闰章、赵执信等。（可惜洪升的集馆里

没有。)

（二）看《江南通志》、《苏州府志》里的"秩官""政绩"两门。

（三）看圣祖世宗的《圣训》，又世宗的《上谕八旗》、《上谕内阁》。

（四）看钞本的《八旗氏族通谱》。

（五）看清代的诗文选本，如吴翊凤的《文征》、陈其年的《箧衍集》之类。

这五件事情做完之后，这曹家考证的事暂可作一结束。或把历次所得，集成一篇《曹寅传》，放在先生办的《读书杂志》内。

我对于这件事很高兴，我以为这不仅是考索曹家，且就此可见康熙间的文治。那时三藩、台湾初平，汉族未尽归向，康熙帝急急在消融士气，在北京既设立书局，编辑无数大部的书，但南方还没有，恰好汉军里有一个欢喜读书，又欢喜交结士人的曹寅，所以拿编辑书籍的权柄交付于他，设立扬州诗局，凡江南一带未仕的名士，在籍的词臣，都羁縻在内。这真是柔和汉族的第一方法（此亦未然）。但因此却成就了曹寅一生的文人生活；更使曹寅成就了曹雪芹的文学环境与极美满的家庭生活，为作《红楼梦》的预备。这种原因结果，都是文学史上要紧的关键。

介泉说，"曹雪芹便是把贾宝玉写自己，但曹寅决不是贾政。曹寅何等潇洒豪爽，贾政却迂拘方严"。我对此说很表同情。我以为《红楼梦》固是写曹家，不是死写曹家，多少有些别家的成分。

我拟编一考证《红楼梦》的年表，年岁下分为四格：（一）当时政事，（二）曹家及与曹家有关系的事，（三）存疑，（四）杂记。将来如有新发见，就可记在上面。

教职员全体辞职后，幼渔兼士诸先生谅不能留我不归，我俟曹家事考索稍完,即便归去。将来开课后,能延人代理最好,否则还只能到京一行。

　　检《丙辰札记》里所载曹寅一条,细核其文,乃系读雍正本《扬州府志》而作。这志上误为刊书十五种,其实把小品十二种,韵书五种合起来,已是十七种,何况再有《周易本义》、《施愚山全集》等。

　　　　　　学生顾颉刚　一九二一. 四. 十二

这封信请于二三天后交还我,我录副后再行奉上。

　　　　　　　　　　　　　　　刚又白

　　　　　　　　　　　（载《中华文史论丛》一九八一年第四辑）

答顾颉刚书

颉刚兄：

谢谢你的信。

《楝亭集》居然有全本！信是一大快事。天津图书馆的书，大宗来自严范孙家，不知此书是否他家捐的。

述古堂本，请你去看看。附上支票二十元，如值得买，可买来。如无购买价值，此款即请你留下应用。曹楝亭以刻书著名，他的诗集定是精刻本；我倒想"赅"一部（"赅"是苏州话），——请你不妨买了来。

曹寅作两淮盐运使时，并不曾卸织造事，我初起即如此想。前天对介泉说，他似乎很诧异。其实此并不足怪。若一做两淮盐院，必须卸去织造的事，那才是可怪的制度呢！

今天细翻雍正六年上谕，并无曹頫的事。俟金仍珠君回京时，当托他一查清史馆中有无邸抄全份。

扬州诗局开刻的时候，大概是康熙四十四——五年，不误。至于朱彝尊《集韵类编跋》里说的"历五年"，大概是编诗之年。此事我似乎在什么书里见过，一时想不起来了，也许还能查出。

你考楝亭死的年，大概不误。但你前信似乎曾说他生于康熙初元？此话必不然。朱彝尊的《仪征县儒学碑》说曹寅已五十岁。此碑年月虽待考，但朱氏死于康熙四十八年，即使此文作于是年，（似不然，因为下一篇为康熙四十六年。）曹寅必生于顺治时,可知。

《曹寅年谱》更好。"年谱"比中国式的"传"好得多!

適　一九二一.四.十六

（载《学术界》第一卷第二期）

附　　录

顾颉刚原书

适之先生:

昨接来信,读悉。

《楝亭集》两种都给我查到,都有看的机会,真是大快事!

（一）在《天津图书馆书目》里,见一条云:

"《楝亭诗钞》八卷,《文钞》一卷,附《词钞》一卷,《诗别集》四卷,附《词别集》一卷,康熙五十一年精刻本,十四册。"这部书很多,想是《四库提要》所说的"一刻于扬州,计盈千首"的。

（二）前天在琉璃厂述古堂间问,当时他没有,今天来一个片,说"《楝亭诗钞》已觅到,计二本,价十四元。"这部书太少,想是《提要》所说"再刻于仪征,则实自汰其旧刻,而吴尚中开雕于东园"的。如能把述古堂的一部买到,又到天津图书馆去看几天,考证《红楼梦》的材料,必然加增不少。曹寅不独可以作"传",并且可以做"年谱"了。

朱彝尊的《仪征县儒学碑》年月,当到志里去查。曹寅的死期,我再可以把他缩短为"康熙五十一年至五十二年"。因为康熙五十年,他尚做东园八咏(此误);康熙五十一年,正是吴尚中刻他《诗钞》的时候,死期总在此后。康熙五十二年,曹颙为江宁织造(见《江南迻志》),我们虽不能断定必曹寅死而曹颙继,也大概可以下这个假设。其故有二:(一)曹玺也是终于织造之位的。(二)《江南通志》云,"江宁织造,康熙二年定专差久任。"我们看着由曹玺而曹寅,由曹寅而曹颙,由曹颙而曹頫(亦见通志),颇有一家专管之意。一家专管,则非死不轻换。况且康熙五十三年甲午,朱稻孙早已奔走南北,袞集款项,在这年的六月,把《曝书亭集》刻完,此事也非二年左右不办。逆推上去的二年,是五十一年六月之后。

据《江南通志》,江宁织造的职官,是:

康熙二年——廿三年,曹玺。

康熙廿三年——卅一年,(《通志》上只记始任之年,不记讫年;此系我所加。)桑格。

卅一年——五十二年,曹寅。

五十二年——五十四年,曹颙。

五十四年——雍正六年,曹頫。

雍正六年后,隋赫德。

苏州织造的职官,是:

康熙二十九年——卅二年,曹寅。

卅二年——六十一年,李煦。

在这个表上,可见曹寅在父死之后,曾做过三年的苏州织造,就是与韩菼等相倡和的时候。又可见曹寅做两淮巡盐御史,仍是兼管江宁织造,与李煦之由苏州织造而任巡盐御史的一样。我上次猜测他机会不好，回回南巡都碰着他不做巡盐御史而做织造的时候，竟猜错了。又可见隋赫德的做江宁织造，在曹寅死后十五年了。又可见《上元江宁两县志》说曹玺死，在殡中，曹寅仍督织江宁的话为不确。又可见宋荦《楝亭诗序》所云，"十年中父子相继"，比韩菼《楝亭记》所云"后十余年"为确。（自康熙廿三年曹玺死，至卅一年曹寅继，约八年或九年。）

我疑心《红楼梦》里的抄家，是雍正六年曹頫的事。当把这年的上谕仔细一看。

韩菼所说的"董三"，固不可解，但《织造曹使君寿序》里所说的"董织造"，决不是曹寅的父。那时曹寅既做苏州织造，决不会其父尚存，与之同省做官。《江南通志》里没有董织造，说不定是杭州织造。当在《浙志》一查。

关于扬州诗局的事，经先生考后，大为明白。但我尚有一层疑虑：朱彝尊《集韵》《类篇》的跋里，说，"曹公奉命编睿《全唐诗》，历五年"，为什么进书表里说，"康熙四十四年三月十九日，奉旨颁发《全唐诗》一部，命臣寅刊刻，臣定求……等校对；于康熙四十五年十月初一日书成"？朱做这篇跋的时候，是康熙丙戌（四十五年），逆推上去五年，是四十一年。不知是否集中误刻（但《楝亭五种》内亦如此），抑系朱氏误记？

无意中找到了作"陈鹏年传"的宋和事迹：

> 宋和，字介山，歙县人。年三十，始读书深山中，为古文。四十，学大就。入都，先后为韩菼，陈鹏年，孙勷所激赏，谓其非唐以下之文也。诗亦古茂。相国王掞八十，索撰寿序，辞不能书。掞曰："第欲君集中有此文耳！"居隘巷中，杜门看书，几席萧然。贫老不能归，卒于京师。所著书有《雪晴轩集》。（《江南通志》卷一六七《文苑》）

　　《苏州府志》只记苏州本府及辖县事，所以曹寅虽做了苏州织造，竟一点找不到什么；连做了三十年的李煦，也是没有。只在《志》上晓得康熙帝到苏州六次，均驻跸织造公署。

　　述古堂约我明天去看书，我自当去，不知能否买来。将来过天津时，一定去把《楝亭全集》翻一下。

学生顾颉刚　一九二一. 四. 十六

（载《中华文史论丛》一九八一年第四辑）

与顾颉刚书

颉刚兄：

　　昨晚接到上海寄来《考证》清样，我就把你指出的错误用朱笔改正了。有不能改正的，另作《后记》，附上请一观。请即还我，以便寄出付印。

　　如有应修改之处，请你修改。

适　一九二一. 四. 十九

（载《学术界》第一卷第二期）

附　　录

顾颉刚答书

适之先生：

　　顷自京师图书馆归，接读来信，并《考证后记》，敬悉。今即送还。

　　今天在京馆看到两部的《八旗氏族通谱》，曹寅的家世查得了。文如下：

　　　　曹锡远，正白旗包衣人。世居沈阳地方；来归年分无考。其子曹振彦，原任浙江盐法道。孙：曹玺，原任工部尚书；曹尔正，原任佐领。曾孙：曹寅，原任通政使司通政使；

曹宜,原任护军参领兼佐领;曹荃,原任司库。元孙:曹颙,原任郎中;曹频,原任员外郎;曹颀,原任二等侍卫,兼佐领;曹天祐现任州同。(钞本雍正十三年修《八旗满洲氏族通谱》卷七十四附载满洲旗分内之尼堪姓氏。)

又一刻本文同;惟曹天祐作曹天祐。

《通谱》可惜不将世系叙明白:曹玺有了一个兄弟,曹寅有了两个兄弟,便分不清楚。作起世系表来,应如下:

```
曹锡远——振彦——┬—玺      寅    颙
                └—尔正    宜    频
                          荃    颀
                               天祐(祐)
```

这《通谱》实在搜集的不完备;把《楝亭诗钞》里的家人排起来,大半是《通谱》所没有的:

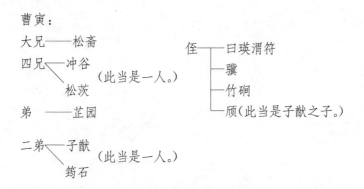

```
曹寅:
大兄——松斋
四兄┬—冲谷
    └—松茨    (此当是一人。)
弟  ——芷园

二弟┬—子猷
    └—筠石    (此当是一人。)

侄┬—日瑛渭符
  ├—骥
  ├—竹磵
  └—顾(此当是子猷之子。)
```

曹雪芹的名字,当是天祐:一因在诸弟兄中为双名;二没有做官

(州同当是一个空职)。《通谱》四人：顾已决定是侄,頫、頬虽不能决定,都做织造,想来不会是曹雪芹。

学生顾颉刚　一九二一.四.十九

（载《中华文史论丛》一九八一年第四辑）

答顾颉刚书

颉刚兄：

《上元江宁两县志》是同治年间修改的,何以不提及曹頫、曹頖二人？

《八旗氏族通谱》确令人失望。但我想你的几条推论似都不差。

"董"字在韩菼的寿文里,确很像一个动词。但"董三"二字终不可解。

下星期六(四月三十日),我须往天津一行。那时我也想去看看《楝亭全集》。你去时,望将馆中看书情形作一邮片告我。

适 一九二一. 四. 廿

(载《学术界》第一卷第二期)

附 录

顾颉刚原书

适之先生：

昨日在京师馆翻了一部《八旗氏族通谱》,一部《八旗通志》,一部叶爽的《己畦集》。

《通谱》里实在太略：曹家做了五十余年的江宁织造,传了三代,谱里竟没提起,不能不说他们糊涂。王概诗里"楝乃水部手自栽",现考得曹玺曾任"工部"尚书,有了着落了。但这个工部尚书,一定是内务府的官,否则不会《八旗通志》上不载。

《八旗通志》里《职官门》载内务府官制,并无尚书侍郎名目;只有许多"司"和"处",每一司下,郎中数员(自二至四),员外郎数员(自六至十二),主事一员,署主事一员,笔帖式数员(自三至卅三)。大概曹玺做了营造司的郎中,所以称他为"工部尚书";曹寅做了慎刑司的员外郎,所以称为"内刑部侍郎",或者再转到了庆丰司(掌牧畜的),所以称他为"农部"。曹颙、曹頫虽做织造,大概在内务府里的官也和曹玺、曹寅一样,所以《通谱》上称他们一为郎中,一为员外郎。这虽是猜测,想来不至尽误。

"尚衣监"也是内务府十三衙门之一;大致织造是尚衣监的外任官。

"曹瑛"确有这一人,在《八旗通志》里编辑职名"翻译"名目之下见到;官衔是"中书,今任内阁侍读,加一级"。《通志》是作于雍正五年,到乾隆四年,可见其人较曹寅稍后,而不甚相远。曹纶为谁的曾孙,依然难定。

《己畦集》中,有《楝亭记》一篇,没有一点新发见。单看得一句,可作印证:他说,"奉天子命,董治上方会服之事",我看见了这个"董"字,因想起《有怀堂集》的寿文里所说"会董织造驻吾吴",莫非是个动词,不是姓?

《己畦诗集》卷七里有三首诗,题为"曹荔轩内部过访有赠,即和韵答",针对《楝亭诗钞》卷二里的"过叶星期二弃草堂留饮,即和见赠原韵"的三首。但谁倡谁和,却分不明了。第一首云,"尽挥千骑拥,端为野人留。"第二首云,"野市无兼味,村醪酌几蕉。"当时叶燮住在横山里,曹寅屏骑往访,可想见他的意兴。第二首又云,"百代空群铸;秋毫自猎骁。山灵如欲舞,故故送微飙。"大概他在苏州山里打猎。《己畦诗集》虽未编年,依前后看来,那时叶燮是六十三四岁。他卒于一七〇三,年七十七,则此时为一六八九,或一六九〇年,正是曹寅做苏州织造的时候。

我想到津后便往看《楝亭全集》;《诗钞》二册,拟带去校对一下。

学生顾颉刚　一九二一. 四. 二十

(载《中华文史论丛》一九八一年第四辑)

答顾颉刚书

颉刚兄：

两信及曹集都收到了。我在津馆看《楝亭集》，颇有所得：

一、曹寅生于顺治一五年。

（证一）《拥书图记》：庚辰四十三岁；（证二）《二郎庙碑》："庚寅五十三岁。"参看《鸡鸣寺浮图碑》。此碑中"壬寅"似是"癸卯"？

二、曹寅的生日为九月七日——"予与龙川先生同日。"

三、死在五十二年五月以前。如你所说。

四、曹寅任盐院是"奇"年十二月受事，至"偶"年十二月卸事。

（证）（一）《五华江南录》：四十四年五月，他尚任盐院。（二）《松巅阁记》："四十三年甲申，余视鹾扬州。……乙酉冬予差满。"（三）《周易本义序》："康熙五十年嘉平月，书于淮南使院。"（四）《鸡鸣寺浮图碑》与《仪征县东关石闸记》。

五、《东皋草堂记》写曹寅兄弟所受田都在宝坻之西，武清之东北（顺天府）。此事可与《红楼梦》五十三回黑山村乌庄头进年例一节参看。

六、郭振基序"今公子继任织部"一句，似不足证明曹

颙为寅子。我想颙是侄而立为寅后。珍儿死于辛卯（康熙
五十），时寅已五十四。《哀诗》中有"承家望犹子，努力作奇
男"之语，似此时寅尚无他子，故颙立为后。既立而幼子
生——假定雪芹是寅之子——爱宠之极，故名之曰"天祐"
或"天祜"。生不久，寅即死；或生于寅死后，亦未可知。这
个假定，你看如何？

　　若如此说，我在《考证》里说的雪芹之生年当推下许多
年，著《红楼》之年也当推下。

　　另有详记，你回京时可看见。

　　有一事极快人意。严范孙先生见我的《考证》稿本，曾加两
笺，中一笺云："乾隆庚戌会榜有张问陶，无高鹗。有《国子监题
名碑录》可证。"此条我们虽已证实，但他的口气似说他家有此书
刻本或钞本，故我作书去问他。他的回信说："国子监据《题名
碑》刻为木版，每两科续刻一次，中式之人各领一部。弟所藏截
至光绪癸未科止。自顺治初起，附全明一朝。"这书我一定去寻
几部来！

　　　　　　　　　　　　　　　　　适　一九二一.五.五
　　　　　　　　　　　　　　　（载《学术界》第一卷第三期）

附　　录

顾颉刚原书（三封）

一

适之先生：

　　今天到京师图书馆看《仪征县志》（康熙五十八年修），知"重

修儒学"是康熙四十六年的事。拿朱彝尊文中"于是公年五十
矣"这句话推上去,曹寅的生年,是顺治十五年,与顾景星《荔轩
诗序》所说相合。从此曹寅的生年是可以确定的了!

卒年虽不能一定,但曹颙接手于康熙五十二年,其前更无别
人作织造,则当然死在这一年上。

合两条看来,可定为

曹寅:一六五八——一七一三,年五十六岁。

乾隆十三年,袁枚曾修过《江宁府志》,所惜这本京馆没有,
将来当到江宁图书馆去找。

徐乾学的《憺园集》里,也有一首"赠曹子清"的诗。诗上说他
(一)勤学,(二)豪爽。大凡赠诗赠文与他的人,都是这样说。

一九二一. 四. 廿三,颉刚

我疑心《上元江宁两县志》里所说"玺在殡,诏晋寅为内刑部
侍郎,仍督织江宁",乃系误将曹颙记为曹寅,算错了一代。曹玺
死后,尚有桑格接任,曹寅后八九年而始至;而颙之与寅,实是紧
接。况诸家诗文只称曹寅为"农部",而没有称他为"比部"的,可
见"内刑部侍郎"的话亦不确。

刚又白

二

适之先生:

我以星期一是图书馆的休息日子,所以迟了一天到津。

《楝亭集》也并不多,因为他一卷装一本,我们买的七卷,在
他就装成七本。这本是曹寅死后增刻的,所以前七卷除末尾略
有增益,余均一样。《词钞》也加了几阙。其余诗词《别集》及《文

钞》，或为门人所集，或为曹寅删余之稿。因此可以证明我们买的一部，是曹寅自选自刻，并且在他活的时候印的。

《楝亭集》上，收集得的材料也并不多。好在先生不久即来，也不必缕告。惟在《诗别集》卷四内找得一诗，题为"《闻珍儿殇》"，觉得颇与《红楼梦》上用玉旁排行的有些相近。或者他们大名用"页"旁排，小名用"玉"旁排，也说不定。又在《诗别集》郭振基序上见到一句"今公子继任织部"，可见曹颙是他的儿子。《文钞》内《拥书图记》，可证明曹寅确是顺治十五年生的。又在《楝亭词钞》王朝璟的序上，见到一句"今公往矣"，那时是康熙癸巳（五十二年）闰五月，可见曹寅死在那年五月前。他《诗钞》里的末首诗是"病痁"，或者在这病上死的。又在《东皋草堂记》上，略知他哥哥的状况。至于曹雪芹的事情，仍旧一些不曾找到。看来是无望了！

在施愚山集里，知曹渭符是贵池人。但《诗钞》里为什么称他做"侄"呢？难道这个侄是通谱来的么？《东皋草堂记》里的哥哥，看来也不是近房。曹家事情如此不容易知道，奈何！

《诗钞》两册，即付邮寄还。此后要用时当再借。

津馆尚有一部不全的《楝亭十二种》，在丛书目内。

　　　　学生顾颉刚　一九二一.四.廿六　天津

三

適之先生：

看《楝亭词钞》的序上，曹寅还能作曲，并且他自以为做的最工；可惜现在见不到了。《红楼梦》的警幻仙曲，远过于其他诸诗，大约曹雪芹也以此事擅长。

　　　　　　颉刚　一九二一.四.卅

　　　　（载《中华文史论丛》一九八一年第四辑）

顾颉刚答书

適之先生：

昨天接到来信，悉先生看了津馆的《楝亭集》所得甚多，快极。

见告的六条，都极服膺。我只对于第六条有些意见：我以为他的哀诗上说，"世出难居长，多才在四三"，曹珍固是长子——"零丁摧亚子"的"亚子"，当是"肖子"之义——他所示的侄子是四三，其间尚有排行第二的。曹颙虽不能一定说是曹寅的子，似也不能一定说是他的侄。至于"承家"二字，或从"多才"而来，未必一定是"承嗣"之义。《红楼梦》上，贾家之事都由珍、琏等处理，或者这便是曹寅看做多才的侄子。第七十五回上，贾赦拍着贾环的脑袋笑道，"以后就这样做去，这世袭的前程就跑不了你了。"论理，贾环是庶出，又比宝玉小，如何能袭贾政的职呢？我以为《红楼梦》上写曹家的弟兄行次有意错乱。曹寅是曹玺的长子，贾政却是第二；天祐是曹寅的幼子，宝玉乃做了贾环的哥哥。所以我猜想曹颙或竟是贾环。贾环是宝玉的怨家，父死袭爵，岂有不报仇之理。所以曹家虽未抄家，曹雪芹过了中年已经赤贫如洗！至于曹雪芹若在曹珍死后而生，或在曹寅死后而生，《红楼梦》里的宝玉，应当另是一种样子：现在的书上，是在"荫育"下的样子，不是在"阿哥手里讨生活"的样子。所以我想雪芹生年，还是不推下去为宜。我先前看曹寅不是贾政，现在想想，还不能下这个断语。第二回上说，"次子贾政，自幼酷喜读书，为人端方正直，祖父钟爱，原要他以科甲出身的；不料代善临终时，这本一上，皇上因恤先臣，即时令长子袭官外……又额外赐了这政老爷一个主事之衔……如今已升了员外郎。"这一段话，除了"长子袭官"数语为有意错乱外，其余便写实了曹寅。至于贾政性情的方严,原是在宝玉眼光里看出来的:那时年纪大了,又是父亲,又是对着痴憨的儿子,自然不能和少年时朋友赠诗中所说的性情一样。我又猜想"省亲"便是影射"南巡接驾"时情形:若是雪芹迟生了,便见不到这种仪注了。

李煦做了卅二年的苏州织造,又做了八任的巡盐御史:《红楼梦》上写林如海"本贯姑苏人氏,今钦点为巡盐御史",因此我猜想便是他。宋和的陈鹏年传上,亦说李煦与曹寅为"姻":则两家的子女,自然是表兄妹。照这样想,林黛玉竟是姓"李"了。

以上都是我个人的猜想,入不了考证。请先生指教。

昨天平伯信来,他说后四十回的回目定是高鹗补的,理由有三:(一)和第一回自叙的话都不合,(二)史湘云的丢开,(三)不合作文时程序。我觉得他的理由很充足,所以把他的原信寄上。

《国子监题名碑录》如能得到,请翻一翻李煦是否有名在上:因为第二回上说,"如海更从科甲出身,虽系世禄之家,却是书香之族。"

我拟于本星期五六北行;或在南京住一天,访随园故址,又到图书馆看志书。但不知天能晴好否。

　　　　　　　　　学生顾颉刚　一九二一. 五. 九
　　　　　　　　(载《中华文史论丛》一九八一年第四辑)

一九二一年五月二十日日记（节录）

单不厂先生送来《雪桥诗话续集》卷下，内页二三有一条使我狂喜：

> 敬亭家有西园，起四松草堂，筑梦陶轩、拙鹊亭、五笏庵。……甫得太庙受爵官，即投闲色养，日引文士，分韵擘笺，不间晨夕。尝为《琵琶亭传奇》一折，曹雪芹霑题句有云："白傅诗灵应喜甚，定教蛮素鬼排场。"雪芹为栋亭通政孙，平生为诗大概如此，竟坎坷以终。敬亭挽雪芹诗，有"牛鬼遗文悲李贺，底车荷锸葬刘伶"之句。

这条使我们知道：（一）曹雪芹名霑；（二）他是曹寅之孙；（三）《四松堂诗文集》与《鹪鹩轩笔麈》与《懋斋诗钞》必有关于他的材料。我们有许多假设，都经不起这一条的推翻！但我更高兴。因为袁枚的两条诗话虽然误记一代，却因此得一个更可靠的参证，这是一可喜。又因为袁枚误了我们一百多年，现在我们可以推翻这种似是而实非的根据了，这是二可喜。上回我已觉得曹雪芹的世次发生问题（日记页二二以下），故说曹寅五十四岁时尚无儿子。我因此断定雪芹生于康熙五十年（一七一一）以后，但我那时说"假定袁枚说雪芹是曹寅的儿子的话是不错的"。现在我这点怀疑果然证实了！袁枚果然错了一代,这是三可喜。

……

（载《学术界》第一卷第三期）

与顾颉刚书

颉刚兄：

你的信，我收到了。你关于第六条的疑窦，现在已有很可靠的答案了。附上今日日记两页的副本，你看了必定欢喜。《雪桥诗话》是遗老杨钟羲编集的，遗老刘翰怡刻于上海。前编十二卷；卷六，页五云：

> 敬亭名敦诚，别号松堂，英王裔，有《四松堂集》诗二卷，文二卷，《鹪鹩庵笔麈》一卷，纪文达为之序，哲昆懋斋为作小传。⋯⋯
>
> 懋斋名敦敏，字子明。（据《耆献类征》四三一，李桓注，此君有《懋斋诗钞》。）其赠曹雪芹诗云："寻诗人去留僧壁，卖画钱来付酒家。"

卷三、页七，有云：

> 曹楝亭弟子猷名宜，善画，阊百诗赠诗云云。

又卷四，页五九以下，有法梧门《奉校八旗人诗集题咏》五十首，中有"子清通政及敦诚、敦敏兄弟"。不知《八旗人诗集》有刻本否？上举敦诚、敦敏的三书，南方能试一访否？此三书定较楝亭诗更有用。

《雪桥诗话》卷九，页六七云："高兰墅名鹗，乾隆乙卯进士。世所传雪芹小说，兰墅实卒成之。"

我近买得《清代御史题名录》一部，在嘉庆十四年下有高鹗之名，下注："镶黄旗汉军人，乾隆乙卯进士，由内阁侍读考选江南道御史，刑科给事中。"

我已买得两部《进士题名碑录》：一部全的，但多烂板；一部不全的，但是道光时印本，烂板甚少。将来我要找人把烂板的页数钞全，并把最近的几科补上。我的一部到光绪丁丑止。

适　一九二一. 五. 廿

附阅《雪桥诗话续集》后之日记一则。[①]

（载《学术界》第一卷第四期）

附　录

顾颉刚答书

适之先生：

接二十日来信，读到《雪桥诗话》一则，快极，但"楝亭通政孙"一语是杨钟羲的记载；不知他是否根据于《四松堂集》？还是就他的记忆而言？这是一件主要问题，如杨君尚在，顶好想法去问他一问。刘翰怡是吴瞿安先生认识的（吴住宜内牛肉湾），能托他去转询么？

《四松堂集》，《鹪鹩庵笔麈》，《琵琶亭传奇》，《懋斋诗钞》，《八旗诗集》，已写信到上海托人寻找，俟有回信再告。

---

①　编者按：胡适信中所附阅《雪桥诗话》后之日记一则，即收入本书的胡适一九二一年五月二十日日记（节录）。

　　我去年在学校里书库查书时,见有《八旗文征》一书("征"或"经"),不知法梧门奉校的《八旗人诗集》是否在内,抑二书系同时编纂,相辅而行?

　　袁枚与曹雪芹时期相近,又是前后住在一处,他的记载竟给《雪桥诗话》打破,可见传闻的不易征信。不但《随园诗话》如此,即《四库提要》所说的曹楝亭,也是谬误纷出。曹家所在旗,从《八旗氏族通谱》及《皇朝通志》考来,都是正白旗。《提要》说他是镶蓝旗。《楝亭集》刻本明明及身刻的为选本,死后刻的为全本;《提要》反说"一刻于扬州,计盈千首;再刻于仪征,则自汰其旧刻"。且"吴尚中开雕东园"一事亦无可征,不知其信否。

　　若曹雪芹是曹寅之孙,他的生年似并不甚后,否则曹寅死后十五年,隋赫德接任江宁织造,园林卖去的日子也不远了。他生年若果不甚后,定是曹頫之子,不是天祐之子。所怪者,《八旗氏族谱》于雍正十三年修起,至乾隆九年修成,竟没有曹霑的名字。不知敦诚、敦敏兄弟生卒之年可考定否? 若能得他们的生卒,来定曹雪芹的生卒,度也不甚相远。

　　我觉得曹雪芹是否把宝玉写自己,如今也成了个疑问。若然,曹頫是嗣与曹寅的,更是可疑。书中贾母与贾政,并不像嗣母子的样子,而贾政的"端方正直","酷喜读书","居官勤慎","风声清肃",很不似没有政绩可见的曹頫辈的考语。雪芹情性,从《雪桥诗话》看来,是孤冷的襟怀,坎坷的□格,李贺、刘伶一类的人物,与宝玉的"只愿常聚,生怕一时散了,那花只愿常开,生怕一时谢了"的性情,颇不相合,这甚是解释不了。难道雪芹上一辈有做这部书的,雪芹真只是下一番增删工夫么?

　　日来重看《八旗氏族谱》内曹家一条,第三代以下虽未分别父子,却有脉络可寻。玺、寅、頫、頍,并任文职,尔正、宜、顾,并任武职(佐领)。如确是世袭职,其统系如下:

```
                颙
玺——寅——
                頫

尔正——宜——颀
```

（尚有司库的曹荃，州同的天祐，未明其统系。）

　　但《楝亭诗别集》卷三，页七，有《闻二弟从军却寄》一首云："与子堕地同胚胎"，则寅与宜又不是堂兄弟，或者曹宜是嗣与尔正的。至颀为宜子，则有一确证。《雪桥诗话》云"子猷善画"，《楝亭诗钞》卷五有《喜三侄颀能画长斡》一首，注云："子猷画梅花，藏无一幅。"苟非父子，当不牵及。

　　《闻珍儿殇》诗所谓："多才在四三"，现"三"已考定是"颀"，若能将"四"再考出，则曹寅五十四岁无子与否，不难立断。

　　章实斋《信摭》说："《施愚山集》，康熙戊子曹楝亭刻，而不置一言为序跋。非其孙瑑手记，则不知其事矣。"这句话实是错的。《愚山集》书端写明"楝亭藏本"。卷末有梅庚的一跋，云："先生没三十年，墓木且拱，今通政楝亭曹公，追念旧游，惧斯文之就湮也，寓书于其孤，举《学余全集》剞诸梓，经始于丁亥五月。又馆其孙瑑于金陵，事雠校。"集后附施瑑做的《隆村先生遗集》，卷一《四君吟》内云："公少时曾以诗请挚〔贽〕于先祖"，可见曹寅是施闰章的诗弟子。

　　亚东图书馆寄来平装《红楼梦》三部，先生通信时乞为道谢。

　　我拟细看《红楼梦》一遍，做一篇《高鹗续作〈红楼梦〉的线索》，说明他续作取材的所在。日来颇有所得，等看完时当详细奉告。

学生顾颉刚　一九二一.五.廿六

（见《胡适的日记》）

与顾颉刚书

颉刚：

《雪桥诗话》"通政孙"一句的来源，我七月间到上海时，当亲自设法一问。杨君似有《四松堂集》及《懋斋诗钞》。

《八旗文征》，此时无法取查。《八旗人诗集》至今未访得，书店多说无此书，敦诚兄弟的书，也没有寻着。

袁枚之致误，与你上面说的上元、江宁两县志所以致误，同一道理。曹家四代做织造，而曹寅最有名，上、江两《志》误记曹顒为曹寅，而袁枚又误记曹颜（或頫）为曹寅。这种"箭垛式"的人物，历史上常有。（西史中古时代常有此种人。古代的周公，亦是此例。）大概当时的人多晓得有一个"曹织造"，却不大知道有四个"曹织造"，故凡有什么曹织造的事，人都归到曹楝亭身上。是以君子恶作长人，天塌下来时，总是他顶着！

我现在想雪芹是曹頫之子。《红楼梦》第二回说："次子贾政，自幼酷喜读书，为人端方正直，祖父钟爱，原要他从科甲出身；不料代善临终时，遗上一本，皇上因恤先臣，即时令长子袭官外，……又额外赐予这政老爷一个主事之职，令其入部学习。如今已升了员外郎。"赦即是顒，政即是頫。《八旗氏族通谱》说："曹頫，原任员外郎"，这是一证。《上元江宁志》"玺在殡"一段，应当如你说作寅，此与"遗上一本"一段相合，可算是二证。雪芹既以宝玉自况，贾政当是他的父亲，而贾政明是那先未袭职的次子,决不是曹颙。这是三证。你前函说第二回"那一段话除了'长子袭官'数语为有意错乱外,其余便写实了曹寅"。现在依我的说法,这一段话,便没有一句不着实了。

这么一来,我们可以回到曹寅闻珍儿殇的诗。"世出难居长,多才在四三。"似是说他自己的儿子虽居长,但不如三四个侄之多才。"亚子"二字仍当本义解,"次子"或"幼子",指曹珍。依此,则曹寅的子侄辈略如下表:

(1) 颙　　　(2) 頫——霑　(3) 颀　　　　(4) 天祐
　（寅子）　　　　（寅子）　　（宜子）　　　（宜子）

(5) 珍
　（寅子）

这是我自己修正我在天津所得的第六条。

至于你疑心《红楼梦》里的宝玉与《雪桥诗话》里的雪芹不像,我觉得并不难解释。凡是孤冷的人很少是生来孤冷的,往往多是热闹的生活的余波。周敦颐、程颢、张载多是做过一番英伟少爷的人,都反动到主静主敬的生活里去。阮籍、刘伶大概也是如此的。

传闻之不可靠,大率皆然。崔述的《考信录提要》论此最痛快。

寄上上海《晶报》《红楼佚话》四则,可见人对于"传闻"的信心,真有不可及者!此中第四则说有人见一本,说后来宝玉与湘云为婚,此可见前人必有疑"白首双星"一句,而据以补《红楼梦》者。此本近日我也听见人说过,但皆无从追求到底。崔述以"打破沙锅问(纹)到底"自豪,真不容易!

　　　　　　　　　　　　　　　　　适　一九二一.五.三十

红楼佚话

瞿 蜕

近人多谓《红楼梦》一书为记清相明珠家事而作；至于书中人物，各有所指，则又言人人殊。大概以纳兰容若为全书主人翁贾宝玉者近是。顷见某氏笔记一则，其说乃至可异。略曰："曹雪芹馆明珠家。珠有寡嫂，绝色也，偶与雪芹遇于园中，夜则遣婢招之。雪芹逾垣往，忽闻空中语曰：'状元骑墙人！'悚然而退。然终情不自禁，复往；神语如初。雪芹弗顾，曰：'状元三年一个，美人千载难得也！'遂与欢狎。旋以事败见逐，故作《红楼梦》以泄忿。书中妇女之清白者，惟李宫裁一人，即指其所欢也。"按此说似未经人道，存之以备参考。

又有一说，谓是书为雪芹写恨而作。雪芹有中表妹，名红红，能诗，工琴，即书中之黛玉也；对雪芹誓为伉俪，未果，赍恨以殁。雪芹引为奇痛，因作是书以记之。书名曰《红楼》，宝玉所居曰怡红院，皆隐女名也。雪芹居南京时，尝筑一小楼，名悼红轩；后归燕京，辟一小园，园中有楼，亦名悼红轩，在内城东。今已荒废，而楼中悼红轩匾额尚存，雪芹手笔也。书作隶体，笔力颇健，左首有印章二，一阳文，雪芹二字，一阴文，已模糊不可辨，仿佛一为曹字，余一字，左偏从火，右旁则多方认识，终莫能识。按：今《红楼梦》刊本皆有悼红轩原本字样，玩悼红两字之义，此说或不为无因也。

雪芹为汉军旗人；其父栋亭，尝官江宁织造。雪芹幼时，有僧见之，许为异器。少长，好挥霍，千金一掷，无所吝。父怪之甚；一日，以二千金畀雪芹，曰："若能以一餐之费尽吾金，则为奇慧人矣。"雪芹曰："此易易耳！"乃呼仆至，以二千金尽买鹦鹉，割其舌而炙之，举箸立尽。父乃叹曰："真吾家异器也！"以祖传玉章一方赐之。嘉庆间，林清教案作，曹勋以贫故入教，牵连被戮，覆其宗。勋，即雪芹之孙也。或谓雪芹撰《红旗梦》以诲淫，宜有是报：然钦？否钦？

《红楼梦》八十回以后，皆经后人窜易，世多知之。某笔记言，有人曾见旧真本，后数十回文字，皆与今本绝异。荣、宁籍没以后，备极萧条，宝钗已早卒，宝玉无以为家，至沦为击柝之役。史湘云则为乞丐，后乃与宝玉为婚。又据濮君某言，其祖少时居京师，曾亲见书中所谓焙茗者，时年已八十许，白须满颊，与人谈旧日兴废事，犹泣下如雨。且谓书中诸女子，最美者为探春，钗、黛皆莫能及；次则秦可卿亦甚艳；而最陋者为袭人，宝玉乃特眷之，殊不可解。又有人谓秦可卿之死，实以与贾珍私通，为二婢窥破，故羞愤自缢。书中言可卿死后，一婢殉之，一婢披麻作孝女，即此二婢也。又言鸳鸯死时，见可卿作缢鬼状：亦其一证。凡此种种之佚话，皆足以资"红学"家之谈助也。

（载《学术界》第一卷第四期）

附　录

顾颉刚答书

适之先生：

上回复了一封信，便后悔起来，因为爱热闹与喜孤冷的性情，不一定是相反的品格；往往有经过挫折之后，从极热跌到极冷的。所以从来失志的人，都好"逃禅"。况且从《雪桥诗话》看来，曹雪芹与宝玉相类的已有两件：（一）第三回宝玉一赞，说"贫穷难耐凄凉"，这也说"竟坎坷以终"，合之书首自叙"半生潦倒"的话，更是三方面一致。（二）第二十六回，宝玉说起要送薛蟠的寿礼，道："惟有写一张字，或画一张画，这算是我的"，可见宝玉会画,《雪桥诗话》所载懋斋赠雪芹诗,也说"卖画钱来付酒家"。《诗话》上寥寥数语,类似之点已很多,雪芹之为宝玉,自是可信。前天接到先生的信,把周敦颐辈相比拟,更坚固我的信心。

先生说贾政是曹頫,这自比曹颙为近情,因为曹颙只做了三年的江宁织造,而曹頫直做了十三年,在此期间,可以使雪芹度这书上的绚烂生活。但曹颙何以只做了三年? 曹頫做了十三年,为什么竟把曹家世袭的官丢去? 这也必得询问个明白。第三十七回说:"贾政居官更加勤慎,以期仰答皇恩;皇上见他人品端方,风声清肃,虽非科第出身,却是书香世代,因特将他点了学差。"如果查出曹頫不做了织造,更去做别的官,则这话可以证实;"贾政即曹頫"这个假设便可考定了。(江南图书馆有《八旗通志二集》,先生如到南京,请去一翻。)

我所以说《红楼梦》上有意将曹家世系弄错乱了,有几处证据:(一)宁国公名贾演,这明是标出"江宁"和"曹寅"的人地,但却属之敬、珍一宗。(二)敬、珍一宗世袭威烈将军,是个武职;荣国府世袭的官虽未明言,总是个文职把《八旗氏族谱》看,无论是玺与尔正,寅与宜,凡是武职,总是做文职的弟弟,但书里却以武职为长房。(三)荣国府的世袭职,自然应当是贾赦一支,贾政的员外郎已是额外赐给的了,贾政的儿子更不应该有袭职;贾环是贾政的幼子,又是庶出,连额外赐给也说不到,如何会有袭职的希望。但七十五回说:"贾赦……拍着贾环的脑袋笑道:'以后就这样做去,这世袭的前程就跑不了你袭了!'"这不能不认为忘记遮掩的漏洞。因此,我以为他把曹家数代的长幼之序都反过来了,所以贾政未必是次,宝玉也未必是长。但小说上事究不能如此死看,最好觅到曹頫的事实来比较看着。

看《八旗通志》及《氏族谱》,颇似郎中,员外郎等为"官",而织造是"职"：因为织造是内务府派出的官，在内务府的官制上，只有郎中，员外郎，主事等，而没有织造。所以《氏族谱》上，记寅为通政使，颙为郎中，頫为员外郎，虽是漏略，尚不能说他错。第二回所说贾政情形，如果确是曹頫，则寅没之后，頫曾"入部学习"做主事——这部当是内务府的司——后来升做织造。将来如果发见曹頫事实与此相合，更可确定了。

我对于曹頫事实的寻觅，并不灰心：因为他倘使果真"酷好读书"，"最喜的是读书人，礼贤下士"的，他在南京十三年，必然见于当时人的诗文集。只要把康熙末雍正初的南京乡绅和游宦的集子留心，当不致一定绝望。

上海《晶报》的四条《红楼佚话》，第一条太可笑，明珠的寡嫂，曹玺才盗得到呢！第二条，到了悼红轩发见的东西，依然只曹雪芹三个字；——幸亏他没有造出名来，否则便疑误后来人了。至于"袭人最丑"，则为快意之谈，"可卿自缢"，又是想象的话，这都是看了书后的一种闲说。惟所说"旧时真本"，恐确为"当时补本"。但此本若在"高本"之前，即"白首双星"一语的来源亦有可疑。这部书虽未做完，但结局早已在册子、曲子，及可卿死后对凤姐说的话，二十二回的制灯谜等许多地方说明。宝玉与湘云成伉俪的机语，一点没有；便是"金麒麟"一节，也淡淡的散了。那时黛玉恐怕他们二人在小巧玩物上撮合，悄悄窥听；但一转眼间，仍将"金玉之论"落到宝钗身上。书中处处有宝玉、宝钗成夫妇的预言，而湘云则册子上说"湘江水逝楚云飞"，曲子上说"终久是云散高唐，水涸湘江"，颇有他自己早死的样子，决说不上"白首双星"。所以我想这三十一回的回目，或是补作人改来迁就下文的。高鹗另补时，偶然漏未删去，遂成后来疑案。先生藏的"程排本"《引言》，既说"抄本各家互异"，又说"坊间缮本及诸家秘稿，繁简歧出，前后错见"，可见已屡给人删改。致于补本所以要把宝玉、湘云两人结合,无非为了金麒麟偶然的巧合。但上回既说"前日有人家来相看,眼见有婆婆家了",本回袭人又说,"大姑娘,我听前日你大喜呀",可见湘云自有去处;而黛玉的窥探,更可见雪芹要借着这件事写出他的嫉妒。那补的人竟看错了!

我疑这部补作,高鹗是看见的。高鹗所以没有写宝玉的贫穷,大概是这部补作的反动。否则高作对于原书抽取的很精密,为什么竟忘掉了书首的自叙,和宝玉的一赞,像这般重要的东西?这部补作,说"宝玉无以为家,至沦为击柝之役",我们并不是持势利之见,终觉得他太杀风景。这样的大乐之后必大苦,两面各各说尽,亦太无味。所以高鹗宁可留些罅隙,不肯落他的模样。照我想,宝玉的结局,都写在"甄士隐梦幻识通灵"之内。雪芹拿甄士隐来做宝玉的影子,有几处地方可见:甄士隐"秉性恬淡,不以功名为念",是一证。他梦到太虚幻境,所见扁额对联,都与宝玉所见同,是二证。士隐投到他丈人封肃家里去,托封肃置买些房地,为后日衣食之计,"那封肃便半用半赚的,略与他些薄田破屋,士隐乃读书之人,不惯生理稼穑等事,勉强支持了一二年,越发穷了",这正与开首"蓬牖茅椽,绳床瓦灶"相应,是三证。他注释《好了歌》道,"陋室空堂,当年笏满床;衰草枯杨,曾为歌舞场。蛛丝儿结满雕梁,绿纱今又糊在蓬窗上。……"这正与雪芹预设下的结局应合,是四证。结果,疯跛道人同了甄士隐飘飘而去,所以高氏续作也说宝玉随了一僧一道而去了。可见宝玉后来自是贫穷,而贫穷之后当是出家;否则全书很难煞住,而起结亦不一致。曾把这层意思告诉平伯,他回信说,"贫穷与出家原非相反,实是相因。出家固不必因贫穷,但贫穷更可引起出家之念。甄士隐为宝玉之结局一影,揆之文情,自相吻合。雪芹自己虽未必做和尚,但他也许有出家的念头。我们不能因雪芹没出家,便武断宝玉也如此。"

　　高鹗没写宝玉贫穷,固是不周到,但假使实写他下半世的贫穷样子,也觉得情事太支蔓,不易见长。而且高鹗非雪芹,如何悬揣他的贫穷样子;若是勉强虚拟了,反不见佳,若照甄士隐的状况写了,也觉得他重复。所以只把书中屡屡豫言的"金陵十二钗"的结果照样做了,就此煞住,倒是精炼。

　　写到这里,想起雪芹原意,是要到老才出家的。这有二证:(一)甄士隐随着跛道人去时,已经"年过半百"了。(二)第二回写贾雨村游智通寺,门联的下一语是"眼前无路想回头"。他想道,"文虽甚浅,其意则深,……其中想必有个翻过筋斗来的也未可知。"走入看时,只有一个龙钟老僧在那里煮饭。这一段必非泛泛的叙述,因为插在"贾夫人仙逝扬州城"和"冷子兴演说荣国府"的中间;而"翻过筋斗"一句话尤为明白。因此可以推想雪芹做这部书时,已有五六十岁了。这部书所以没做完,或他竟是老病死了。先生推测雪芹生年,谓当生于康熙卅五六年;推测做《红楼梦》的时候,谓"大概在康熙帝南巡之后三十年左右,当雍正末或乾隆初年的时代。这时候约当曹雪芹四十岁上下"。但雪芹若是曹寅之孙,则康熙卅五六年似乎尚早;而著书之年,若照甄士隐及智通寺僧看来,似乎也须移后。(当在二十年后,乾隆二十年左右。)如此,与乾隆五十七年高氏《红楼梦引言》所谓"藏书家抄录传阅,几三十年"一语,颇相紧接。这个推测,先生以为可用否?

　　《四松堂集》等,苏沪均未觅到。

　　　　　　　　　学生顾颉刚　一九二一.六.六
　　　　　　　　　　(载《中华文史论丛》一九八一年第四辑)

一九二一年六月九日日记 (节录)

　　今天买得《八旗人诗钞》。此诗是铁保编的,但后来书成时被嘉庆赐名为《熙朝雅颂集》,故书店竟不知有《八旗人诗钞》一书。我前日无意中翻得铁保的《惟清斋全集》,始知此书改名的事。此书成于嘉庆九年,共百三十四卷,自是清朝一代文献的一部重要书。《雪桥诗话》所称诸满人,很多在此集中。曹寅居一卷,但曹雪芹与高鹗皆不入选。高鹗与铁保同时,自不入选。但雪芹不入选,殊不可解。

　　诗钞中有敦诚、敦敏兄弟诗一卷,中有他们与曹雪芹赠答的诗四首,录于下页。诗中"秦淮残梦忆繁华"、"扬州旧梦"等语,皆可供考证。"于今环堵蓬蒿屯"、"残杯冷炙"等句,可见雪芹贫状。

赠 曹 雪 芹

敦　敏

　　碧水青山曲径遐,薜萝门巷是烟霞。寻诗人去留僧壁,卖画钱来付酒家。燕市狂歌悲遇合,秦淮残梦忆繁华。新愁旧恨知多少,都付酕醄醉眼斜。

访曹雪芹不值

敦　敏

　　野浦冻云深,柴扉晚烟薄。山村不见人,夕阳寒欲落。

佩刀质酒歌有序

敦　诚

秋晓,遇雪芹于槐园,风雨淋涔,朝寒袭袂。时主人未出,雪芹酒渴如狂(!),余因解佩刀沽酒而饮之。雪芹欢甚,作长歌以谢余。余亦作此答之。

我闻贺鉴湖,不惜金龟掷酒垆;又闻阮遥集,直卸金貂作鲸吸。嗟余本非二子狂,腰间更无黄金珰。秋气酿寒风雨恶,满园榆柳飞苍黄。主人未出童子睡,罂干瓮涩何可当。相逢况是淳于辈,一石差可温枯肠。身外长物亦何有,弯刀昨夜磨秋霜,且酤满眼作软饱,谁暇齐鬲分低昂。元忠两褥何妨质,孙济缊袍须先偿,我今此刀空作佩,岂是吕虔遗王祥。欲耕不值买犍犊,杀贼何能临边疆;未若一斗复一斗,令此肝肺生角芒! 曹子大笑称快哉,击石作歌声琅琅。知君诗胆昔如铁,堪与刀颖交寒光。我有古剑尚在匣,一条秋水苍波凉;君才抑塞倘欲拔,不妨斫地歌王郎!

寄怀曹雪芹

敦　诚

少陵昔赠曹将军,曾曰魏武之子孙。嗟君或亦将军后,于今环堵蓬蒿屯。扬州旧梦久已绝,且着临邛犊鼻裈! 爱君诗笔有奇气,直追昌谷披篱樊。当时虎门数晨夕,西窗剪烛风雨昏;接䍦倒着容君傲,高谈雄辩虱手扪。感时思君不相见,蓟门落日松亭尊。劝君莫弹食客铗,劝君莫叩富儿门! 残杯冷炙有德色,不如著书黄叶村。

……

（见《胡適的日记》）

一九二一年六月十七日日记（节录）

......

买得杨钟羲编的《八旗文经》六十卷。此书刻于光绪辛丑（武昌），共文五十六卷，作者考三卷，叙录一卷。卷二十三有高鹗的《操缦堂诗稿跋》，跋尾书"乾隆四十七年（一七八二）壬寅小阳月"。

作者考云："曹寅，字子清，一字楝亭，号荔轩，一号雪樵，世居沈阳地方，隶汉军正白旗。工部尚书曹玺子。……甥富察昌龄，字谨斋，阁峰尚书子，有时名，集未见。"称甥而不及子孙，可怪。

卷三十九有敦诚的《拙鹊亭记》，作于辛丑初冬；有《松亭再征记》，作于戊寅正月；卷五十六有他的《祭周立厓文》，中云："先生与先公始交时在戊寅己卯间，是时先生……每过静补堂，……诚尝侍几杖侧。迨庚寅先公即世，先生哭之过时而哀。……诚追述平生，惝恍若梦。回念静补堂几杖之侧，已二十余年矣。"

今表列这些年岁如下：

	（前）				（后）	
	康熙				乾隆	
戊寅	三七	一六九八			二三	一七五八
己卯	三八	一六九九			二四	一七五九

| 庚寅 | 四九 | 一七一〇 | | 三五 | 一七七〇 |
| 辛丑 | 六〇 | 一七二一 | | 四六 | 一七八一 |

《雪桥诗话》记清宗室永忠(臞仙)为敦诚的葛巾居作的辛丑诗,直书为乾隆辛丑。今检原诗(《八旗人诗钞》二五),并未明言乾隆辛丑。以意推测起来,大概是不错的。敦诚有挽曹雪芹诗,大概比雪芹年轻。

......

(见《胡适的日记》)

与顾颉刚书

颉刚：

《八旗人诗钞》一三四卷，乃铁保所集，进呈后赐名《熙朝雅颂集》，怪不得我们找不到了！一天，我在铁保集里翻得此名，就买了一部来。中有曹寅一卷，敦诚、敦敏合一卷。敦诚弟兄各有送曹雪芹的诗两首，已钞出，余无关。曹霑、高鹗皆无名。

近又得杨钟羲编的《八旗文经》六十卷，中有《作者考》三卷，曹寅下称及"甥富察昌龄有时名，集未见"。而不及子孙。

我七月初旬来上海。

适 一九二一.六.十八
（载《学术界》第一卷第六期）

附 录

顾颉刚答书

适之先生：

接十八日一片，悉《八旗人诗钞》竟购到，快甚。我前回也曾翻过铁保的《楳菴诗钞》，无所得而止。现在先生在他集里翻得此名，想先生的一部是全本了。（我的一部，系如皋冒氏所刻，至乾隆六十年止，只五卷，根据阮元的刻本。）

在铁氏《诗钞》里，知在乾隆五十八九年奉敕编纂《八旗通志》。我在京师图书馆所看的一部，是雍、乾间修的。可见铁氏一本，即江南图书馆所藏的《八旗通志二集》。在这部里，曹家事实即不有，敦诚弟兄的生卒大约是可考的。

高鹗与铁保是同时人。《八旗人诗钞》所以无高鹗，大约是不录生存人。

《八旗文经》为杨钟羲编，大约即我在校内见的一本，因为我记得这部书很新。

敦诚弟兄赠曹雪芹诗四首，能见示否？

我这几天因家祖母又病剧，什么事都没干。上回写平伯信时，曾讨论"大观园非即随园"一事。未知他曾否转告？我的意见如下：

（一）随园如曾做过曹家的别业，何以省府县各志上都没有提起？

（二）曹寅是很欢喜做诗的人，宾朋门客也很多酬赠唱和之作，为什么在《楝亭集》上及与曹家有关系人的诗文集上从没有见过？

（三）《续同人集》上，张坚赠诗序明云，"白门有随园，创自吴氏。"可见所谓"瞬息四十年，园林数主易"者，即由吴而隋，由隋而袁的三家。

（四）这一件事，在袁枚集中，只《诗话》卷二一见，其他绝未说及。便是《随园记》六篇，也不提起只字。若真是曹家旧业，以袁枚的性情，必不肯如此恝置。

（五）乾隆十三年的《江宁府志》，是袁枚修的。这虽在作《随园记》的前一年，但志书的修纂不止一载；况《随园记》是十四年三月作的，在作记之前，已经做了买园、改建、辞官、迁居等许多事了，这决非三个月以内所可办完的事，

可见买园必在十四年之前,这正是修志的时候。如曹家果
有此园,记内即不详,亦应载于志上。这一部志书虽尚未看
见,但嘉庆十七年姚鼐修的《府志》,是根据他的:姚《志》没
有,可见袁《志》也未必有。以曹家之有名,袁氏之亲手修
志,若竟失记,自令人难信。

(六)《随园诗话》里,说雪芹是曹寅之子,是一误。说
雪芹"距今已百余岁矣",是二误。《随园记》说隋氏为康熙
时织造,是三误。若袁枚确与曹家先后住在小仓山,当不致
如此谬误。即使他自己不能深知,也有他的朋友——如张
坚一辈人——告他,为什么终究如此模糊?

(七)如坐实凤姐所说早生二三十年,看得见太祖皇帝
仿舜巡的故事,是说话的年代,那时宝玉只十二岁,则雪芹
应生于一七一六——一七二六。可见入书的时候,极早曹
頫适卸织造之职,极迟曹家已迁回北京十年了。又曹頫卸
任时,曹寅应得七十岁,书中贾母年七十余,可见自在卸任
之后。既已卸任,必不会在南京买地造园。

以上所说数条,先生以为可用否?

我的一本《随园诗话》,所记曹家一条,与先生抄入《考证》者
略异。其文云:

> 其子雪芹撰《红楼梦》一部……明我斋读而羡之。当时
> 红楼中有某校书尤艳,我斋题云,"病容憔悴胜桃花……"

上云"明我斋",下云"我斋",可见这人姓明,或满人名的上一字;
这两首赠校书的诗,竟不是曹雪芹所作。我的一部固是版子不
好,但翻刻的讹不致如此之巧。考《续同人集·生挽类》有明义

所作一首,虽未写明他的号,似很相近,诗格亦同其质直,大概即
是此人。若是如此,则这二诗不过"《红楼梦》图赞"之类。

　　先生到上海时住何处?

学生顾颉刚　一九二一.六.廿三

(载《中华文史论丛》一九八一年第四辑)

答顾颉刚书

颉刚兄：

得书甚喜。敦诚弟兄诗四首①，另纸钞上。

另钞上《日记》一则②，可考见敦诚的时代。

你说"大观园非随园"，我觉得甚有理。当访袁枚所修《江宁府志》一看，以决此疑。京馆无此志。

《随园诗话》说大观园即随园，似也不致全无所据。此事终当细考。

你的《随园诗话》有"明我斋读而羡之"，"我斋题云"等话，大可注意。我家中三种本子，皆无此二语。你这本子定是一种有研究价值之本。望便中多寻别本一对。

大学学生王小隐说，曹雪芹的子孙现住济南，已改旗姓，但族谱上尚有"五世祖雪芹府君"，其家又有雪芹遗稿钞本。我已叫他去搜求，不知有效否。如真系"五世祖"，则雪芹为寅之孙无疑。若能得遗稿，我真要狂喜了！

适　一九二一. 六. 廿八

（载《学术界》第一卷第六期）

---

① 编者按：敦诚兄弟诗四首见收入本书的胡适一九二一年六月九日日记（节录）。

② 编者按：胡适信中所附《日记》一则，即收入本书的胡适一九二一年六月十七日日记（节录）。

附　录

顾颉刚答书

適之先生：

接到两次来信，读悉。

从敦诚弟兄的诗上看来，雪芹的绚烂生活实在扬州、南京。可见曹家虽在雍正六年交卸江宁织造，后来尚有一番宦况。（或调任浙江织造也未可知，待考。）可恨《江南通志》是乾隆元年修的，到现在刚在续修。无从考证他家的官职与年代。依我想，或者隋赫德的后任还是曹頫。但如此，则雪芹生年更须推下；大概把高鹗续作前二十年，算做他五十岁，是不能再后了。他们即使在南京有花园，也决不是随园了。

清宗室永忠为敦诚作葛巾居诗，当然是乾隆辛丑。因为"永"字辈为嘉庆帝的兄弟行，乾隆帝的儿子很多名永的。

日前在《中国人名大辞典》里（页五三一），翻到周立崖名于礼，是乾隆朝的进士，则敦诚为乾隆时人更无可疑。

王小隐君如能得曹家家谱及雪芹诗稿，真是一大快事！雪芹诗所以不入《熙朝雅颂集》之故，想来没有刻本，流传不广，为铁保所未见。

李文藻的《琉璃厂书肆记》，在《功顺堂丛书》里找到了。他说"夏间从内城买书数十部，每部有'楝亭曹印'其上，又有'长白敷槎氏堇斋昌龄图书记'，盖本曹氏而归于昌龄者。昌龄官至学士，楝亭之甥也。……"此条可与《八旗文经·作者考》参观。又在丁日昌的《持静斋书目》上，见到《元丰九域志》、《毛诗要义》二书，均为楝亭旧藏。可见曹家书籍最先归与昌龄；历乾隆至同光，辗转流传在各处藏书家里，为他们所珍重。

学生顾颉刚　一九二一. 七. 十

（载《中华文史论丛》一九八一年第四辑）

顾颉刚《古史辨・自序》(节录)

……

十年初春,我的祖母骤然病了偏中,饮食扶掖一切需人。我是她的最爱的孙儿,使我不忍远离,但北京的学问环境也使我割舍不得;这一年中南北道途往返了六七回,每回都携带了许多书,生活不安定极了。但除了继续点读辨伪的书籍之外,也做了两件专门的工作:其一,是讨论《红楼梦》的本子问题和搜集曹雪芹的家庭事实;其二,是辑录《诗辨妄》连带研究《诗经》和搜集郑樵的事实。《红楼梦》问题是适之先生引起的。十年三月中,北京国立学校为了索薪罢课,他即在此时草成《红楼梦考证》,我最先得读。《红楼梦》这部书虽是近代的作品,只因读者不明悉曹家的事实,兼以书中描写得太侈丽了,常有过分的揣测,仿佛这书真是叙述帝王家的秘闻似的。但也因各说各的,考索出来的本事终至互相牴牾。适之先生第一个从曹家的事实上断定这书是作者的自述,使人把秘奇的观念变成了平凡;又从版本上考定这书是未完之作而经后人补缀的,使人把向来看作一贯的东西忽地打成了两橛。我读完之后,又深切地领受研究历史的方法。他感到搜集的史实的不足,嘱我补充一点。那时正在无期的罢课之中,我便天天上京师图书馆,从各种志书及清初人诗文集里寻觅曹家的故实。果然,从我的设计之下检得了许多材料。把这许多材料联贯起来,曹家的情形更清楚了。我的同学俞平伯先生正在京闲着,他也感染了这个风气,精心研读《红楼梦》。我归家后,他们不断的来信讨论,我也相与应和,或者彼此驳辨。这件事弄了半年多,成就了适之先生的《红楼梦考证改定稿》和平伯的《红楼梦辨》。我从他们和我往来的信札里,深感到研究学问的乐趣。我从曹家的故实和《红楼梦》的本子里,又深感到史实与传说的变迁情状的复杂。……

　　顾颉刚　一九二六年一月十二日始草,四月二十日草毕

(见《古史辨》第一册)

一九二一年七月二十日日记（节录）

......

买得石印的雍正帝《朱批谕旨》六十册，偶一翻阅，见第四十八册有雍正元年三月苏州织造胡凤翚奏折一篇，内称"今查得李煦任内亏空各年余剩银两，现奉旨交督臣查弼纳查追外，尚有六十一年办六十年分应存剩银六万三百五十五两零，并无存库，亦系李煦亏空。……所有历年动用银两数目，另开细折，并呈御览。……"李煦任苏州织造最久，又任淮盐甚久，尚至如此亏空。一年之亏空至六万余两，其总数可想！曹家之败，当亦是因此。颉刚推测曹頫雍正六年以后尚有一番官况，似不确。

......

（见《胡適的日记》）

《红楼梦》考证（改定稿）

一

《红楼梦》的考证是不容易做的，一来因为材料太少，二来因为向来研究这部书的人都走错了道路。他们怎样走错了道路呢？他们不去搜求那些可以考定《红楼梦》的著者，时代，版本等等的材料，却去收罗许多不相干的零碎史事来附会《红楼梦》里的情节。他们并不曾做《红楼梦》的考证，其实只做了许多《红楼梦》的附会！这种附会的"红学"又可分作几派：

第一派说《红楼梦》"全为清世祖与董鄂妃而作，兼及当时的诸名王奇女"。他们说董鄂妃即是秦淮名妓董小宛，本是当时名士冒辟疆的妾，后来被清兵夺去，送到北京，得了清世祖的宠爱，封为贵妃。后来董妃夭死，清世祖哀痛的很，遂跑到五台山去做和尚去了。依这一派的话，冒辟疆与他的朋友们说的董小宛之死，都是假的；清史上说的清世祖在位十八年而死，也是假的。这一派说《红楼梦》里的贾宝玉即是清世祖，林黛玉即是董妃。"世祖临宇十八年，宝玉便十九岁出家；世祖自肇祖以来为第七代，宝玉便言'一子成佛，七祖升天'，又恰中第七名举人；世祖谥'章'，宝玉便谥'文妙'，文章两字可暗射。""小宛名白，故黛玉名黛，粉白黛绿之意也。小宛是苏州人，黛玉也是苏州人，小宛在如皋，黛玉亦在扬州。小宛来自盐官，黛玉来自巡盐御史之署。

小宛入宫，年已二十有七；黛玉入京，年只十三余，恰得小宛之半。……小宛游金山时，人以为江妃踏波而上，故黛玉号'潇湘妃子'，实从'江妃'二字得来。"（以上引的话均见王梦阮先生的《红楼梦索隐》的《提要》。）

　　这一派的代表是王梦阮先生的《红楼梦索隐》。这一派的根本错误已被孟莼荪先生的《董小宛考》（附在蔡子民先生的《石头记索隐》之后，页一三一以下。）用精密的方法一一证明了。孟先生在这篇《董小宛考》里证明董小宛生于明天启四年甲子，故清世祖生时，小宛已十五岁了；顺治元年，世祖方七岁，小宛已二十一岁了；顺治八年正月二日，小宛死，年二十八岁，而清世祖那时还是一个十四岁的小孩子。小宛比清世祖年长一倍，断无入宫邀宠之理。孟先生引据了许多书，按年分别，证据非常完备，方法也很细密。那种无稽的附会，如何当得起孟先生的摧破呢？例如《红楼梦索隐》说：

　　　　渔洋山人《题冒辟疆妾圆玉、女罗画》三首之二末句云："洛川淼淼神人隔，空费陈王八斗才"，亦为小琬而作。圆玉者，琬也；玉旁加以宛转之义，故曰圆玉。女罗，罗敷女也。均有深意。神人之隔，又与死别不同矣。（《提要》页一二。）

孟先生在《董小宛考》里引了清初的许多诗人的诗来证明冒辟疆的妾并不止小宛一人；女罗姓蔡，名含，很能画苍松墨凤；圆玉当是金晓珠，名玥，昆山人，能画人物。晓珠最爱画洛神（汪舟次有《晓珠手临洛神图卷跋》，吴茴次有《乞晓珠画洛神启》。），故渔洋山人诗有"洛川淼淼神人隔"的话。我们若懂得孟先生与王梦阮先生两人用的方法的区别，便知道考证与附会的绝对不相同了。

　　《红楼梦索隐》一书，有了《董小宛考》的辨正，我本可以不再批评他了。但这书中还有许多绝无道理的附会，孟先生都不及指摘出来。如他说："曹雪芹为世家子，其成书当在乾嘉时代。书中明言南巡四次，是指高宗时事，在嘉庆时所作可知。……意者此书但经雪芹修改，当初创造另自有人。……揣其成书亦当在康熙中叶。……至乾隆朝，事多忌讳，档案类多修改。《红楼》一书，内廷索阅，将为禁本。雪芹先生势不得已，乃为一再修订，俾愈隐而愈不失其真。"（《提要》页五至六）但他在第十六回凤姐提起南巡接驾一段话的下面，又注道："此作者自言也。圣祖二次南巡，即驻跸雪芹之父曹寅盐署中，雪芹以童年召对，故有此笔。"下面赵嬷嬷说甄家接驾四次一段的下面，又注道："圣祖南巡四次，此言接驾四次，特明为乾隆时事。"我们看这三段"索隐"，可以看出许多错误。（一）第十六回明说二三十年前"太祖皇帝"南巡时的几次接驾；赵嬷嬷年长，故"亲眼看见"。我们如何能指定前者为康熙时的南巡而后者为乾隆时的南巡呢？（二）康熙帝二次南巡在二十八年（西历一六八九），到四十二年曹寅才做两淮巡盐御史。《索隐》说康熙帝二次南巡驻跸曹寅盐院署，是错的。（三）《索隐》说康熙帝二次南巡时，"曹雪芹以童年召对"；又说雪芹成书在嘉庆时。嘉庆元年（西历一七九六），上距康熙二十八年，已隔百零七年了。曹雪芹成书时，他可不是一百二三十岁了吗？（四）《索隐》说《红楼梦》成书在乾嘉时代，又说是在嘉庆时所作：这一说最谬。《红楼梦》在乾隆时已风行，有当时版本可证。（详考见后文）况且袁枚在《随园诗话》里曾提起曹雪芹的《红楼梦》；袁枚死于嘉庆二年，诗话之作更早的多，如何能提到嘉庆时所作的《红楼梦》呢？

第二派说《红楼梦》是清康熙朝的政治小说。这一派可用蔡子民先生的《石头记索隐》作代表。蔡先生说：

《石头记》……作者持民族主义甚挚。书中本事在吊明之亡,揭清之失,而尤于汉族名士仕清者寓痛惜之意。当时既虑触文网,又欲别开生面,特于本事之上,加以数层障幂,使读者有"横看成岭侧成峰"之状况(《石头记索隐》页一〇)。书中"红"字多隐"朱"字。朱者,明也,汉也。宝玉有"爱红"之癖,言以满人而爱汉族文化也;好吃人口上胭脂,言拾汉人唾余也。……当时清帝虽躬修文学,且创开博学鸿词科,实专以笼络汉人,初不愿满人渐染汉俗,其后雍、乾诸朝亦时时申诫之。故第十九回袭人劝宝玉道:"再不许吃人嘴上擦的胭脂了,与那爱红的毛病儿。"又黛玉见宝玉腮上血渍,询知为淘澄胭脂膏子所溅,谓为"带出幌子,吹到舅舅耳里,又大家不干净惹气",皆此意。宝玉在大观园中所居曰怡红院,即爱红之义。所谓曹雪芹于悼红轩中增删本书,则吊明之义也。……(页三至四)

书中女子多指汉人,男子多指满人。不但"女子是水作的骨肉,男人是泥作的骨肉"与"汉"字"满"字有关系也;我国古代哲学以阴阳二字说明一切对待之事物,《易》坤卦象传曰,"地道也,妻道也,臣道也,"是以夫妻君臣分配于阴阳也。《石头记》即用其义。第三十一回……翠缕说:"知道了! 姑娘(史湘云)是阳,我就是阴。……人家说主子为阳,奴才为阴。我连这个大道理也不懂得!"……清制,对于君主,满人自称奴才,汉人自称臣。臣与奴才,并无二义。以民族之对待言之,征服者为主,被征服者为奴。本书以男女影满、汉,以此。(页九至十)

这些是蔡先生的根本主张。以后便是"阐证本事"了。依他的见解,下面这些人是可考的:

（一）贾宝玉，伪朝之帝系也；宝玉者，传国玺之义也，即指胤礽（康熙帝的太子，后被废）。（页十至二二）

（二）《石头记》叙巧姐事，似亦指胤礽，巧字与礽字形相似也。……（页二三至二五）

（三）林黛玉影朱竹垞（朱彝尊）也。绛珠，影其氏也。居潇湘馆，影其竹垞之号也。……（页二五至二七）

（四）薛宝钗，高江村（高士奇）也。薛者，雪也。林和靖诗，"雪满山中高士卧，月明林下美人来。"用薛字以影江村之姓名（高士奇）也。……（页二八至四二）

（五）探春影徐健庵也。健庵名乾学，乾卦作"☰"，故曰三姑娘。健庵以进士第三人及第，通称探花，故名探春。……（页四二至四七）

（六）王熙凤影余国柱也。王即柱字偏旁之省，国字俗写作"囯"，故熙凤之夫曰琏，言二王字相连也。……（页四七至六一）

（七）史湘云，陈其年也。其年又号迦陵。史湘云佩金麒麟，当是"其"字"陵"字之借音。氏以史者，其年尝以翰林院检讨纂修《明史》也。……（页六一至七一）

（八）妙玉，姜西溟（姜宸英）也。姜为少女，以妙代之。《诗》曰，"美如玉"，"美如英"。玉字所以代英字也。（从徐柳泉说）。……（页七二至八七）

（九）惜春，严荪友也。……（页八七至九一）

（十）宝琴，冒辟疆也。……（页九一至九五）

（十一）刘老老，汤潜庵（汤斌）也。……（页九五至百十）

蔡先生这部书的方法是：每举一人，必先举他的事实，然后引《红楼梦》中情节来配合。我这篇文里，篇幅有限，不能表示他

的引书之多和用心之勤：这是我很抱歉的。但我总觉得蔡先生
这么多的心力都是白白的浪费了，因为我总觉得他这部书到底
还只是一种很牵强的附会。我记得从前有个灯谜，用杜诗"无边
落木萧萧下"来打一个"日"字。这个谜，除了做谜的人自己，是
没有人猜得中的。因为做谜的人先想着南北朝的齐和梁两朝都
是姓萧的；其次，把"萧萧下"的"萧萧"解作两个姓萧的朝代；其
次，二萧的下面是那姓陈的陈朝。想着了"陈"字，然后把偏旁去
掉（无边）；再把"东"字里的"木"字去掉（落木）。剩下的"日"字，
才是谜底！你若不能绕这许多湾子，休想猜谜！假使做《红楼
梦》的人当日真个用王熙凤来影余国柱，真个想着"王即柱字偏
旁之省，国字俗写作囯，故熙凤之夫曰琏，言二王字相连
也，"——假使他真如此思想，他岂不真成了一个大笨伯了吗？
他费了那么大气力，到底只做了"国"字和"柱"字的一小部分；还
有这两个字的其余部分和那最重要的"余"字，都不曾做到"谜
面"里去！这样做的谜，可不是笨谜吗？用麒麟来影"其年"的
其，"迦陵"的陵；用三姑娘来影"乾学"的乾：假使真有这种影射
法，都是同样的笨谜！假使一部《红楼梦》真是一串这么样的笨
谜那就真不值得猜了！

　　我且再举一条例来说明这种"索隐"（猜谜）法的无益。蔡先
生引蒯若木先生的话，说刘老老即是汤潜庵：

　　　　潜庵受业于孙夏峰，（孙奇逢，清初的理学家。）凡十年。
　　夏峰之学本以象山（陆九渊）阳明（王守仁）为宗。《石头记》
　　"刘老老之女婿曰王狗儿，狗儿之父曰王成。其祖上曾与凤
　　姐之祖，王夫人之父认识；因贪王家势利，便连了宗。"似
　　指此。

其实《红楼梦》里的王家既不是专指王阳明的学派，此处似不应该忽然用王家代表王学。况且从汤斌想到孙奇逢，从孙奇逢想到王阳明学派，再从阳明学派想到王夫人一家，又从王家想到王狗儿的祖上，又从王狗儿转到他的丈母刘老老——这个谜可不是比那"无边落木萧萧下"的谜还更难猜吗？蔡先生又说《石头记》第三十九回刘老老说的"抽柴"一段故事是影汤斌毁五通祠的事；刘老老的外孙板儿影的是汤斌买的一部《廿一史》；他的外孙女青儿影的是汤斌每天吃的韭菜。这种附会已是很滑稽的了。最妙的是第六回凤姐给刘老老二十两银子，蔡先生说这是影汤斌死后徐乾学赙送的二十金；又第四十二回凤姐又送老老八两银子，蔡先生说这是影汤斌死后惟遗俸银八两。这八两有了下落了，那二十两也有了下落了；但第四十二回王夫人还送了刘老老两包银子，每包五十两，共是一百两；这一百两可就没有下落了！因为汤斌一生的事实没有一件可恰合这一百两银子的，所以这一百两虽然比那二十八两更重要，到底没有"索隐"的价值！这种完全任意的去取，实在没有道理，故我说蔡先生的《石头记索隐》也还是一种很牵强的附会。

第三派的《红楼梦》附会家，虽然略有小小的不同：大致都主张《红楼梦》记的是纳兰成德的事。成德后改名性德，字容若，是康熙朝宰相明珠的儿子。陈康祺的《郎潜纪闻二笔》(即《燕下乡脞录》)卷五说：

> 先师徐柳泉先生云："小说《红楼梦》一书即记故相明珠家事；金钗十二，皆纳兰侍卫(成德官侍卫)所奉为上客者也。宝钗影高澹人，妙玉即影西溟(姜宸英)。……"徐先生言之甚详，惜余不尽记忆。

又俞樾的《小浮梅闲话》(《曲园杂纂》三十八)说:

> 《红楼梦》一书,世传为明珠之子而作。……明珠子名
> 成德,字容若。《通志堂经解》每一种有纳兰成德容若序,即
> 其人也。恭读乾隆五十一年二月二十九日上谕:"成德于康
> 熙十一年壬子科中式举人,十二年癸丑科中式进士,年甫十
> 六岁。"(適按此谕不见于《东华录》,但载于《通志堂经解》之首。)然
> 则其中举人止十五岁,于书中所述颇合也。

钱静方先生的《红楼梦考》(附在《石头记索隐》之后,页一二一至一三
○。)也颇有赞成这种主张的倾向。钱先生说:

> 是书力写宝、黛痴情。黛玉不知所指何人。宝玉固全
> 书之主人翁,即纳兰侍御也。使侍御而非深于情者,则焉得
> 有此情影?余读《饮水词钞》,不独于宾从间得讦合之欢,而
> 尤于闺房内致缠绵之意。即黛玉葬花一段,亦从其词中脱
> 卸而出。是黛玉虽影他人,亦实影侍御之德配也。

这一派的主张,依我看来,也没有可靠的根据,也只是一种
很牵强的附会。(一)纳兰成德生于顺治十一年(西历一六五
四),死于康熙二十四年(一六八五),年三十一岁。他死时,他的
父亲明珠正在极盛的时代,(大学士加太子太傅,不久又晋太子
太师。)我们如何可说那眼见贾府兴亡的宝玉是指他呢?
(二)俞樾引乾隆五十一年上谕说成德中举人时止十五岁,其实
连那上谕都是错的。成德生于顺治十一年;康熙壬子,他中举人
时,年十八;明年癸丑,他中进士,年十九。徐乾学做的《墓志铭》
与韩菼做的《神道碑》,都如此说。乾隆帝因为硬要否认《通志堂

经解》的许多序是成德做的,故说他中进士时年止十六岁。(也许成德应试时故意减少三岁,而乾隆帝但依据履历上的年岁。)无论如何,我们不可用宝玉中举的年岁来附会成德。若宝玉中举的年岁可以附会成德,我们也可以用成德中进士和殿试的年岁来证明宝玉不是成德了!(三)至于钱先生说的纳兰成德的夫人即是黛玉,似乎更不能成立。成德原配卢氏,为两广总督兴祖之女,续配官氏,生二子一女。卢氏早死,故《饮水词》中有几首悼亡的词。钱先生引他的悼亡词来附会黛玉,其实这种悼亡的诗词,在中国旧文学里,何止几千首?况且大致都是千篇一律的东西。若几首悼亡词可以附会林黛玉,林黛玉真要成"人尽可夫"了!(四)至于徐柳泉说的大观园里十二金钗都是纳兰成德所奉为上客的一班名士,这种附会法与《石头记索隐》的方法有同样的危险。即如徐柳泉说妙玉影姜宸英,那么,黛玉何以不可附会姜宸英?晴雯何以不可附会姜宸英?又如他说宝钗影高士奇,那么,袭人也可以影高士奇了,凤姐更可以影高士奇了。我们试读姜宸英祭纳兰成德的文:

> 兄一见我,怪我落落,转亦以此,赏我标格。……数兄知我,其端非一。我常箕踞,对客欠伸,兄不余傲,知我任真。我时嫚骂,无问高爵,兄不余狂,知余疾恶。激昂论事,眼睁舌挢,兄为抵掌,助之叫号。有时对酒,雪涕悲歌,谓余失志,孤愤则那?彼何人斯,实应且憎。余色拒之,兄门固扃。

妙玉可当得这种交情吗?这可不更像黛玉吗?我们又试读郭琇参劾高士奇的奏疏:

……久之，羽翼既多，遂自立羽户。……凡督抚藩臬道府厅县以及在内之大小卿员，皆王鸿绪等为之居停哄骗而夤缘照管者，馈至成千累万；即不属党护者，亦有常例，名之曰平安钱。然而人之肯为贿赂者，盖士奇供奉日久，势焰日张，人皆谓之门路真，而士奇遂自忘乎其为撞骗，亦居之不疑，曰，我之门路真。……以觅馆糊口之穷儒，而今忽为数百万之富翁。试问金从何来？无非取给于各官。然官从何来？非侵国帑，剥民膏。夫以国帑民膏而填无厌之溪壑，是士奇等真国之蠹而民之贼也。……（《清史馆本传》，《耆献类征》六十。）

宝钗可当得这种罪名吗？这可不更像凤姐吗？我举这些例的用意是要说明这种附会完全是主观的，任意的，最靠不住的，最无益的。钱静方先生说的好："要之，《红楼》一书，空中楼阁。作者第由其兴会所至，随手拈来，初无成意。即或有心影射，亦不过若即若离，轻描淡写，如画师所绘之百像图，类似者固多，苟细按之，终觉貌是而神非也。"

二

我现在要忠告诸位爱读《红楼梦》的人："我们若想真正了解《红楼梦》，必须先打破这种种牵强附会的《红楼梦》谜学!"

其实做《红楼梦》的考证，尽可以不用那种附会的法子。我们只须根据可靠的版本与可靠的材料，考定这书的著者究竟是谁，著者的事迹家世，著书的时代，这书曾有何种不同的本子，这些本子的来历如何。这些问题乃是《红楼梦》考证的正当范围。

我们先从"著者"一个问题下手。

本书第一回说这书原稿是空空道人从一块石头上钞写下来的,故名《石头记》;后来空空道人改名情僧,遂改《石头记》为《情僧录》;东鲁孔梅溪题为《风月宝鉴》;后因曹雪芹于悼红轩中,披阅十载,增删五次,纂成目录,分出章回,又题曰《金陵十二钗》,并题一绝,即此便是《石头记》的缘起;诗云:

> 满纸荒唐言,一把辛酸泪。都云作者痴,谁解其中味?

第百二十回又提起曹雪芹传授此书的缘由。大概"石头"与空空道人等名目都是曹雪芹假托的缘起,故当时的人多认这书是曹雪芹做的。袁枚的《随园诗话》卷二中有一条说:

> 康熙间,曹练亭(练当作楝)为江宁织造,每出拥八骑,必携书一本,观玩不辍。人问:"公何好学?"曰:"非也。我非地方官而百姓见我必起立,我心不安,故藉此遮目耳。"素与江宁太守陈鹏年不相中,及陈获罪,乃密疏荐陈。人以此重之。
>
> 其子雪芹撰《红楼梦》一书,备记风月繁华之盛,中有所谓大观园者,即余之随园也。明我斋读而羡之。(坊间刻本无此七字)当时红楼中有某校书尤艳,我斋题云:(此四字坊间刻本作"雪芹赠云",今据原刻本改正。)
>
> 病容憔悴胜桃花,午汗潮回热转加;犹恐意中人看出,强言今日较差些。
>
> 威仪棣棣若山河,应把风流夺绮罗,不似小家拘束态,笑时偏少默时多。

我们现在所有的关于《红楼梦》的旁证材料,要算这一条为最早。

近人征引此条,每不全录;他们对于此条的重要,也多不曾完全懂得。这一条记载的重要,凡有几点:

（一）我们因此知道乾隆时的文人承认《红楼梦》是曹雪芹做的。

（二）此条说曹雪芹是曹楝亭的儿子。（又《随园诗话》卷十六也说"雪芹者,曹楝亭织造之嗣君也"。但此说实是错的,说详后。）

（三）此条说大观园即是后来的随园。

俞樾在《小浮梅闲话》里曾引此条的一小部分,又加一注,说:

> 纳兰容若《饮水词集》有《满江红》词,为曹子清题其先人所构楝亭,即雪芹也。

俞樾说曹子清即雪芹,是大谬的。曹子清即曹楝亭,即曹寅。

我们先考曹寅是谁。吴修的《昭代名人尺牍小传》卷十二说:

> 曹寅,字子清,号楝亭,奉天人,官通政司使,江宁织造。校刊古书甚精,有扬州局刻《五韵》、《楝亭十二种》盛行于世。著《楝亭诗钞》。

《扬州画舫录》卷二说:

> 曹寅,字子清,号楝亭,满洲人,官两淮盐院。工诗词,

善书,著有《楝亭诗集》。刊秘书十二种,为《梅苑》、《声画集》、《法书考》、《琴史》、《墨经》、《砚笺》、刘后山(当作刘后村)《千家诗》、《禁扁》、《钓矶立谈》、《都城纪胜》、《糖霜谱》、《录鬼簿》。今之仪征余园门榜"江天传舍"四字,是所书也。

这两条可以参看。又韩菼的《有怀堂文稿》里有《楝亭记》一篇说:

> 荔轩曹使君性至孝。自其先人董三服,官江宁,于署中手植楝树一株,绝爱之,为亭其间,尝憩息于斯。后十余年,使君适自苏移节,如先生之任,则亭颇坏,为新其材,加垩焉,而亭复完。……

此可知曹寅又字荔轩,又可知《饮水词》中的楝亭的历史。

最详细的记载是章学诚的《丙辰札记》:

> 曹寅为两淮巡盐御史,刻古书凡十五种,世称"曹楝亭本"是也。康熙四十三年,四十五年,四十七年,四十九年,间年一任,与同旗李煦互相番代。李于四十四年,四十六年,四十八年,与曹互代;五十年,五十一年,五十二年,五十五年,五十六年,又连任,较曹用事为久矣。然曹至今为学士大夫所称,而李无闻焉。

不幸章学诚说的那"至今为学士大夫所称"的曹寅,竟不曾留下一篇传记给我们做考证的材料,《耆献类征》与《碑传集》都没有曹寅的碑传。只有宋和的《陈鹏年传》(《耆献类征》卷一六四,页一八以下。)有一段重要的纪事:

乙酉(康熙四十四年),上南巡。(此康熙帝第五次南巡)总督集有司议供张,欲于丁粮耗加三分。有司皆慑服,唯唯。独鹏年(江宁知府陈鹏年)不服,否否。总督怏怏,议虽寝,则欲抉去鹏年矣。

无何,车驾由龙潭幸江宁。行宫草创,(按此指龙潭之行宫)欲抉去之者因以是激上怒。时故庶人(按此即康熙帝的太子胤礽,至四十七年被废。)从幸,更怒,欲杀鹏年。车驾至江宁,驻跸织造府。一日,织造幼子嬉而过于庭,上以其无知也,曰,"儿知江宁有好官乎?"曰,"知有陈鹏年。"时有致政大学士张英来朝,上……使人问鹏年,英称其贤。而英则庶人之所傅,上乃谓庶人曰,"尔师傅贤之,如何杀之?"庶人犹欲杀之。

织造曹寅免冠叩头,为鹏年请。当是时,苏州织造李某伏寅后,为寅娣,(娣字不见于字书,似有儿女亲家的意思。)见寅血被额,恐触上怒,阴曳其衣,警之。寅怒而顾之曰,"云何也?"复叩头,阶有声,竟得请。出,巡抚宋荦逆之曰,"君不愧朱云折槛矣!"

又我的朋友顾颉刚在《江南通志》里查出江宁织造的职官如下表:

康熙二年至二十三年	曹玺
康熙二十三年至三十一年	桑格
康熙三十一年至五十二年	曹寅
康熙五十二年至五十四年	曹颙
康熙五十四年至雍正六年	曹頫
雍正六年以后	隋赫德

又苏州织造的职官如下表:

康熙二十九年至三十二年　　　曹寅

康熙三十二年至六十一年　　　李煦

这两表的重要，我们可以分开来说：

（一）曹玺，字元璧，是曹寅的父亲。顾刚引《上元江宁两县志》道："织局繁剧，玺至，积弊一清。陛见，陈江南吏治极详，赐蟒服，加一品，御书'敬慎'扁额。卒于位。子寅。"

（二）因此可知曹寅当康熙二十九年至三十二年时，做苏州织造；三十一年至三十二年，他兼任江宁织造；三十二年以后，他专任江宁织造二十年。

（三）康熙帝六次南巡的时代，可与上两表参看：

康熙二三	一次南巡	曹玺为苏州织造
二八	二次南巡	
三八	三次南巡	曹寅为江宁织造
四二	四次南巡	同上
四四	五次南巡	同上
四六	六次南巡	同上

（四）顾刚又考得"康熙南巡，除第一次到南京驻跸将军署外，余五次均把织造署当行宫"。这五次之中，曹寅当了四次接驾的差。又《振绮堂丛书》内有《圣驾五幸江南恭录》一卷，记康熙四十四年的第五次南巡，写曹寅既在南京接驾，又以巡盐御史的资格赶到扬州接驾；又记曹寅进贡的礼物及康熙帝回銮时赏他通政使司通政使的事，甚详细，可以参看。

（五）曹颙与曹頫都是曹寅的儿子。曹寅的《楝亭诗钞》别集有郭振基序，内说"侍公函丈有年，今公子继任织部，又辱世讲"。是曹颙之为曹寅儿子，已无可疑。曹頫大概是曹颙的兄弟。（说详下）

又《四库全书提要·谱录类·食谱之属存目》里有一条说：

《居常饮馔录》一卷（编修程晋芳家藏本）

国朝曹寅撰。寅字子清，号楝亭，镶蓝旗汉军。康熙中，巡视两淮盐政，加通政司衔。是编以前代所传饮膳之法汇成一编：一曰，宋王灼《糖霜谱》；二三曰，宋东溪遁叟《粥品》及《粉面品》；四曰，元倪瓒《泉史》；五曰，元海滨逸叟《制脯鲊法》；六曰，明王叔承《酿录》；七曰，明释智舷《茗笺》；八九曰，明灌畦老叟《蔬香谱》及《制蔬品法》。中间《糖霜谱》，寅已刻入所辑楝亭十种；其他亦颇散见于《说郛》诸书云。

又《提要·别集类存目》里有一条：

《楝亭诗钞》五卷，附《词钞》一卷（江苏巡抚采进本）

国朝曹寅撰。寅有《居常饮馔录》，已著录。其诗一刻于扬州，计盈千首；再刻于仪征，则寅自汰其旧刻，而吴尚中开雕于柬园者。此本即仪征刻也。其诗出入于白居易苏轼之间。

《提要》说曹家是镶蓝旗人，这是错的。《八旗氏族通谱》有曹锡远一系，说他家是正白旗人，当据以改正。但我们因《四库提要》提起曹寅的诗集，故后来居然寻着他的全集，计《楝亭诗钞》八卷，《文钞》一卷，《词钞》一卷，《诗别集》四卷，《词别集》一卷（天津公园图书馆藏）。从他的集子里，我们得知他生于顺治十五年戊戌（一六五八）九月七日，他死时大概在康熙五十一年（一七一二）的下半年，那时他五十五岁。他的诗颇有好的，在八旗的诗人之中，他自然要算一个大家了。（他的诗在铁保辑的《八旗人诗钞》——改名《熙朝雅颂集》——里，占一全卷的地位。）当时的文学大家，如朱彝尊、姜宸英等，都为《楝亭诗钞》作序。

以上关于曹寅的事实，总结起来，可以得几个结论：

（一）曹寅是八旗的世家，几代都在江南做官。他的父亲曹玺做了二十一年的江宁织造；曹寅自己做了四年的苏州织造，做了二十一年的江宁织造，同时又兼做了四次的两淮巡盐御史。他死后，他的儿子曹颙接着做了三年的江宁织造，他的儿子曹頫接下去做了十三年的江宁织造。他家祖孙三代四个人总共做了五十八年的江宁织造。这个织造真成了他家的"世职"了。

（二）当康熙帝南巡时，他家曾办过四次以上的接驾的差。

（三）曹寅会写字，会做诗词，有诗词集行世；他在扬州曾管领《全唐诗》的刻印，扬州的诗局归他管理甚久；他自己又刻有二十几种精刻的书。（除上举各书外，尚有《周易本义》、《施愚山集》等，朱彝尊的《曝书亭集》也是曹寅捐赀倡刻的，刻未完而死。）他家中藏书极多，精本有三千二百八十七种之多，（见他的《楝亭书目》，京师图书馆有钞本。）可见他的家庭富有文学美术的环境。

（四）他生于顺治十五年，死于康熙五十一年（一六五八——一七一二）。

以上是曹寅的略传与他的家世。曹寅究竟是曹雪芹的什么人呢？袁枚在《随园诗话》里说曹雪芹是曹寅的儿子。这一百多年以来，大家多相信这话，连我在这篇《考证》的初稿里也信了这话。现在我们知道曹雪芹不是曹寅的儿子，乃是他的孙子。最初改正这个大错的是杨钟羲先生。杨先生编有《八旗文经》六十卷，又著有《雪桥诗话》三编，是一个最熟悉八旗文献掌故的人。他在《雪桥诗话》续集卷六，页二三，说：

敬亭（清宗室敦诚字敬亭）……尝为《琵琶亭传奇》一

折，曹雪芹(霑)题句有云："白傅诗灵应喜甚，定教蛮素鬼排场。"雪芹为楝亭通政孙，平生为诗，大概如此，竟坎坷以终。敬亭挽雪芹诗有"牛鬼遗文悲李贺，鹿车荷锸葬刘伶"之句。

这一条使我们知道三个要点：

（一）曹雪芹名霑。

（二）曹雪芹不是曹寅的儿子，是他的孙子。（《中国人名大辞典》页九九〇作"名霑，寅子"，似是根据《雪桥诗话》而误改其一部分。）

（三）清宗室敦诚的诗文集内必有关于曹雪芹的材料。

敦诚字敬亭，别号松堂，英王之裔。他的轶事也散见《雪桥诗话》初二集中。他有《四松堂集》诗二卷，文二卷，《鹪鹩轩笔麈》一卷。他的哥哥名敦敏，字子明，有《懋斋诗钞》。我从此便到处访求这两个人的集子，不料到如今还不曾寻到手。我今年夏间到上海，写信去问杨钟羲先生，他回信说，曾有《四松堂集》，但辛亥乱后遗失了。我虽然很失望，但杨先生既然根据《四松堂集》说曹雪芹是曹寅之孙，这话自然万无可疑。因为敦诚兄弟都是雪芹的好朋友，他们的证见自然是可信的。

我虽然未见敦诚兄弟的全集，但《八旗人诗钞》《熙朝雅颂集》里有他们兄弟的诗一卷。这一卷里有关于曹雪芹的诗四首，我因为这种材料颇不易得，故把这四首全钞于下：

赠 曹 雪 芹

敦　敏

碧水青山曲径遐，薜萝门巷足烟霞。寻诗人去留僧壁，卖画钱来付酒家。燕市狂歌悲遇合，秦淮残梦忆繁华。新愁旧恨知多少，都付酕醄醉眼斜。

访曹雪芹不值

敦　敏

野浦冻云深，柴扉晚烟薄。山村不见人，夕阳寒欲落。

佩刀质酒歌

敦　诚

秋晓遇雪芹于槐园，风雨淋涔，朝寒袭袂。时主人未出，雪芹酒渴如狂，余因解佩刀沽酒而饮之。雪芹欢甚，作长歌以谢余。余亦作此答之。

我闻贺鉴湖，不惜金龟掷酒垆。又闻阮遥集，直卸金貂作鲸吸。嗟余本非二子狂，腰间更无黄金珰。秋气酿寒风雨恶，满园榆柳飞苍黄。主人未出童子睡，斝干瓮涩何可当！相逢况是淳于辈，一石差可温枯肠。身外长物亦何有？鸾刀昨夜磨秋霜。且酤满眼作软饱……令此肝肺生角芒。曹子大笑称"快哉"！击石作歌声琅琅。知君诗胆昔如铁，堪与刀颖交寒光。我有古剑尚在匣，一条秋水苍波凉。君才抑塞倘欲拔，不妨斫地歌王郎。

寄怀曹雪芹

敦　诚

少陵昔赠曹将军，曾曰魏武之子孙。嗟君或亦将军后，于今环堵蓬蒿屯。扬州旧梦久已绝，且著临邛犊鼻裈。爱君诗笔有奇气，直追昌谷披篱樊。当时虎门数晨夕，西窗剪烛风雨昏。接䍦倒着容君傲，高谈雄辨虱手扪。感时思君不相见，蓟门落日松亭尊。劝君莫弹食客铗，劝君莫叩富儿门。残杯冷炙有德色，不如著书黄叶村。

　　我们看这四首诗,可想见他们弟兄与曹雪芹的交情是很深的。他们的证见真是史学家说的"同时人的证见",有了这种证据,我们不能不认袁枚为误记了。

　　这四首诗中,有许多可注意的句子。

　　第一,如"秦淮残梦忆繁华",如"于今环堵蓬蒿屯,扬州旧梦久已绝,且著临邛犊鼻裈",如"劝君莫弹食客铗,劝君莫叩富儿门;残杯冷炙有德色,不如著书黄叶村",都可以证明曹雪芹当时已很贫穷,穷的很不像样了,故敦诚有"残杯冷炙有德色"的劝诫。

　　第二,如"寻诗人去留僧壁,卖画钱来付酒家",如"知君诗胆昔如铁",如"爱君诗笔有奇气,直追昌谷披篱樊",都可以使我们知道曹雪芹是一个会作诗又会绘画的人。最可惜的是曹雪芹的诗现在只剩得"白傅诗灵应喜甚,定教蛮素鬼排场"两句了。但单看这两句,也就可以想见曹雪芹的诗大概是很聪明的,很深刻的。敦诚弟兄比他做李贺,大概很有点相像。

　　第三,我们又可以看出曹雪芹在那贫穷潦倒的境遇里,很觉得牢骚抑郁,故不免纵酒狂歌,自寻排遣。上文引的如"雪芹酒渴如狂",如"相逢况是淳于辈,一石差可温枯肠",如"新愁旧恨知多少,都付酕醄醉眼斜",如"鹿车荷锸葬刘伶",都可以为证。

　　我们既知道曹雪芹的家世和他自身的境遇了,我们应该研究他的年代。这一层颇有点困难,因为材料太少了。敦诚有挽雪芹的诗,可见雪芹死在敦诚之前。敦诚的年代也不可详考。但《八旗文经》里有几篇他的文字,有年月可考:如《拙鹊亭记》作于辛丑初冬,如《松亭再征记》作于戊寅正月,如《祭周立厓文》中说:"先生与先公始交时在戊寅己卯间;是时先生……每过静补堂……诚尝侍几杖侧。……追庚寅先公即世,先生哭之过时

而哀。……诚追述平生……回念静补堂几杖之侧,已二十余年矣。"今作一表,如下:

乾隆二三,戊寅(一七五八)。

乾隆二四,己卯(一七五九)。

乾隆三五,庚寅(一七七〇)。

乾隆四六,辛丑(一七八一)。自戊寅至此,凡二十三年。

清宗室永忠(臞仙)为敦诚作葛巾居的诗,也在乾隆辛丑。敦诚之父死于庚寅,他自己的死期大约在二十年之后,约当乾隆五十余年。纪昀为他的诗集作序,虽无年月可考,但纪昀死于嘉庆十年(一八五〇),而序中的语意都可见敦诚死已甚久了。故我们可以猜定敦诚大约生于雍正初年(约一七二五),死于乾隆五十余年(约一七八五——一七九〇)。

敦诚兄弟与曹雪芹往来,从他们赠答的诗看起来,大概都在他们兄弟中年以前,不像在中年以后。况且《红楼梦》当乾隆五十六七年时已在社会上流通了二十余年了(说详下)。以此看来,我们可以断定曹雪芹死于乾隆三十年左右(约一七六五)。至于他的年纪,更不容易考定了。但敦诚兄弟的诗的口气,很不像是对一位老前辈的口气。我们可以猜想雪芹的年纪至多不过比他们大十来岁,大约生于康熙末叶(约一七一五——一七二〇);当他死时,约五十岁左右。

以上是关于著者曹雪芹的个人和他的家世的材料。我们看了这些材料,大概可以明白《红楼梦》这部书是曹雪芹的自叙传了。这个见解,本来并没有什么新奇,本来是很自然的。不过因为《红楼梦》被一百多年来的红学大家越说越微妙了,故我们现在对于这个极平常的见解反觉得他有证明的必要了。我且举几条重要的证据如下:

第一，我们总该记得《红楼梦》开端时，明明的说着：

> 作者自云曾历过一番梦幻之后，故将真事隐去，而借"通灵"说此《石头记》一书也。……自己又云：今风尘碌碌，一事无成，忽念及当日所有之女子，一一细考较去，觉其行止见识皆出我之上。我堂堂须眉，诚不若彼裙钗。……当此日，欲将已往所赖天恩祖德，锦衣纨袴之时，饫甘餍肥之日，背父兄教育之恩，负师友规训之德，以致今日一技无成半生潦倒之罪，编述一集，以告天下。

这话说的何等明白！《红楼梦》明明是一部"将真事隐去"的自叙的书。若作者是曹雪芹，那么，曹雪芹即是《红楼梦》开端时那个深自忏悔的"我"！即是书里的甄、贾（真假）两个宝玉的底本！懂得这个道理，便知书中的贾府与甄府都只是曹雪芹家的影子。

第二，第一回里那石头说道：

> 我想历来野史的朝代，无非假借汉、唐的名色；莫如我这石头所记，不借此套，只按自己的事体情理，反倒新鲜别致。

又说：

> 更可厌者，"之乎者也"，非理即文，大不近情，自相矛盾；竟不如我这半世亲见亲闻的这几个女子，虽不敢说强似前代书中所有之人，但观其事迹原委，亦可消愁破闷。

他这样明白清楚的说"这书是我自己的事体情理"，"是我这半世亲见亲闻的";而我们偏要硬派这书是说顺治帝的,是说纳兰成德的!这岂不是作茧自缚吗?

第三,《红楼梦》第十六回有谈论南巡接驾的一大段,原文如下:

> 凤姐道:"……可恨我小几岁年纪。若早生二三十年,如今这些老人家也不薄我没见世面了。说起当年太祖皇帝仿舜巡的故事,比一部书还热闹,我偏偏的没赶上。"

> 赵嬷嬷(贾琏的乳母)道:"嗳哟,那可是千载难逢的!那时候我才记事儿。咱们贾府正在姑苏扬州一带,监造海船,修理海塘。只预备接驾一次,把银子花的像淌海水是的。说起来——"

> 凤姐忙接道:"我们王府里也预备过一次。那时我爷爷专管各国进贡朝贺的事,凡有外国人来,都是我们家养活。粤闽滇浙所有的洋船货物,都是我们家的。"

> 赵嬷嬷道:"那是谁不知道的?……如今还有现在江南的甄家——嗳哟,好势派!——独他们家接驾四次。要不是我们亲眼看见,告诉谁也不信的。别讲银子成了粪土;凭是世上有的,没有不是堆山积海的。'罪过可惜'四个字,竟顾不得了。"

> 凤姐道:"我常听见我们太爷说,也是这样的。岂有不信的? 只纳罕他家怎么就这样富贵呢?"

> 赵嬷嬷道:"告诉奶奶一句话:也不过拿着皇帝家的银子往皇帝身上使罢了。谁家有那些钱买这个虚热闹去?"

此处说的甄家与贾家都是曹家。曹家几代在江南做官,故《红楼梦》里的贾家虽在"长安",而甄家始终在江南。上文曾考出康熙帝南巡六次,曹寅当了四次接驾的差,皇帝就住在他的衙门里。《红楼梦》差不多全不提起历史上的事实,但此处却郑重的说起"太祖皇帝仿舜巡的故事",大概是因为曹家四次接驾乃是很不常见的盛事,故曹雪芹不知不觉的——或是有意的——把他家这桩最阔的大典说了出来。这也是敦敏送他的诗里说的"秦淮旧梦忆繁华"了。但我们却在这里得着一条很重要的证据。因为一家接驾四五次,不是人人可以随便有的机会。大官如督抚,不能久任一处,便不能有这样好的机会。只有曹寅做了二十年江宁织造,恰巧当了四次接驾的差。这不是很可靠的证据吗?

第四,《红楼梦》第二回叙荣国府的世次如下:

> 自荣国公死后,长子贾代善袭了官,娶的是金陵世家史侯的小姐为妻,生了两个儿子:长名贾赦,次名贾政。如今代善早已去世,大夫人尚在。长子贾赦袭了官,为人平静中和,也不管家务。次子贾政,自幼酷喜读书,为人端方正直;祖父钟爱,原要他以科甲出身的。不料代善临终时,遗本一上,皇上因恤先臣,即时令长子袭官外,问还有几子,立刻引见;遂又额外赐了这政老爷一个主事之职,令其入部学习;如今已升了员外郎。

我们可用曹家的世系来比较:

> 曹锡远,正白旗包衣人。世居沈阳地方,来归年月无考。其子曹振彦,原任浙江盐法道。
> 孙:曹玺,原任工部尚书;曹尔正,原任佐领,
> 曾孙:曹寅,原任通政使司通政使;曹宜,原任护军参领兼佐领;曹荃,原任司库。

元孙：曹颙，原任郎中；曹頫，原任员外郎；曹頎，原任二等侍卫，兼佐领；曹天祐，原任州同。(《八旗氏族通谱》卷七十四)

这个世系颇不分明。我们可试作一个假定的世系表如下：

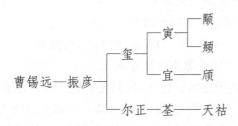

曹寅的《楝亭诗钞别集》中有《辛卯三月闻珍儿殇，书此忍恸，兼示四侄寄东轩诸友》诗三首，其二云："世出难居长，多才在四三。承家赖犹子，努力作奇男。"四侄即頎，那排行第三的当是那小名珍儿的了。如此看来，颙与頫当是行一与行二。曹寅死后，曹颙袭织造之职。到康熙五十四年，曹颙或是死了，或是因事撤换了，故次子曹頫接下去做。织造是内务府的一个差使，故不算做官，故《氏族通谱》上只称曹寅为通政使，称曹頫为员外郎。但《红楼梦》里的贾政，也是次子，也是先不袭爵，也是员外郎。这三层都与曹頫相合。故我们可以认贾政即是曹頫；因此，贾宝玉即是曹雪芹，即是曹頫之子，这一层更容易明白了。

第五，最重要的证据自然还是曹雪芹自己的历史和他家的历史。《红楼梦》虽没有做完(说详下)，但我们看了前八十回，也就可以断定：(一)贾家必致衰败，(二)宝玉必致沦落。《红楼梦》开端便说，"风尘碌碌，一事无成"；又说，"一技无成，半生潦倒"；又说，"当此蓬牖茅椽，绳床瓦灶"。这是明说此书的著者——即是书中的主人翁——当著书时,已在那穷愁不幸的境地。况且第十三回写秦可卿死时在梦中对凤姐说的话,句句明说贾家将来必到"树倒猢狲散"的地步。所以我们即使不信后四十回(说详下)抄家和宝玉出家的话,也可以推想贾家的衰败和宝玉的流落了。我们再回看上文引的敦诚兄弟送曹雪芹的诗,可以列举雪芹一生的历史如下:

(一)他是做过繁华旧梦的人。

(二)他有美术和文学的天才,能做诗,能绘画。

(三)他晚年的境况非常贫穷潦倒。

这不是贾宝玉的历史吗?此外,我们还可以指出三个要点。第一是曹雪芹家自从曹玺、曹寅以来,积成一个很富丽的文学美术的环境。他家的藏书在当时要算一个大藏书家,他家刻的书至今推为精刻的善本。富贵的家庭并不难得;但富贵的环境与文学美术的环境合在一家,在当日的汉人中是没有的,就在当日的八旗世家中,也很不容易寻找了。第二,曹寅是刻《居常饮馔录》的人,《居常饮馔录》所收的书,如《糖霜谱》、《制脯鲊法》、《粉面品》之类,都是专讲究饮食糖饼的做法的。曹寅家做的雪花饼,见于朱彝尊的《曝书亭集》,(二十一,页十二。)有"粉量云母细,糁和雪糕匀"的称誉。我们读《红楼梦》的人,看贾母对于吃食的讲究,看贾家上下对于吃食的讲究,便知道《居常饮馔录》的遗风未泯,雪花饼的名不虚传!第三,关于曹家衰落的情形,我们虽没有什么材料,但我们知道曹寅的亲家李煦在康熙六十一年已因亏空被革职查追了。雍正《朱批谕旨》第四十八册有雍正元年苏州织造胡凤翚奏折内称:

今查得李煦任内亏空各年余剩银两,现奉旨交督臣查弼纳查追外,尚有六十一年办六十年分应存剩银六万三百五十五两零,并无存库,亦系李煦亏空。……所有历年动用银两数目,另开细折,并呈御览。……

又第十三册有两淮巡盐御史谢赐履奏折内称:

> 窃照两淮应解织造银两,历年遵奉已久。兹于雍正元年三月十六日,奉户部咨行,将江苏织造银两停其支给;两淮应解银两,汇行解部。……前任盐臣魏廷珍于康熙六十一年内未奉部文停止之先,两次解过苏州织造银五万两。……再本年六月内奉有停止江宁织造之文。查前盐臣魏廷珍经解过江宁织造银四万两,臣任内……解过江宁织造银四万五千一百二十两。……臣请将解过苏州织造银两在于审理李煦亏空案内并追;将解过江宁织造银两行令曹頫解还户部。……

李煦做了三十年的苏州织造,又兼了八年的两淮盐政,到头来竟因亏空被查追。胡凤翚折内只举出康熙六十一年的亏空,已有六万两之多;加上谢赐履折内举出应退还两淮的十万两:这一年的亏空就是十六万两了!他历年亏空的总数之多,可以想见。这时候,曹頫(曹雪芹之父)虽然还未曾得罪,但谢赐履折内已提及两事:一是停止两淮应解织造银两,一是要曹頫赔出本年已解的八万一千余两。这个江宁织造就不好做了。我们看了李煦的先例,就可以推想曹頫的下场也必是因亏空而查追,因查追而抄没家产。关于这一层,我们还有一个很好的证据。袁枚在《随园诗话》里说《红楼梦》里的大观园即是他的随园。我们考随园的历史,可以信此话不是假的。袁枚的《随园记》(《小仓山房文集》十二)说随园本名隋园,主人为康熙时织造隋公。此隋公即是隋赫德即是接曹頫的任的人。（袁枚误记为康熙时，实为雍正六年。）袁枚作记在乾隆十四年己巳（一七四九），去曹頫卸织造任时甚近，他应该知道这园的历史。我们从此可以推想曹頫当雍正六年去职时，必是因亏空被追赔，故这个园子就到了他的继任人的手里。从此以后，曹家在江南的家产都完了，故不能不搬回北京居住。这大概是曹雪芹所以流落在北京的原因。我们看了李煦、曹頫两家败落的大概情形，再回头来看《红楼梦》里写的贾家的经济困难情形，便更容易明白了。如第七十二回凤姐夜间梦见人来找他，说娘娘要一百匹锦，凤姐不肯给，他就来夺。来旺家的笑道："这是奶奶日间操心常应候宫里的事。"一语未了，人回夏太监打发了一个小内监来说话。贾琏听了，忙皱眉道："又是什么话！一年他们也够搬的。"凤姐道："你藏起来，等我见他。"好容易凤姐弄了二百两银子把那小内监打发开去，贾琏出来，笑道："这一起外祟，何日是了？"凤姐笑道："刚说着，就来了一股子。"贾琏道："昨儿周太监来，张口就是一千两。我略慢应了些，他不自在。将来得罪人之处不少。这会子再发三二百万的财就好了！"又如第五十三回写黑山村庄头乌进孝来贾府纳年例，贾珍与他谈的一段话也很可注意：

贾珍皱眉道："我算定你至少也有五千银子来。这够做什么的！……真真是叫别过年了！"

乌进孝道："爷的地方还算好呢。我兄弟离我那里只有一百多里，竟又大差了。他现管着那府（荣国府）八处庄地，比爷这边多着几倍，今年也是这些东西，不过二三千两银子，也是有饥荒打呢。"

贾珍道："如何呢？我这边到可已，没什么外项大事，不过是一年的费用……比不得那府里（荣国府）这几年添了许多化钱的事，一定不可免是要化的，却又不添银子产业。这一二年里赔了许多。不和你们要，找谁去？"

乌进孝笑道："那府里如今虽添了事，有去有来。娘娘和万岁爷岂不赏吗？"贾珍听了，笑向贾蓉等道："你们听听，他说的可笑不可笑？"

贾蓉等忙笑道："你们山坳海沿子上的人，那里知道这道理？娘娘难道把皇上的库给我们不成？……就是赏，也不过一百两金子，才值一千多两银子，够什么？这二年，那一年不赔出几千两银子来？头一年省亲，连盖花园子，你算算那一注化了多少，就知道了。再二年，再省一回亲，只怕精穷了！……"

贾蓉又说又笑，向贾珍道："果真那府里穷了。前儿我听见二婶娘（凤姐）和鸳鸯悄悄商议，要偷老太太的东西去当银子呢。"

借当的事又见于第七十二回：

鸳鸯一面说，一面起身要走。贾琏忙也立起身来说道："好姐姐，略坐一坐儿，兄弟还有一事相求。"说着，便骂小丫头："怎么不泡好茶来！快拿干净盖碗，把昨日进上的新茶泡一碗来！"说着，向鸳鸯道："这两日因老太太千秋，所有的几千两都使完了。几处房租地租统在九月才得。这会子竟接不上。明儿又要送南安府里的礼，又要预备娘娘的重阳节；还有几家红白大礼，至少还要二三千两银子用，一时难去支借。俗语说的好，求人不如求己。说不得，姐姐担个不是，暂且把老太太查不着的金银傢伙，偷着运出一箱子来，暂押千数两银子，支腾过去。"

因为《红楼梦》是曹雪芹"将真事隐去"的自叙,故他不怕琐碎,再三再四的描写他家由富贵变成贫穷的情形。我们看曹寅一生的历史,决不像一个贪官污吏;他家所以后来衰败,他的儿子所以亏空破产,大概都是由于他一家都爱挥霍,爱摆阔架子;讲究吃喝,讲究场面;收藏精本的书,刻行精本的书;交结文人名士,交结贵族大官,招待皇帝,至于四次五次;他们又不会理财,又不肯节省;讲究挥霍惯了,收缩不回来;以至于亏空,以至于破产抄家。《红楼梦》只是老老实实的描写这一个"坐吃山空""树倒猢狲散"的自然趋势。因为如此,所以《红楼梦》是一部自然主义的杰作。那班猜谜的红学大家不晓得《红楼梦》的真价值正在这平淡无奇的自然主义的上面,所以他们偏要绞尽心血去猜那想入非非的笨谜,所以他们偏要用尽心思去替《红楼梦》加上一层极不自然的解释。

总结上文关于"著者"的材料,凡得六条结论:

(一)《红楼梦》的著者是曹雪芹。

(二)曹雪芹是汉军正白旗人,曹寅的孙子,曹頫的儿子,生于极富贵之家,身经极繁华绮丽的生活,又带有文学与美术的遗传与环境。他会做诗,也能画,与一班八旗名士往来。但他的生活非常贫苦,他因为不得志,故流为一种纵酒放浪的生活。

(三)曹寅死于康熙五十一年。曹雪芹大概即生于此时,或稍后。

(四)曹家极盛时,曾办过四次以上的接驾的阔差;但后来家渐衰败,大概因亏空得罪被抄没。

(五)《红楼梦》一书是曹雪芹破产倾家之后,在贫困之中做的。做书的年代大概当乾隆初年到乾隆三十年左右,书未完而曹雪芹死了。

（六）《红楼梦》是一部隐去真事的自叙：里面的甄、贾两宝玉，即是曹雪芹自己的化身；甄贾两府即是当日曹家的影子。（故贾府在"长安"都中，而甄府始终在江南。）

现在我们可以研究《红楼梦》的"本子"问题。现今市上通行的《红楼梦》虽有无数版本，然细细考较去，除了有正书局一本外，都是从一种底本出来的。这种底本是乾隆末年间程伟元的百二十回全本，我们叫他做"程本"。这个程本有两种本子：一种是乾隆五十七年壬子（一七九二）的第一次活字排本，可叫做"程甲本"。一种也是乾隆五十七年壬子程家排本，是用"程甲本"来校改修正的，这个本子可叫做"程乙本"。"程甲本"我的朋友马幼渔教授藏有一部，"程乙本"我自己藏一部。乙本远胜于甲本，但我仔细审察，不能不承认"程甲本"为外间各种《红楼梦》的底本。各本的错误矛盾，都是根据于"程甲本"的。这是《红楼梦》版本史上一件最不幸的事。

此外，上海有正书局石印的一部八十回本的《红楼梦》，前面有一篇德清戚蓼生的序，我们可叫他做"戚本"。有正书局的老板在这部书的封面上题着"国初钞本《红楼梦》"，又在首页题着"原本《红楼梦》"。那"国初钞本"四个字自然是大错的。那"原本"两字也不妥当。这本已有总评，有夹评，有韵文的评赞，又往往有"题"诗，有时又将评语钞入正文（如第二回），可见已是很晚的钞本，决不是"原本"了。但自程氏两种百二十回本出版以后，八十回本已不可多见。戚本大概是乾隆时无数展转传钞本之中幸而保存的一种，可以用来参校程本，故自有他的相当价值，正不必假托"国初钞本"。

《红楼梦》最初只有八十回，直至乾隆五十六年以后始有百二十回的《红楼梦》。这是无可疑的。程本有程伟元的序，序中说：

　　《石头记》是此书原名……好事者每传钞一部置庙市中，昂其值得数十金，可谓不胫而走者矣。然原本目录一百二十卷，今所藏只八十卷，殊非全本。即间有称全部者，及检阅仍只八十卷，读者颇以为憾。不佞以是书既有百二十卷之目，岂无全璧？爰为竭力搜罗，自藏书家甚至故纸堆中，无不留心。数年以来，仅积有二十余卷。一日，偶于鼓担上得十余卷，遂重价购之，欣然翻阅，见其前后起伏尚属接榫。（榫音笋，削木入窍名榫，又名榫头。）然漶漫不可收拾。乃同友人细加厘剔，截长补短，钞成全部，复为镌板，以公同好。《石头记》全书至是始告成矣。……小泉程伟元识。

我自己的程乙本还有高鹗的一篇序，中说：

　　予闻《红楼梦》脍炙人口者，几廿余年，然无全璧，无定本。……今年春，友人程子小泉过予，以其所购全书见示，且曰："此仆数年铢积寸累之苦心，将付剞劂，公同好。子闲且惫矣，盍分任之？"予以是书虽稗官野史之流，然尚不谬于名教，欣然拜诺，正以波斯奴见宝为幸，遂襄其役。工既竣，并识端末，以告阅者。时乾隆辛亥（一七九一）冬至后五日铁岭高鹗叙，并书。

此序所谓"工既竣"，即是程序说的"同友人细加厘剔，截长补短"的整理工夫，并非指刻板的工程。我这部程乙本还有七条"引言"，比两序更重要，今节钞几条于下：

　　（一）是书前八十回，藏书家抄录传阅，几三十年矣。今得后四十回，合成完璧缘友人借抄争睹者甚夥，抄录固难，刊板亦需时日,姑集活字刷印。因急欲公诸同好,故初印时不及细校,间有纰缪。今复聚集各原本,详加校阅,改订无讹。惟阅者谅之。

(一)书中前八十回,抄本各家互异。今广集核勘,准情酌理,补遗订讹。其间或有增损数字处,意在便于披阅,非敢争胜前人也。

(一)是书沿传既久,坊间缮本及诸家所藏秘稿,繁简歧出,前后错见。即如六十七回此有彼无,题同文异,燕石莫辨。兹惟择其情理较协者,取为定本。

(一)书中后四十回系就历年所得,集腋成裘,更无他本可考,惟按其前后关照者,略为修辑,使其有应接而无矛盾。至其原文,未敢臆改。俟再得善本,更为厘定,且不欲尽掩其本来面目也。

引言之末,有"壬子花朝后一日,小泉兰墅又识"一行。兰墅即高鹗。我们看上文引的两序与引言,有应该注意的几点:

(一)高序说"闻《红楼梦》脍炙人口者,几廿余年"。引言说"前八十回,藏书家抄录传阅,几三十年"。从乾隆壬子上数三十年,为乾隆二十七年壬午(一七六二)。今知乾隆三十年间此书已流行,可证我上文推测曹雪芹死于乾隆三十年左右之说大概无大差错。

(二)前八十回,各本互有异同。例如引言第三条说。(六十七回此有彼无,题同文异。)我们试用戚本六十七回与程本及市上各本的六十七回互校,果有许多同异之处,程本所改的似胜于戚本。大概程本当日确曾经过一番"广集各本核勘,准情酌理,补遗订讹"的工夫,故程本一出即成为定本,其余各钞本多被淘汰了。

(三)程伟元的序里说,《红楼梦》当日虽只有八十回,但原

本却有一百二十卷的目录。这话可惜无从考证。(戚本目录并
无后四十回)我从前想当时各钞本中大概有些是有后四十回目
录的,但我现在对于这一层很有点怀疑了(说详下)。

(四)八十回以后的四十回,据高、程两人的话,是程伟元历
年杂凑起来的,——先得二十余卷,又在鼓担上得十余卷,又经
高鹗费了几个月整理修辑的工夫,方才有这部百二十回本的《红
楼梦》。他们自己说这四十回"更无他本可考";但他们又说:"至
其原文,未敢臆改。"

(五)《红楼梦》直到乾隆五十六年(一七九一)始有一百二
十回的全本出世。

(六)这个百二十回的全本最初用活字版排印,是为乾隆五
十七年壬子(一七九二)的程本。这本又有两种小不同的印本:
一、初印本(即程甲本),"不及细校,间有纰缪"。此本我近来见
过,果然有许多纰缪矛盾的地方。二、校正印本,即我上文说的
程乙本。

(七)程伟元的一百二十回本的《红楼梦》,即是这一百三十
年来的一切印本《红楼梦》的老祖宗。后来的翻本,多经过南方
人的批注,书中京话的特别俗语往往稍有改换;但没有一种翻本
(除了戚本)不是从程本出来的。

这是我们现有的一百二十回本《红楼梦》的历史。这段历史
里有一个大可研究的题,就是"后四十回的著者究竟是谁"?

俞樾的《小浮梅闲话》里考证《红楼梦》的一条说:

> 《船山诗草》有《赠高兰墅鹗同年》一首云:"艳情人自说
> 《红楼》。"注云:"《红楼梦》八十回以后,俱兰墅所补。"然则
> 此书非出一手。按乡会试增五言八韵诗,始乾隆朝。而书

　　中叙科场事已有诗,则其为高君所补,可证矣。

俞氏这一段话极重要。他不但证明了程排本作序的高鹗是实有
其人,还使我们知道《红楼梦》后四十回是高鹗补的。船山即是
张船山,名问陶,是乾隆嘉庆时代的一个大诗人。他于乾隆五十
三年戊申(一七八八)中顺天乡试举人;五十五年庚戌(一七九
〇)成进士,选庶吉士。他称高鹗为同年,他们不是庚戌同年,便
是戊申同年。但高鹗若是庚戌的新进士,次年辛亥他作《红楼梦
序》不会有"闲且惫矣"的话;故我推测他们是戊申乡试的同年。
后来我又在《郎潜纪闻二笔》卷一里发见一条关于高鹗的事实:

　　　嘉庆辛酉京师大水,科场改九月,诗题《百川赴巨
　　海》……闱中罕得解。前十本将进呈,韩城王文端公以通场
　　无知出处为憾。房考高侍读鹗搜遗卷,得定远陈黻卷,亟呈
　　荐,遂得南元。

辛酉(一八〇一)为嘉庆六年。据此,我们可知高鹗后来曾中进
士,为侍读,且曾做嘉庆六年顺天乡试的同考官。我想高鹗既中
进士,就有法子考查他的籍贯和中进士的年份了。果然我的朋
友顾颉刚先生替我在《进士题名录》上查出高鹗是镶黄旗汉军
人,乾隆六十年乙卯(一七九五)科的进士,殿试第三甲第一名。
这一件引起我注意《题名录》一类的工具,我就发愤搜求这一类
的书。果然我又在清代《御史题名录》里,嘉庆十四年(一八〇
九)下,寻得一条:

　　　高鹗,镶黄旗汉军人,乾隆乙卯进士,由内阁侍读考选
　　江南道御史,刑科给事中。

又《八旗文经》二十三有高鹗的《操缦堂诗稿跋》一篇,末署乾隆四十七年壬寅(一七八二)小阳月。我们可以总合上文所得关于高鹗的材料,作一个简单的《高鹗年谱》如下:

乾隆四七(一七八二),高鹗作《操缦堂诗稿跋》。

乾隆五三(一七八八),中举人。

乾隆五六——五七(一七九一——一七九二),补作《红楼梦》后四十回,并作序例。《红楼梦》百廿回全本排印成。

乾隆六〇(一七九五),中进士,殿试三甲一名。

嘉庆六(一八〇一),高鹗以内阁侍读为顺天乡试的同考官,闱中与张问陶相遇,张作诗送他,有"艳情人自说《红楼》"之句;又有诗注,使后世知《红楼梦》八十回以后是他补的。

嘉庆一四(一八〇九),考选江南道御史,刑科给事中。——自乾隆四七至此,凡二十七年。大概他此时已近六十岁了。

后四十回是高鹗补的,这话自无可疑。我们可约举几层证据如下:

第一,张问陶的诗及注,此为最明白的证据。

第二,俞樾举的"乡会试增五言八韵诗始乾隆朝,而书中叙科场事已有诗"一项。这一项不十分可靠,因为乡会试用律诗,起于乾隆二十一二年,也许那时《红楼梦》前八十回还没有做成呢。

第三,程序说先得二十余卷,后又在鼓担上得十余卷。此话便是作伪的铁证,因为世间没有这样奇巧的事!

第四,高鹗自己的序,说的很含糊,字里行间都使人生疑。大概他不愿完全埋没他补作的苦心,故引言第六条说:"是书开卷略志数语,非云弁首,实因残缺有年,一旦颠末毕具,大快人心;欣然题名,聊以记成书之幸。"因为高鹗不讳他补作的事,故张船山赠诗直说他补作后四十回的事。

但这些证据固然重要,总不如内容的研究更可以证明后四十回与前八十回决不是一个人作的。我的朋友俞平伯先生曾举出三个理由来证明后四十回的回目也是高鹗补作的。他的三个理由是:(一)和第一回自叙的话都不合,(二)史湘云的丢开,(三)不合作文时的程序。这三层之中,第三层姑且不论。第一层是很明显的:《红楼梦》的开端明说"一技无成,半生潦倒";明说"蓬牖茅椽,绳床瓦灶";岂有到了末尾说宝玉出家成仙之理?第二层也很可注意。第三十一回的回目"因麒麟伏白首双星"确是可怪! 依此句看来,史湘云后来似乎应该与宝玉做夫妇,不应该此话全无照应。以此看来,我们可以推想后四十回不是曹雪芹做的了。

其实何止史湘云一个人? 即如小红,曹雪芹在前八十回里极力描写这个攀高好胜的丫头;好容易他得着了凤姐的赏识,把他提拔上去了;但这样一个重要人才,岂可没有下场? 况且小红同贾芸的感情,前面既经曹雪芹那样郑重描写,岂有完全没有结果之理? 又如香菱的结果也决不是曹雪芹的本意。第五回的"十二钗副册"上写香菱结局道:

> 根并荷花一茎香,平生遭际实堪伤。自从两地生孤木,致使芳魂返故乡。

两地生孤木,合成"桂"字。此明说香菱死于夏金桂之手,故第八十回说香菱"血分中有病,加以气怨伤肝,内外挫折不堪,竟酿成干血之症,日渐羸瘦,饮食懒进,请医服药无效"。可见八十回的作者明明的要香菱被金桂磨折死。后四十回里却是金桂死了,香菱扶正:这岂是作者的本意吗? 此外,又如第五回"十二钗"册上说凤姐的结局道:"一从二令三人木,哭向金陵事更哀。"这个谜竟无人猜得出,许多批《红楼梦》的人也都不敢下注解。所以后四十回里写凤姐的下场竟完全与这"二令三人木"无关。这个谜只好等上海灵学会把曹雪芹先生请来降坛时再来解决了!此外,又如写和尚送玉一段,文字的笨拙,令人读了作呕。又如写贾宝玉忽然肯做八股文,忽然肯去考举人,也没有道理。高鹗补《红楼梦》时,正当他中举人之后,还没有中进士。如果他补《红楼梦》在乾隆六十年之后,贾宝玉大概非中进士不可了!

以上所说,只是要证明《红楼梦》的后四十回确然不是曹雪芹做的。但我们平心而论,高鹗补的四十回,虽然比不上前八十回,也确然有不可埋没的好处。他写司棋之死,写鸳鸯之死,写妙玉的遭劫,写凤姐的死,写袭人的嫁,都是很有精彩的小品文字,最可注意的是这些人都写作悲剧的下场。还有那最重要的"木石前盟"一件公案,高鹗居然忍心害理的教黛玉病死,教宝玉出家,作一个大悲剧的结束,打破中国小说的团圆迷信。这一点悲剧的眼光,不能不令人佩服。我们试看高鹗以后,那许多《续红楼梦》和《补红楼梦》的人,那一人不是想把黛玉、晴雯都从棺材里扶出来,重新配给宝玉?那一个不是想做一部"团圆"的《红楼梦》的?我们这样退一步想,就不能不佩服高鹗的补本了。我们不但佩服,还应该感谢他,因为他这部悲剧的补本,靠着那个"鼓担"的神话,居然打倒了后来无数的团圆《红楼梦》,居然替中国文学保存了一部有悲剧下场的小说!

以上是我对于《红楼梦》的"著者"和"本子"两个问题的答案。我觉得我们做《红楼梦》的考证,只能在这两个问题上着手;只能运用我们力所能搜集的材料,参考互证,然后抽出一些比较的最近情理的结论。这是考证学的方法。我在这篇文章里,处处想撇开一切先入的成见;处处存一个搜求证据的目的;处处尊重证据,让证据做向导,引我到相当的结论上去。我的许多结论也许有错误的——自从我第一次发表这篇《考证》以来,我已经改正了无数大错误了——也许有将来发见新证据后即须改正的。但我自信:这种考证的方法,除了《董小宛考》之外,是向来研究《红楼梦》的人不曾用过的。我希望我这一点小贡献,能引起大家研究《红楼梦》的兴趣,能把将来的《红楼梦》研究引上正当的轨道去:打破从前种种穿凿附会的"红学";创造科学方法的《红楼梦》研究!

一九二一. 三. 二七,初稿。

一九二一. 十一. 十二,改定稿。

附　记

初稿曾附录《寄蜗残赘》一则:

　　《红楼梦》一书,始于乾隆年间。……相传其书出汉军曹雪芹之手。嘉庆年间,逆犯曹纶即其孙也。灭族之祸,实基于此。

这话如果确实,自然是一段很重要的材料。因此我就去查这一桩案子的事实。

嘉庆十八年癸酉(一八一三),天理教的信徒林清等勾通宫里的小太监,约定于九月十五日起事,乘嘉庆帝不在京城的时候,攻入禁城,占据皇宫。但他们的区区两百个乌合之众,如何能干这种大事?所以他们全失败了,林清被捕,后来被磔死。

林清的同党之中,有一个独石口都司曹纶和他的儿子曹幅昌都是很重要的同谋犯。那年十月己未的上谕说:

> 前因正黄旗汉军兵丁曹幅昌从习邪教,与知逆谋。……兹据讯明,曹幅昌之父曹纶听从林清入教,经刘四等告知逆谋,尤为收众接应。曹纶身为都司,以四品职官习教从逆,实属猪狗不如,罪大恶极!……

那年十一月中,曹纶等都被磔死。

清礼亲王昭梿是当日在紫禁城里的一个人,他的《啸亭杂录》卷六记此事有一段说:

> 有汉军独石口都司曹纶者,侍郎曹瑛后也(瑛字一本或作寅。),家素贫,尝得林清伙助,遂入贼党。适之任所,乃命其子曹福昌勾结不轨之徒,许为城中内应。……曹福昌临刑时,告刽子手曰:"我是可交之人,至死不卖友以求生也!……"

《寄蜗残赘》说曹纶是曹雪芹之孙,不知是否根据《啸亭杂录》说的。我当初已疑心此曹瑛不是曹寅,况且官书明说曹瑛是正黄旗汉军,与曹寅不同旗。前天承陈筱庄先生(宝泉)借我一部《靖逆记》,(兰簃外史纂,嘉庆庚辰刻。)此书记林清之变很详细。其第六卷有《曹纶传》,记他家世系如下:

> 曹纶,汉军正黄旗人。曾祖金铎,官骁骑校;伯祖瑛,历官工部侍郎;祖瑊,云南顺宁府知府;父廷奎,贵州安顺府同知。……廷奎三子,长绅,早卒;次维,武备院工匠;次纶,充

　　整仪卫,擢治仪正,兼公中佐领,升独石口都司。

此可证《寄蜗残赘》之说完全是无稽之谈。

一九二一. 十一. 十二

(收入《胡适文存》卷三)

一九二二年三月十三日日记（节录）

……

颉刚来书，有一段论《红楼梦》事，甚有理：

> 闻伏园说，平伯在《时事新报》上攻击蔡先生关于《红楼梦》的答辩。平伯之作我未见。我意蔡先生的根本错误有两点。第一，别种小说的影射人物只是换了他的姓名，男还是男，女还是女，所做的职业还是这项职业。何以一到《红楼梦》就会男变为女，官僚和文人都会变成宅眷？第二，别种小说的影射事情，总是保存他们原来的关系。何以一到《红楼梦》就会从无关系发生关系。例如蔡先生考定宝玉为允礽，林黛玉为朱竹垞，薛宝钗为高士奇，试问允礽和朱竹垞有何恋爱的关系，朱竹垞与高士奇又有何吃醋的关系？这两项是蔡先生无论如何不能解答的。若必说为性情相合，名字相近，物件相关，则古往今来无数万人，那一个不可牵到《红楼梦》上去！实在蔡先生这种见解是汉以来的经学家给与他的。我从前读《易经》，觉得解释的话圆通得很，坤卦未始不可说成乾卦，兑卦未始不可说成艮卦。近读《诗经》，又有同样的感想，觉得照他们的说法，无施不可，我们若拿《二南》与《郑风》掉过了，《曹风》与《齐风》调过了，也未始不可，就当时事实解释得伏伏贴贴。我常想，我们要打破

他们的附会，须得拿附会的法子传示给别人看，我们尽可以把人家万不信的事情附会出来。上月份作《〈诗序〉辨》，要证明《诗序》的靠不住，曾经造做《唐诗三百首》的序。我说，"倘使唐代只传下这三百首诗，但没有题目，又不晓得作者，我们只知道是唐朝人所做的，若要硬代他做序，自然可就唐朝的事实去想，也就可说，'海上（海上望明月），杨妃思禄山也。禄山辞归范阳，杨妃念念而作是诗也。'烟笼（烟笼寒水月笼沙），伤陈也。陈之宫女离散，独有暮年鬻歌于江上者，其遗民闻之而兴故国之思也。'若这三百首诗不能晓得他传下的时代，又不懂得诗体的变迁，我们又可以说'寒山（寒山转苍翠），美接舆也。安贫乐道，不易其志焉。''吾爱（吾爱孟夫子），时人美孟轲也。梁襄王不似人君，孟子不肯仕于其朝，弃轩冕如敝屣也。'这样做去，在我已极端的附会，但实在尚不能算错，因为确是有所根据。若照他们不近情理的乱说，更可以道，'寥落（寥落古行宫），好道也。国君好神仙之术，官闱化之，遐龄相对，惟说玄宗（玄妙之义理）也。'今夜鄜州月，思治也。小人（小儿女）乱政（未解忆长安），大夫燕处忧谗，愿得明君而事之也。'倘使果有这种的书流传下来，请问嫉恶的感情应当兴奋到怎样程度？"

　　讲《诗经》的，好诗可为刺诗，男女可为君臣，讲《红楼梦》亦何尝不可男变为女，家事变为政事。所以我想，将来若得有暇，竟可把《红楼梦》附会到汉朝去，到六朝去，或者汉魏六朝比清朝还有更适宜的人物牵合上去。

　　　　　　　　　学生顾颉刚　一九二一.三.十三

颉刚此论最痛快。平伯的驳论不很好；中有误点，如云"宝玉逢魔乃后四十四回内的事。"（实乃二十五回中事）内中只有一段可取。

　　这序底本文共分四节。第一节底大意是说著作底内容有考证底价值,这我极为同意,但我却不懂这一点与所辨论的何干?考证情节底有无价值,是一件事,用附会的方法来考证情节是否有价值,又是一件事,万不能并为一谈。考证情节未必定须附会,但《石头记索隐》确是用附会的方法来考证情节的。我始终不懂,为什么《红楼梦》底情节定须解成如此支离破碎?又为什么不如此便算不得情节底考证?为什么以《红楼梦》影射人物是考证情节,以《红楼梦》为自传便不是考证情节?况且托尔斯太底小说,后人说他是自传,蔡先生便不反对;而对于胡适之底话,便云"不能强我以承认",则又何说?至于说《离骚》有寓意,但这亦并不与《红楼梦》相干。屈平是如此,曹雪芹并不因屈平如此而他也须如此,这其间无丝毫之因果关系,不成正当的推论。①

　　　　　　　　　　　　　　　　(见《胡适的日记》)

---

①　编者按:此段是原日记粘附的剪报。

一九二二年四月十九日日记（节录）

······

今天松筠阁送来《四松堂集》一部。此书我寻了多少时候，竟于无意中得之！此本系最初的稿本，上有付刻时的校记，删节的记号，改动的添注。刻本所收，皆打一个"刻"字的戳子。此本真不易得，比刻本还更可贵。（刻本未收的，上贴红纸，或白纸。）首页有"南皮张氏所藏"之印。

卷首有敦敏作的《敬亭小传》，摘录如下：

敬亭，名敦诚，别号松堂。

〔据《岁暮自述五十韵》，生于雍正甲寅（一七三四）。乾隆甲子，年十一（一七四四）。"二月辞家塾，负笈宗黉游。"〕①

乾隆戊辰（十三，一七四八），年十五，出继宁仁为嗣。

乙亥（二十，一七五五），年二十二，宗学岁考入优等。

丁丑（二十二，一七五七），随父司榷山海，住喜峰口，有《松亭纪游》一卷。

丙戌（三十一，一七六六），补宗人府笔帖式，旋授太庙献爵之职。

---

① 编者按：方括弧内皆是胡适所作眉注，下同。

　　辛卯(三十六,一七七一),三十八岁,值继母丧,以病告
退。筑四松草堂、梦陶轩、拙鹊亭、五笏庵;作《闲慵子传》以
自况。

　　又嗜酒,别构小屋,效村垆式,悬一帘,名葛巾居。

　　戊申(五十八,一七八八),五十五岁;……逾三年,五十
八岁(辛亥?一七九一)死。

　　乙卯(六十,一七九五),弟桂圃拟刻其遗诗遗文。

　　丙辰(嘉历元,一七九六),敦敏作传。纪昀作序。(纪
序有"年甫五旬而奄化"之语,此本旁添一"余"字于
"旬"下。)

　　[《考证》说,"敦诚大约生于雍正初年(约一七二五)",
此系因为我在一个书店里翻看《纪集》不曾记得"年五旬余"
一句,且《纪集》未载作序之年,故我误算十一年。]

　　[《考证》记他"死于乾隆五十余年"(约一七八五——一
七九〇),亦不精确。]

书中关于曹雪芹的材料:

《寄怀曹雪芹》诗,题下旁注一"霑"字。"嗟君"作"君又"。
"扬州旧梦久已绝",绝作觉。下贴一笺云"雪芹曾随其先祖寅织
造之任"。"蓟门落日松亭尊",尊作樽,下注云,"时余在喜峰
口。"按此语,此诗作于乾隆丁丑。其下一首《烈女墓》,序言作于
丁丑十二月,可互证。

《赠曹芹圃》(注)即雪芹。

　　满径蓬蒿老不华,举家食粥酒常赊。衡门僻巷愁今雨,
废馆颓楼梦旧家。司业青钱留客醉,步兵白眼向人斜。阿
谁买与猪肝食,日望西山餐暮霞。

此诗上贴红笺,未刻。此诗前第五首注"辛巳"年,为乾隆二十六(一七六一)。

《佩刀质酒歌》,已钞。此诗下第二首《南村清明》,下注"癸未"(一七六三)。此诗当作于壬午(一七六二)。

《挽曹雪芹》(注)甲申(一七六四)

> 四十年华付杳冥,哀旌一片阿谁铭?孤儿渺漠魂应逐,(前数月,伊子殇,因感伤成疾。)新妇飘零目岂暝?牛鬼遗文悲李贺,鹿车荷锸葬刘伶。故人惟有青山泪,絮酒生刍上旧坰。

此诗上贴红笺,亦未刻。此诗极重要,《雪桥诗话》所引五六两句,乃从《鹪鹩庵笔麈》卷上转载的。《笔麈》原文如下:

> 余昔为白香山《琵琶行传奇》一折,诸君题跋,不下数十家。曹雪芹诗末云,"白傅诗灵应喜甚,定教蛮素鬼排场。"亦新奇可诵。曹平生为诗大类如此,竟坎坷以终。余挽诗有"牛鬼遗文悲李贺,鹿车荷锸葬刘伶"之句,亦驴鸣吊之意也。

若不得此稿本,则不能知四个要点:

(一)雪芹死于甲申(二九,一七六四)。

(二)死时年约四十,或四十余。

若四十岁,生时当雍正二年(一七二四)。

若四十五岁,生时当康熙五八(一七一九)。

[《考证》说"我们可以断定曹雪芹死于乾隆三十年左右(约一七六五)",只差一年。]

[《考证》说"我们可以猜想雪芹的年纪至多不过比他们大十来岁,大约生于康熙末叶(约一七一五——一七二〇),当他死时约五十岁左右"。这个猜想还不大错。]

曹寅死于康熙五一(一七一三),下距乾隆甲申,凡五十一年。雪芹不及见曹寅了。《寄怀雪芹》注诗有小误。盖曹家三代四个织造,只有曹寅最著名,故敦诚与袁枚有同样的错误。

(三)曹雪芹死后似无子,一子已殇了。

(四)他死后尚有"新妇飘零"。

乾隆庚子四五(一七八〇)有《荇庄过草堂命酒联句,即拾案头〈闻笛集〉为题,是集乃余追念故人,录辑其遗笔而作也》一篇。中有句云:

　　　　诗追李昌谷。(注)谓曹芹圃。……

又

　　　　狂于阮步兵。(注)亦谓芹圃。此诗亦未刻。

此为近来最得意的事,故详记之。书店若敲我竹杠,我既记下了这些材料,也就不怕他了!他若讨价不贵,我也不妨买了他,因为这本子确可宝贵。杨钟羲说他辛亥乱后失了此书刻本,似系托词。无论如何,我现在才知道刻本于我无大益处。

　　……

　　　　　　　　　　　　　　　　　　(见《胡适的日记》)

一九二二年四月二十一日日记（节录）

……

今天蔡先生送来他从晚晴簃（徐世昌的诗社）借来的《四松堂集》五册，系刻本，分五卷：

卷一，诗一百三十七首。

卷二，一百四十四首。

卷三，论、序、跋、题、书、传、记，三十四首。

卷四，记、行述、哀辞、祭文、说，十九首。

卷五，《鹪鹩庵笔麈》八十一则。

钞本前有嵩山永奎、纪昀、山左刘大观三序。刻的只有纪序。凡抄本上没有"刻"字的，果然都不曾刻。此可见稿本的可贵。然三日之中，两本都到我手里，岂非大奇！

蔡先生来信附：

适之先生：

　　近日向晚晴簃借得《四松堂集》一部，凡五册（问《懋斋诗钞》则无之）；其中关涉曹雪芹者，自先生从《熙朝雅颂集》中抄出两诗（第一首"蓟门落日松亭尊"下注"时余在喜峰口"，据《敬亭小传》"彼以丁丑住喜峰口"。又"扬州旧梦久已觉"下注"雪芹曾随其先祖寅织造之任"，亦可为雪芹是寅孙之证）及杨雪桥采《笔麈》一条入诗话外，仅有两条：

（一）卷三，《寄大兄》："……每思及故人，如立斋、复翁、雪芹、寅圃、贻谋、汝猷、益庵、紫树，不数年间，皆荡为寒烟冷霜……半百将至，'鬓发苍黄牙齿疏，不觉身年四十七①。乐天岂为弟咏乎。'"

（二）同卷，《哭复斋》"……未知先生与寅圃、雪芹诸子相逢于地作如何言矣。"其与雪芹并举数人中惟紫树卒年可考。《祭龚紫树文》："甲午重九……遂遗缟纻。……所恨者与兄交止三年耳。"是紫树卒年为丙申，即乾隆四十一年，即西历一七七六年，雪芹之卒，或在其前，然亦在数年以内也。［不大确。雪芹卒在前十一年。］

敦敏所作《敬亭小传》有云："后五十五岁得祥明……何方逾三年而吾弟即先长逝耶！"是敦诚以五十八岁卒，为乾隆五十六年（一七九一）。［确］

其《寄大兄》之书作于四十七岁，为乾隆四十五年（一七八〇）。雪芹之卒在其前数年，则在一七七〇与一七八〇之间矣。［此条不确。看前日所记。］

先生如一读此集，或更有所发见，特奉上。但请早阅毕，早赐还耳。

稿本上凡题下注的"干支"，都用白纸贴去，故刻本皆无之。此种极可恶的习惯真不可赦！（铁保、法式善诸人选《八旗诗钞》颇改削原文，皆胜原作。）
……

（见《胡适的日记》）

---

① 编者按："四十七"原信为"四十九"，经胡适改为"四十七"，并作眉注："原文作四十七"。

跋《红楼梦考证》

一

我在《红楼梦考证》的改定稿(《胡适文存》卷三,页一八五——二四九)里,曾根据于《雪桥诗话》,《八旗文经》,《熙朝雅颂集》三部书,考出下列的几件事:

(一)曹雪芹名霑,不是曹寅的儿子,是曹寅的孙子。(页二一二)

(二)曹雪芹后来很贫穷,穷的很不像样了。

(三)他是一个会作诗又会绘画的人。

(四)他在那贫穷的境遇里,纵酒狂歌,自己排遣那牢骚的心境。(以上页二一五——六)

(五)从曹雪芹和他的朋友敦诚弟兄的关系上看来,我说"我们可以断定曹雪芹死于乾隆三十年左右(约一七六五)"。又说"我们可以猜想雪芹……大约生于康熙末叶(约一七一五——一七二〇);当他死时,约五十岁左右"。

我那时在各处搜求敦诚的《四松堂集》,因为我知道《四松堂集》里一定有关于曹雪芹的材料。我虽然承认杨钟羲先生(《雪桥诗话》)确是根据《四松堂集》的,但我总觉得《雪桥诗话》是"转手的证据",不是"原手的证据"。不料上海北京两处大索的结果,竟使我大失望。到了今年,我对于《四松堂集》,已是绝望了。

有一天,一家书店的伙计跑来说,"《四松堂诗集》找着了!"我非常高兴,但是打开书来一看,原来是一部《四松草堂诗集》,不是《四松堂集》。又一天,陈肖庄先生告诉我说,他在一家书店里看见一部《四松堂集》。我说,"恐怕又是四松草堂罢?"陈先生回去一看,果然又错了。

今年四月十九日,我从大学回家,看见门房里桌子上摆着一部退了色的蓝布套的书,一张斑剥的旧书笺上题着"四松堂集"四个字! 我自己几乎不信我的眼力了,连忙拿来打开一看,原来真是一部《四松堂集》的写本! 这部写本确是天地间唯一的孤本。因为这是当日付刻的底本,上有付刻时的校改,删削的记号。最重要的是这本子里有许多不曾收入刻本的诗文。凡是已刻的,题上都印有一个"刻"字的戳子。刻本未收的,题上都帖着一块小红笺。题下注的甲子,都被编书的人用白纸块帖去,也都是不曾刻的。——我这时候的高兴,比我前年寻着吴敬梓的《文木山房集》时的高兴,还要加好几倍了!

卷首有永蒽、(也是清宗室里的诗人,有《神清室诗稿》。)刘大观、纪昀的序,有敦诚的哥哥敦敏作的小传。全书六册,计诗两册,文两册,《鹪鹩庵笔麈》两册。《雪桥诗话》,《八旗文经》,《熙朝雅颂集》所采的诗文都是从这里面选出来的。我在《考证》里引的那首《寄怀曹雪芹》,原文题下注一"霑"字,又"扬州旧梦久已绝"一句,原本绝字作觉,下帖一笺条,注云,"雪芹曾随其先祖寅织造之任。"《雪桥诗话》说曹雪芹名霑,为楝亭通政孙,即是根据于这两条注的。又此诗中"蓟门落日松亭尊"一句,尊字原本作樽,下注云,"时余在喜峰口。"按敦敏作的小传,乾隆二十二年丁丑(一七五七),敦诚在喜峰口。此诗是丁丑年作的。又《考证》引的《佩刀质酒歌》虽无年月,但其下第二首题下注"癸未",大概此诗是乾隆二十七年壬午作的。这两首之外,还有两首未刻的诗：

（一）赠曹芹圃(注)即雪芹

满径蓬蒿老不华,举家食粥酒常赊。衡门僻巷愁今雨,
废馆颓楼梦旧家。司业青钱留客醉,步兵白眼向人斜。阿
谁买与猪肝食,日望西山餐暮霞。

这诗使我们知道曹雪芹又号芹圃。前三句写家贫的状况,第四
句写盛衰之感。(此诗作于乾隆二十六年辛巳)

（二）挽曹雪芹(注)甲申

四十年华付杳冥,哀旌一片阿谁铭？孤儿渺漠魂应逐,
(注：前数月,伊子殇,因感伤成疾。)新妇飘零目岂瞑？牛
鬼遗文悲李贺,鹿车荷锸葬刘伶。(適按,此二句又见于《鹪
鹩庵笔麈》,杨钟羲先生从《笔麈》里引入《诗话》；杨先生也
不曾见此诗全文。)故人惟有青山泪,絮酒生刍上旧坰。

这首诗给我们四个重要之点：

(一)曹雪芹死在乾隆二十九年甲申（一七六四）。我在《考
证》说他死在乾隆三十年左右,只差了一年。

(二)曹雪芹死时只有"四十年华"。这自然是个整数,不限
定整四十岁。但我们可以断定他的年纪不能在四十五岁以上。
假定他死时年四十五岁,他的生时当康熙五十八年（一七一九）。
《考证》里的猜测还不算大错。

关于这一点,我们应该声明一句。曹寅死于康熙五十一年
（一七一三）,下距乾隆甲申,凡五十一年。雪芹必不及见曹寅
了。敦诚《寄怀曹雪芹》的诗注说"雪芹曾随其先祖寅织造之

任"，有一点小误。雪芹曾随他的父亲曹𫖯在江宁织造任上。曹𫖯做织造，是康熙五十四年到雍正六年（一七一五——二八）；雪芹随在任上大约有十年（一七一九——二八）。曹家三代四个织造，只有曹寅最著名。敦诚晚年编集，添入这一条小注，那时距曹寅死时已七十多年了，故敦诚与袁枚有同样的错误。

（三）曹雪芹的儿子先死了，雪芹感伤成病，不久也死了。据此，雪芹死后，似乎没有后人。

（四）曹雪芹死后，还有一个"飘零"的"新妇"。这是薛宝钗呢，还是史湘云呢？那就不容易猜想了。

《四松堂集》里的重要材料，只是这些。此外还有一些材料，但都不重要。我们从敦敏作的小传里，又可以知道敦诚生于雍正甲寅（一七三四）；死于乾隆戊申（一七九一），也可以修正我的考证里的推测。

我在四月十九日得着这部《四松堂集》的稿本。隔了两天，蔡子民先生又送来一部《四松堂集》的刻本，是他托人向晚晴簃诗社里借来的。刻本共五卷：

卷一，诗一百三十七首。

卷二，诗一百四十四首。

卷三，文三十四篇。

卷四，文十九篇。

卷五，《鹪鹩庵笔麈》八十一则。

果然凡底本里题上没有"刻"字的，都没有收入刻本里去。这更可以证明我的底本格外可贵了。蔡先生对于此书的热心，是我很感谢的。最有趣的是蔡先生借得刻本之日，差不多正是我得着底本之日。我寻此书近一年多了，忽然三日之内两个本子一齐到我手里！这真是"踏破铁鞋无觅处，得来全不费工夫"了。

一九二二. 五. 三

二

——答蔡孑民先生的商榷

蔡孑民先生的《石头记索隐第六版自序》是对于我的《红楼梦考证》的一篇"商榷"。他说：

> 知其（《红楼梦》）所寄托之人物，可用三法推求：一，品性相类者。二，轶事有征者。三，姓名相关者。于是以湘云之豪放而推为其年，以惜春之冷僻而推为苏友：用第一法也。以宝玉逢魔魇而推为允礽，以凤姐哭向金陵而推为余国柱：用第二法也。以探春之名与探花有关而推为健庵，以宝琴之名与孔子学琴于师襄之故事有关而推为辟疆：用第三法也。然每举一人，率兼用三法或两法，有可推证，始质言之。其他如元春之疑为徐元文，宝蟾之疑为翁宝林，则以近于孤证，姑不列入。自以为审慎之至，与随意附会者不同。近读胡适之先生《红楼梦考证》，列拙著于"附会的红学"之中，谓之"走错了道路"，谓之"大笨伯"，"笨谜"；谓之"很牵强的附会"；我实不敢承认。

关于这一段"方法论"，我只希望指出蔡先生的方法是不适用于《红楼梦》的。有几种小说是可以采用蔡先生的方法的。最明显的是《孽海花》。这本是写时事的书，故书中的人物都可用蔡先生的方法去推求：陈千秋即是田千秋，孙汶即是孙文，庄寿香即是张香涛，祝宝廷即是宝竹坡，潘八瀛即是潘伯寅，姜表字剑云即是江标字剑霞，成煜字伯怡即是盛昱字伯熙。其次，如《儒林外史》，也有可以用蔡先生的方法去推求的。如马纯上之为冯粹中，庄绍光之为程绵庄，大概已无可疑。但这部书里的人物，很有不容易猜的；如向鼎，我曾猜是商盘，但我读完《质园诗集》三十二卷，不曾寻着一毫证据，只好把这个好谜牺牲了。又如杜少卿之为吴敬梓，姓名上全无关系；直到我寻着了《文木山房集》，我才敢相信。此外，金和跋中举出的人，至多不过可供参考，不可过于信任。（如金和说吴敬梓诗集未刻，而我竟寻着乾隆初年的刻本。）《儒林外史》本是写实在人物的书，我们尚且不容易考定书中人物，这就可见蔡先生的方法的适用是很有限的了。大多数的小说是决不可适用这个方法的。历史的小说如《三国志》，传奇的小说如《水浒传》，游戏的小说如《西游记》，都是不能用蔡先生的方法来推求书中人物的。《红楼梦》所以不能适用蔡先生的方法，顾颉刚先生曾举出两个重要理由：

（一）别种小说的影射人物，只是换了他姓名，男还是男，女还是女，所做的职业还是本人的职业。何以一到《红楼梦》就会男变为女，官僚和文人都会变成宅眷？

（二）别种小说的影射事情，总是保存他们原来的关系。何以到《红楼梦》，无关系的就会发生关系了？例如蔡先生考定宝玉为允礽，黛玉为朱竹垞，薛宝钗为高士奇，试问允礽和朱竹垞有何恋爱的关系？朱竹垞与高士奇有何吃醋的关系？

顾先生这话说的最明白，不用我来引申了。蔡先生曾说，"然而安徽第一大文豪（指吴敬梓）且用之，安见汉军第一大文豪必不出此乎？"这个比例（类推）也不适用，正因为《红楼梦》与《儒林外史》不是同一类的书。用"品性，轶事，姓名"三项来推求《红楼梦》里的人物，就像用这个方法来推求《金瓶梅》里西门庆的一妻五妾影射何人：结果必是一种很牵强的附会。

我对于蔡先生这篇文章，最不敢赞同的是他的第二节。这一节的大旨是：

> 惟吾人与文学书,最密切之接触,本不在作者之生平,而在其著作。著作之内容,即胡先生所谓"情节"者,决非无考证之价值。

蔡先生的意思好像颇轻视那关于"作者之生平"的考证。无论如何,他的意思好像是说,我们可以不管"作者之生平",而考证"著作之内容"。这是大错的。蔡先生引《托尔斯泰传》中说的"凡其著作无不含自传之性质;各书之主人翁……皆其一己之化身;各书中所叙他人之事,莫不与其己身有直接之关系"。试问作此传的人若不知"作者之生平",如何能这样考证各书的"情节"呢?蔡先生又引各家关于 Faust 的猜想,试问他们若不知道 Goethe 的"生平",如何能猜想第一部之 Gretchen 为谁呢?

我以为作者的生平与时代是考证"著作之内容"的第一步下手工夫。即如《儿女英雄传》一书,用年羹尧的事做背景,又假造了一篇雍正年间的序,一篇乾隆年间的序。我们幸亏知道著者文康是咸丰、同治年间人;不然,书中提及《红楼梦》的故事,又提及《品花宝鉴》(道光中作的)里的徐度香与袁宝珠,岂不都成了灵异的预言了吗?即如旧说《儒林外史》里的匡超人即是汪中。现在我们知道吴敬梓死于乾隆十九年,而汪中生于乾隆九年,我们便可以断定匡超人决不是汪中了。又旧说《儒林外史》里的牛布衣即是朱草衣。现在我们知道朱草衣死在乾隆二十一二年,那时吴敬梓已死了二三年了,而《儒林外史》第二十回已叙述牛布衣之死,可见牛布衣大概另是一人了。

因此,我说,要推倒"附会的红学",我们必须搜求那些可以考定《红楼梦》的著者,时代,版本等等的材料。向来《红楼梦》一书所以容易被人穿凿附会,正因为向来的人都忽略了"作者之生平"一个大问题。因为不知道曹家有那样富贵繁华的环境,故人都疑心贾家是指帝室的家庭,至少也是指明珠一类的宰相之家。因为不深信曹家是八旗的世家,故有人疑心此书是指斥满洲人的。因为不知道曹家盛衰的历史,故人都不信此书为曹雪芹把真事隐去的自叙传。现在曹雪芹的历史和曹家的历史既然有点明白了,我很盼望读《红楼梦》的人都能平心静气的把向来的成见暂时丢开,大家揩揩眼镜来评判我们的证据是否可靠,我们对于证据的解释是否不错。这样的批评,是我所极欢迎的。我曾说过:

> 我在这篇文章里,处处想撇开一切先入的成见;处处存一个搜求证据的目的;处处尊重证据,让证据做乡导,引我到相当的结论上去。

此间所谓“证据”,单指那些可以考定作者,时代,版本等等的证据;并不是那些“红学家”随便引来穿凿附会的证据。若离开了作者,时代,版本等项,那么,引《东华录》与引《红礁画桨录》是同样的“不相干”;引许三礼、郭琇与引冒辟疆、王渔洋是同样的“不相干”。若离开了“作者之生平”而别求“性情相近,轶事有征,姓名相关”的证据,那么,古往今来无数万有名的人,那一个不可以化男成女搬进大观园里去? 又何止朱竹垞、徐健庵、高士奇、汤斌等几个人呢? 况且板儿既可以说是《廿四史》,青儿既可以说是吃的韭菜,那么,我们又何妨索性说《红楼梦》是一部《草木春秋》或《群芳谱》呢?

亚里士多德在他的《尼可马铿伦理学》里(部甲,四,一○九九a),曾说:

> 讨论这个学说(指柏拉图的“名象论”)使我们感觉一种

不愉快，因为主张这个学说的人是我们的朋友。但我们既是爱智慧的人，为维持真理起见，就是不得已把我们自己的主张推翻了，也是应该的。朋友和真理既然都是我们心爱的东西，我们就不得不爱真理过于爱朋友了。

我把这个态度期望一切人，尤其期望我所最敬爱的蔡先生。

一九二二. 五. 十

附　　录

《石头记索隐》第六版自序
——对于胡适之先生《红楼梦考证》之商榷

蔡孑民

余之为此索隐也，实为《郎潜二笔》中徐柳泉之说所引起。柳泉谓宝钗影高澹人；妙玉影姜西溟。余观《石头记》中，写宝钗之阴柔，妙玉之孤高，正与高、姜二人之品性相合。而澹人之贿金豆，以金锁影之；其假为落马坠积潴中，则以薛蟠之似泥母猪影之。西溟之热中科第，以妙玉走魔入火影之；其瘐死狱中，以被劫影之。又如以妙字影姜字；以玉字影英字；以雪字影高士字，知其所寄托之人物，可用三法推求：一，品性相类者；二，轶事有征者；三，姓名相关者。于是以湘云之豪放而推为其年；以惜春之冷僻而推为荪友；用第一法也。以宝玉逢魔魇而推为允礽；以凤姐哭向金陵而推为余国柱；用第二法也。以探春之名与探花有关，而推为健庵；以宝琴之名，与孔子学琴于师襄之故事有关而推为辟疆；用第三法也。然每举一人，率兼用三法或两法，有可推证，始质言之。其他如元春之疑为徐元文；宝蟾之疑为翁宝林；则以近于孤证，姑不列入。自以为审慎之至，与随意附会者不同。近读胡适之先生《红楼梦考证》,列拙著于"附会的红学"之中。谓之"走错了道路";谓之"大笨伯","笨谜";谓之"很牵强的附会";我实不敢承认。意者我亦不免有"敝帚千金"之俗见。然胡先生之言,实有不能强我以承认者。今贡其疑于左:

(一)胡先生谓"向来研究这部书的人,都走错了道路……不去搜求那些可以考定《红楼梦》的著者,时代,版本等等的材料,却去收罗许多不相干的零碎史事来附会《红楼梦》里的情节"。又云:"我们只须根据可靠的版本,与可靠的材料,考定这书的著者究竟是谁;著者的事迹家世;著者的时代;这书曾有何种不同的本子?这些本子的来历如何?这些问题,乃是《红楼梦考证》的正当范围。"案考定著者,时代,版本之材料,固当搜求。从前王静庵先生作《红楼梦评论》,曾云:"作者之姓名(遍考各书,未见曹雪芹何名。)与作书之年月,其为读此书者所当知,似更比主人公之姓名为尤要。顾无一人为之考证者,此则大不可解者也。"又云:"苟知美术之大有造于人生,而《红楼梦》自足为我国美术上之唯一大著述,则其作者之姓名,与其著书之年月,固为惟一考证之题目。"今胡先生对于前八十回著作者曹雪芹之家世及生平,与后四十回著作者高兰墅之略历,业于短时期间,搜集许多材料。诚有功于《石头记》,而可以稍释王静庵先生之遗憾矣。惟吾人与文学书,最密切之接触,本不在作者之生平,而在其著作。著作之内容,即胡先生所谓"情节"者,决非无考证之价值。例如我国古代文学中之《楚词》,其作者为屈原,宋玉,景差等。其时代,在楚怀王、襄王时,即西历纪元前三世纪间。久为昔人所考定。然而"善鸟香草,以配忠贞;恶禽臭物,以比谗佞;灵修美人,以媲于君;虙妃佚女,以譬贤臣;虬龙鸾凤,以托君子;飘风云霓,以为小人":如王逸所举者,固无非内容也。其在

外国文学，如 Shakespeare 之著作，或谓出 Bacon 手笔，遂生作
者究竟是谁之问题。至于 Goethe 之 Faust，则其所根据的神话
与剧本，及其六十年间著作之经过，均为文学史所详载。而其内
容，则第一部之 Gretchen 或谓影 Elsassirin Fried erike
（Bielschowsky 之说）；或谓影 Frankfurter Gretchen（Kuno
Fischer 之说）。第二部之 Walpurgisnacht 一节为地质学理论。
Helena 一节为文化交通问题。Euphorion 为英国诗人 Byron 之
影子。（各家所同。）皆情节上之考证也。又如俄之托尔斯泰，其
生平，其著作之次第，皆无甚疑问。近日张邦铭、郑阳和两先生
所译 Salolea 之《托尔斯泰传》，有云："凡其著作无不含自传之性
质。各书之主人翁，如伊尔屯尼夫，鄂仑玲，聂乞鲁多夫，赖文，
毕索可夫等，皆其一己之化身。各书中所叙他人之事，莫不与其
己身有直接之关系。……《家庭乐》叙其少年时情场中之一事，
并表其情爱与婚姻之意见；书中主人翁既求婚后，乃将少年狂放
时之恶行，缕书不讳，授所爱以自忏。此事，托尔斯泰于《家庭
乐》出版三年后，向索利亚柏斯求婚时，实尝亲自为之。即《战争
与和平》一书，亦可作托尔斯泰之家庭观。其中老乐斯脱夫，即
托尔斯泰之祖。小乐斯脱夫，即其父。索利亚，即其养母达善
娜，尝两次拒其父之婚者。拿特沙乐斯脱夫，即其姨达善娜柏
斯。毕索可夫与赖文，皆托尔斯泰用以自状。赖文之兄死，即托
尔斯泰兄的米特利之死。《复活》书中聂乞鲁多夫之奇特行动，
论者谓依心理未必能有者，其实即的米特利生平留于其弟心中
之一记念；的米特利娶一娼，与聂乞鲁多夫同也。"亦情节上之考
证也。然则考证情节，岂能概目为附会而拒斥之？

（二）胡先生谓拙著《索隐》所阐证之人名，多是"笨谜"，又
谓"假使一部《红楼梦》真是一串这么样的笨谜，那就真不值得猜
了"。但拙著阐证本事，本兼用三法，具如前述。所谓姓名关系

者,仅三法中之一耳;即使不确,亦未能抹杀全书。况胡先生所谥谓笨谜者,正是中国文人习惯,在彼辈方谓如此而后"值得猜"也。《世说新书》称曹娥碑后有"黄绢幼妇外孙齑臼"八字,即以当"绝妙好辞"四字。古绝句"稿砧今何在?山上复有山。何当大刀头,破镜飞上天"。以稿砧为夫,以大刀头为还。《南史》记梁武帝时童谣有"鹿子开城门,城门鹿子开"等句,谓鹿子开者反语为来子哭,后太子果薨。自胡先生观之,非皆笨谜乎?《品花宝鉴》,以侯公石影袁子才,侯与袁为猴与猿之转借,公与子同为代名词,石与才则自"天下才有一石,子建独占八斗"之语来。《儿女英雄传》,自言十三妹为玉字之分析,已不易猜;又以纪献唐影年羹尧,纪与年,唐与尧,虽尚简单,而献与羹则自"犬曰羹献"之文来。自胡先生观之,非皆笨谜乎?即如《儒林外史》之庄绍光即程绵庄,马纯上即冯粹中,牛布衣即朱草衣,均为胡先生所承认(见胡先生所著《吴敬梓传》及附录)。然则金和跋所指目,殆皆可信。其中如因范蠡曾号陶朱公,而以范易陶;万字俗作万,而以万代方;亦非"笨谜"乎?然而安徽第一大文豪且用之,安见汉军第一大文豪必不出此乎?

(三)胡先生谓拙著中刘老老所得之八两及二十两有了下落,而第四十二回王夫人所送之一百两,没有下落;谓之"这种完全任意的去取,实在没有道理"。案《石头记》凡百二十回,而余之索隐,不过数十则;有下落者记之,未有者姑阙之,此正余之审慎也。若必欲事事证明而后可,则《石头记》自言著作者有石头,空空道人,孔梅溪,曹雪芹诸人,而胡先生所考证者惟有曹雪芹;《石头记》中有许多大事,而胡先生所考证者惟南巡一事;将亦有"任意去取没有道理"之消与?

(四)胡先生以曹雪芹生平,大端既已考定;遂断定《石头记》是"曹雪芹的自叙传","是一部将真事隐去的自叙的书","曹雪芹即是《红楼梦》开端时那个深自忏悔的我,即是书里甄、贾(真假)两个宝玉的底本"。案书中既云真事隐去,并非仅隐去真姓名,则不得以书中所叙之事为真。又使宝玉为作者自身之影子,则何必有甄、贾两个宝玉?(鄙意甄、贾二字,实因古人有正统伪朝之习见而起。贾雨村举正邪两赋而来之人物,有陈后主,唐明皇、宋徽宗等,故吾疑甄宝玉影宏光,贾宝玉影允礽也。)若以赵嬷嬷有甄家接驾四次之说,而曹寅适亦四次接驾,为甄家即曹家之确证,则赵嬷嬷又说贾府只预备接驾一次,明在甄家四次以外,安得谓贾府亦指曹家乎?胡先生以贾政为员外郎,适与员外郎曹頫相应,谓贾政即影曹頫。然《石头记》第三十七回,有贾政任学差之说;第七十一回有"贾政回京复命,因是学差,故不敢先到家中"云云,曹頫固未闻曾放学差也。且使贾府果为曹家影子,而此书又为雪芹自写其家庭之状况,则措词当有分寸。今观第十七回,焦大之谩骂,第六十六回柳湘莲道:"你们东府里,除了那两个石头狮子干净罢了,"似太不留余地。且许三礼奏参徐乾学,有曰:"伊弟拜相之后,与亲家高士奇,更加招摇。以致有去了余秦桧(余国柱),来了徐严嵩,乾学似庞涓,是他大长兄之谣";又有"五方宝物归东海,万国金珠贡澹人"之对云云。今观《石头记》第五十五回,有"刚刚倒了一个巡海夜叉,又添了三个镇山太岁"之说。第四回,有"贾不假,白玉为堂金作马;阿房宫,三百里,住不下金陵一个史;东海缺少白玉床,龙王来请金陵王;丰年好大雪,珍珠如土金如铁"之护官符。显然为当时一谣一对之影子,与曹家何涉?故鄙意《石头记》原本,必为康熙朝政治小说,为亲见高、徐、余、姜诸人者所草。后经曹雪芹增删,或亦许插入曹家故事。要未可以全书属之曹家也。

一九二二年一月三十日

(收入《胡适文存二集》卷四)

与钱玄同书（节录）

······

近日收到一部乾隆甲戌抄本的脂砚斋重评《石头记》，只剩十六回，却是奇遇！批者为曹雪芹的本家，与雪芹是好朋友。其中墨评作于雪芹生时，朱批作于他死后。有许多处可以供史料。有一条说雪芹死于壬午除夕。此可以改正我的甲申说。敦诚的挽诗作于甲申（或编在甲申），在壬午除夕之后一年多。（也许是"成仁周年"作的！）又第十三回可卿之死，久成疑窦。此本上可以考见原回目本作"秦可卿淫丧天香楼"，后来全删去天香楼一节，约占全回三之一。今本尚留"又在天香楼上另设一坛（醮）"一句，其"天香楼"三字上不着天，下不着地，今始知为删削剩余之语。此外尚有许多可贵的材料，可以证明我与平伯、颉刚的主张。此为近来一大喜事，故远道奉告。

······

一九二七年八月十二日

（录自章兰《胡适谈甲戌本》，载《红楼梦研究集刊》第四辑）

重印乾隆壬子本《红楼梦》序

从前汪原放先生标点《红楼梦》时,他用的是道光壬辰(一八三二)刻本。他不知道我藏有乾隆壬子(一七九二)的程伟元第二次排本。现在他决计用我的藏本做底本,重新标点排印。这件事在营业上是一件大牺牲,原放这种研究的精神是我很敬爱的,故我愿意给他做这篇新序。

《红楼梦》最初只有钞本,没有刻本。钞本只有八十回。但不久就有人续作八十回以后的《红楼梦》了。俞平伯先生从戚本八十回的评注里看出当时有一部"后三十回的《红楼梦》",(《红楼梦辨》下卷,一——三七。)这便是续书的一种。高鹗续作的四十回,也不过是续书的一种。但到了乾隆五十六年至五十七年之间,高鹗和程伟元串通起来,把高鹗续作的四十回同曹雪芹的原本八十回合并起来,用活字排成一部,又加上一篇序,说是几年之中搜集起来的原书全稿。从此以后,这部百二十回的《红楼梦》遂成了定本,而高鹗的续本也就"附骥尾以传"了。(看我的《红楼梦考证》,页五三——六七;俞平伯《红楼梦辨》上卷,一——一六二。)

程伟元的活字本有两种。第一种我曾叫做"程甲本",是乾隆五十六年(一七九一)排印,次年发行的。第二种我曾叫做"程乙本",是乾隆五十七年改订的本子。

程甲本,我的朋友马幼渔教授藏有一部。此书最先出世,一出来就风行一时,故成为一切后来刻本的祖本。南方的各种刻本,如道光壬辰的王刻本等,都是依据这个程甲本的。

但这个本子发行之后,高鹗就感觉不满意,故不久就有改订本出来。程乙本的"引言"说:

> ……因急欲公诸同好,故初印时不及细校,间有纰缪。今复聚集各原本,详加校阅,改订无讹。惟阅者谅之。

马幼渔先生所藏的程甲本就是那"初印"本。现在印出的程乙本就是那"聚集各原本,详加校阅,改订无讹"的本子,可说是高鹗、程伟元合刻的定本。

这个改本有许多改订修正之处,胜于程甲本。但这个本子发行在后,程甲本已有人翻刻了;初本的一些矛盾错误仍旧留在现行各本里,虽经各家批注里提出,终没有人敢改正。我试举一个最明显的例子为证。第二回冷子兴说贾家的历史,中有一段道:

> 第二胎生了一位小姐,生在大年初一,就奇了。不想次年又生了一位公子,说来更奇,一落胞胎,嘴里便衔下一块五彩晶莹的玉来,还有许多字迹。

后来评读此书的人,都觉得这里必有错误,因为后文第十八回贾妃省亲一段里明说"宝玉未入学之先,三四岁时,已得贾妃口传授教了几本书,识了数千字在腹中;虽为姊弟,有如母子"。这样一位长姊,何止大他一岁? 所以戚本便改作:

> 第二胎生了一位小姐,生在大年初一日,就奇了。不想

后来又生了一位公子。

这是一种改法。程甲本也作"次年"。我的程乙本便大胆地改作了：

> 第二胎生了一位小姐，生在大年初一，就奇了。不想隔了十几年，又生了一位公子。

这三种说法，究竟那一种是原本呢？

前年我的朋友容庚先生在冷摊上买得一部旧钞本的《红楼梦》，是有百二十回的。他不但认这本是在程本以前的钞本，竟大胆地断定百二十回本是曹雪芹的原本。他做了一篇《〈红楼梦〉的本子问题，质胡适之俞平伯先生》，(北京大学《国学周刊》第五，六，九期。)举出他的钞本文字上与程甲本及亚东本不同的地方，要证明他的钞本是程本以前的曹氏原本。我去年夏间答他一信，曾指出他的钞本是全钞程乙本的，底本正是高鹗的二次改本，决不是程刻以前的原本。他举出的异文，都和程乙本完全相同。其中有一条异文就是第二回里宝玉的生年。他的钞本也作：

> 不想隔了十几年，又生了一位公子。

我对容先生说：凡作考据，有一个重要的原则，就是要注意可能性的大小。可能性（Probability）又叫做"几数"，又叫做"或然数"，就是事物在一定情境之下能变出的花样。把一个铜子掷在地上，或是龙头朝上，或是字朝上，可能性都是百分之五十，是均等的。把一个"不倒翁"掷在地上，他的头轻脚重，总是脚朝下

的,故他有一百分的站立的可能性。试用此理来观察《红楼梦》里宝玉的生年,有二种可能:

(一)原本作"隔了十几年",而后人改作了"次年"。

(二)原本作"次年",而后人改为"隔了十几年"。

以常理推之,若原本既作"隔了十几年",与第十八回所记正相照应,决无反改为"次年"之理。程乙本与钞本之改作"十几年",正是他晚出之铁证。高鹗细察全书,看出第二回与十八回有大相矛盾的地方,他认定那教授宝玉几千字和几本书的姊姊,既然"有如母子",至少应该比宝玉大十几岁,故他就假托参校各原本的结果,大胆地改正了。

直到今年夏间,我买得了一部乾隆甲戌(一七五四)钞本《脂砚斋重评石头记》残本十六回,这是曹雪芹未死时的钞本,为世间最古的钞本。第二回记宝玉的生年,果然也是:

> 第二胎生了一位小姐,生在大年初一,这就奇了。不想次年又生了一位公子。

这就证实了我的假定了。我曾考清朝的后妃,深信康熙、雍正、乾隆三朝没有姓曹的妃子。大概贾元妃是虚构的人物,故曹雪芹先说她比宝玉大一岁,后来越造越不像了,就不知不觉地把元妃的年纪加长了。

我再举一条重要的异文。第二回冷子兴又说:

> 当日宁国公、荣国公是一母同胞弟兄两个。宁公居长,生了四个儿子。

程甲本、戚本都作"四个儿子"。我的程乙本却改作了"两个儿

子"。容庚先生的钞本也作"两个儿子"。这又是高鹗后来的改
本,容先生的钞本又是钞高鹗改订本的。我的《脂砚斋石头记》
残本也作"四个儿子",可证"四个"是原文。但原文于宁国公的
四个儿子,只认出长子是代化,其余三个儿子都不曾说出名字,
故高鹗嫌"四个"太多,改为"两个"。但这一句却没有改订的必
要。《脂砚斋》残本有夹缝朱批云:

> 贾蔷、贾菌之祖,不言可知矣。

高鹗的修改虽不算错,却未免多事了。

我在《红楼梦考证》里曾说:

> 程伟元的序里说,《红楼梦》当日虽只有八十回,但原本
> 却有一百二十卷的目录。这话可惜无从考证(戚本目录并
> 无后四十回)。我从前想当时各钞本中大概有些是有后四
> 十回目录的,但我现在对于这一层很有点怀疑了。

俞平伯先生在《红楼梦辨》里,为了这个问题曾作一篇长文(卷
上,一一——二六。)辨"原本回目只有八十"。他的理由很充足,我
完全赞同。但容庚先生却引他的钞本第九十二回的异文作证
据,很严厉地质问平伯道:

> 我们读第九十二回"评《女传》巧姐慕贤良,玩母珠贾政
> 参聚散",只觉得宝玉评《女传》,不觉得巧姐慕贤良的光景;
> 贾政玩母珠,也不觉得参什么聚散的道理。这不是很大的
> 漏洞吗?

使后四十回的回目系曹雪芹做的,高鹗补作,不大了解
曹雪芹的原意,故此说不出来,尚可勉强说得过去。无奈俞
先生想证明后四十回系高鹗补作,不能不把后四十回目一
并推翻,反留下替高鹗辩护的余地。

现在把钞本关于这两段的钞下。后四十回既然是高鹗
补的,干么他自己一次二次排印的书都没有这些的话?没
有这些话是否可以讲得去?请俞先生有以语我来?(《国学
周刊》第六期,页十七。)

容先生的钞本所有的两段异文,都是和这个程乙本完全一样的,
也都是高鹗后来修改的。容先生没有看见我的程乙本,只看见
了幼渔先生的程甲本,他不该武断地说高鹗"自己一次二次排印
的书都没有这些话"。我们现在知道高鹗的初稿(程甲本)与现
行各本同没有这两段;但他第二次改本(程乙本)确有这两段。
我们把这两段分钞在这里:

(一)第一段"慕贤良":

(程甲本与后来翻此本的各本)

宝玉道:"那文王后妃,是不必说了,想来是知道的。那
姜后脱簪待罪;齐国的无盐虽丑,能安邦定国:是后妃里头
的贤能的。若说有才的,是曹大家,班婕妤,蔡文姬,谢道韫
诸人。孟光的荆钗布裙,鲍宣妻的提瓮出汲,陶侃母的截发
留宾,还有画获教子的:这是不厌贫的。那苦的里头有乐
昌公主破镜重圆,苏蕙的回文感主。那孝的是更多了:木
兰代父从军,曹娥投水寻父的尸首等类也多,我也说不得许
多。那个曹氏的引刀割鼻,是魏国的故事。那守节的更多
了,只好慢慢的讲。若是那些艳的,王嫱,西子,樊素,小蛮,

绛仙等;妒的是,'秃妾发,怨洛神'。……等类。文君,红拂,是女中的豪侠。"

贾母听到这里,说:"够了;不用说了。你讲的太多,他那里还记得呢?"

（程乙本）（容钞本同）

宝玉便道:"那文王后妃,不必说了。那姜后脱簪待罪,和齐国的无盐安邦定国:是后妃里头的贤能的。"巧姐听了,答应个"是"。宝玉又道:"若说有才的,是曹大家,班婕妤,蔡文姬,谢道韫诸人。"巧姐问道:"那贤德的呢?"宝玉道:"孟光的荆钗布裙,鲍宣妻的提瓮出汲,陶侃母的截发留宾:这些不厌贫的,就是贤德的了。"巧姐欣然点头。宝玉道:"还有苦的像那乐昌破镜,苏蕙回文。那孝的木兰代父从军,曹娥投水寻尸等类,也难尽说。"巧姐听到这些,却默默如有所思。宝玉又讲那曹氏的引刀割鼻,及那些守节的。巧姐听着,更觉肃敬起来。宝玉恐他不自在,又说:"那些艳的,如王嫱,西子,樊素,小蛮,绛仙,文君,红拂都是女中的……"尚未说出,贾母见巧姐默然,便说:"够了,不用说了。讲的太多,他那里记得?"

（二）第二段"参聚散":
（程甲本与后来翻此本的各本）

冯紫英道:"人世的荣枯,仕途的得失,终属难定。"贾政道:"像雨村算便宜的了。还有我们差不多的人家,就是甄家,从前一样的功勋,一样的世袭,一样的起居,我们也是时常来往。不多几年，他们进京来，差人到我这里请安，还很热闹。一会儿抄了原籍的家财，至今杳无音信。不知他近况若何，心下也着实惦记。看了这样，你想做官的怕不怕？"贾赦道："咱们家里再没有事的。"

（程乙本）（容钞本同）

　　冯紫英道："人世的荣枯，仕途的得失，终属难定。"贾政道："天下事都是一个样的理哟！比如方才那珠子：那颗大的就像有福气的人是的。那些小的都托赖着他的灵气护庇着。要是那大的没有了，那些小的也就没有收揽了。就像人家儿当头人有了事，骨肉也都分离了，亲戚也都零落了，就是好朋友也都散了，转瞬荣枯，真似春云秋叶一般。你想做官有什么趣儿呢？像雨村算便宜的了。还有我们差不多的人家儿，就是甄家；从前一样功勋，一样世袭，一样起居，我们也是时常来往。不多几年，他们进京来，差人到我这里请安，还很热闹。一会儿抄了原籍的家财，至今杳无音信。不知他近况若何，心下也着实惦记着。"贾赦道："什么珠子？"贾政同冯紫英又说了一遍给贾赦听。贾赦道："咱们家是再没有事的。"

　　容庚先生想用这两大段异文来证明，不但后四十回的回目是曹雪芹原稿有的，并且后四十回的全文也是曹雪芹的原文。他不知道这两大段异文便是高鹗续书的铁证，也是他伪作回目的铁证。
　　高鹗的"引言"里明明说：

　　（一）书中前八十回，抄本各家互异。今广集核勘，准情酌理，补遗订讹。其间或有增损数字处，意在便于披阅，非敢争胜前人也。

　　（一）书中后四十回系就历年所得，集腋成裘，更无他本可考，惟按其前后关照者，略为修辑，使其有应接而无矛盾。至其原文，未敢臆改。俟再得善本，更为厘定，且不欲尽掩其本来面目也。

前八十回有"抄本各家互异"，故他改动之处，如上文举出第二回里的改本，还可以假托"广集核勘"的结果。但他既明明承认"后四十回更无他本可考"，又既明明宣言这四十回的原文"未敢臆改"，何以又有第九十二回的大改动呢？岂不是因为他刻成初稿（程甲本）之后，自己感觉第九十二回的内容与回目不相照应，故偷偷地自己修改了，又声明"未敢臆改"以掩其作伪之迹吗？他料定读小说的人决不会费大工夫用各种本子细细校勘。他那里料得到一百三十多年后居然有一位容庚先生肯用校勘学的工夫去校勘《红楼梦》，居然会发现他作伪的铁证呢？

　　这个程乙本流传甚少；我所知的，只有我的一部原刻本和容庚先生的一部旧钞本。现在汪原放标点了这本子，排印行世，使大家知道高鹗整理前八十回与改订后四十回的最后定本是个什么样子，这是我们应该感谢他的。

一九二七．十一．十四，在上海。

（收入《胡适文存》三集卷五）

考证《红楼梦》的新材料

一、残本《脂砚斋重评石头记》

去年我从海外归来,便接着一封信,说有一部抄本《脂砚斋重评石头记》愿让给我。我以为"重评"的《石头记》大概是没有价值的,所以当时竟没有回信。不久,新月书店的广告出来了,藏书的人把此书送到店里来,转交给我看。我看了一遍,深信此本是海内最古的《石头记》抄本,遂出了重价把此书买了。

这部脂砚斋重评本(以下称"脂本")只剩十六回了,其目如下:

第一回至第八回

第十三回至第十六回

第二十五回至第二十八回

首页首行有撕去的一角,当是最早藏书人的图章。今存图章三方,一为"刘铨冨子重印",一为"子重",一为"仿眉"。第二十八回之后幅有跋五条。其一云:

> 《红楼梦》虽小说,然曲而达,微而显,颇得史家法。余向读世所刊本,辄逆以己意,恨不得起作者一谭。睹此册,私幸予言之不谬也。子重其宝之。青士、椿余同观于半亩园并识。乙丑孟秋。

其一云：

> 《红楼梦》非但为小说别开生面，直是另一种笔墨。昔人文字有翻新法，学《梵夹书》。今则写西法轮齿，仿《考工记》。如《红楼梦》实出四大奇书之外，李贽、金圣叹皆未曾见也。戊辰秋记。

此条有"福"字图章，可见藏书人名刘铨福，字子重。以下三条跋皆是他的笔迹。其一云：

> 《红楼梦》纷纷效颦者无一可取。唯《痴人说梦》一种及二知道人《红楼梦说梦》一种尚可玩，惜不得与佟四哥三弦子一弹唱耳。此本是《石头记》真本，批者事皆目击，故得其详也。癸亥春日白云吟客笔。（有"白云吟客"图章。）
>
> 李伯盂郎中言翁叔平殿撰有原本而无脂批，与此文不同。

又一条云：

> 脂砚与雪芹同时人，目击种种事，故批笔不从肊度。原文与刊本有不同处，尚留真面，惜止存八卷。海内收藏家更有副本，愿抄补全之，则妙矣。五月廿七日阅又记。（有"铨"字图章。）

另一条云：

> 近日又得妙复轩手批十二巨册。语虽近凿，而于《红楼

梦》味之亦深矣。云客又记。（有"阿瘟瘟"图章。）

　　此批本丁卯夏借与绵州孙小峰太守，刻于湖南。

第三回有墨笔眉批一条，字迹不像刘铨福，似另是一个人；跋末云：

　　　　同治丙寅（五年，一八六六）季冬月左绵痴道人记。

此人不知即是上条提起的绵州孙小峰吗。但这里的年代可以使我们知道跋中所记干支都是同治初年。刘铨福得此本在同治癸亥（一八六三），乙丑（一八六五）有椿余一跋，丙寅有痴道人一条批，戊辰（一八六八）又有刘君的一跋。

　　刘铨福跋说"惜止存八卷"，这一句话不好懂。现存的十六回，每回为一卷，不该说止存八卷。大概当时十六回分装八册，故称八卷；后来才合并为四册。

　　此书每半页十二行，每行十八字。楷书。纸已黄脆了，已经了一次装衬。第十三回首页缺去小半角，衬纸与原书接缝处印有"刘铨畐子重印"图章，可见装衬是在刘氏收得此书之时，已在六十年前了。

二、脂砚斋与曹雪芹

　　脂本第一回于"满纸荒唐言，一把辛酸泪"一诗之后，说：

　　　　至脂砚斋甲戌抄阅再评，仍用《石头记》。出则既明，且看石上是何故事。

"出则既明"以下与有正书局印的戚抄本相同。但戚本无此上的十五字。甲戌为乾隆十九年（一七五四），那时曹雪芹还不曾死。

　　据此，《石头记》在乾隆十九年已有"抄阅再评"的本子了。可见雪芹作此书在乾隆十八九年之前。也许其时已成的部分止有这二十八回。但无论如何，我们不能不把《红楼梦》的著作时代移前。俞平伯先生的《红楼梦年表》（《红楼梦辨》八）把作书时代列在乾隆十九年至二八年（一七五四——六三），这是应当改正的了。

　　脂本于"满纸荒唐言"一诗的上方有朱评云：

　　　　能解者方有辛酸之泪哭成此书。壬午除夕，书未成，芹为泪尽而逝。余尝哭芹，泪亦待尽。每意觅青埂峰再问石兄，余不遇癞头和尚何！怅怅！……甲午八月泪笔。（乾隆三九，一七七四。）

壬午为乾隆二十七年，除夕当西历一七六三年二月十二日（据陈垣《中西回史日历》检查）。

　　我从前根据敦诚《四松堂集》《挽曹雪芹》一首诗下注的"甲申"二字，考定雪芹死于乾隆甲申（一七六四），与此本所记，相差一年余。雪芹死于壬午除夕，次日即是癸未，次年才是甲申。敦诚的挽诗作于一年以后，故编在甲申年，怪不得诗中有"絮酒生刍上旧坰"的话了。现在应依脂本，定雪芹死于壬午除夕。再依敦诚挽诗"四十年华付杳冥"的话，假定他死时年四十五，他生时大概在康熙五十六年（一七一七）。我的《考证》与平伯的《年表》也都要改正了。

　　这个发现使我们更容易了解《红楼梦》的故事。雪芹的父亲曹頫卸织造任在雍正六年（一七二八），那时雪芹已十二岁，是见过曹家盛时的了。

脂本第一回叙《石头记》的来历云：

> 空空道人……从头至尾抄录回来，问世传奇：因空见色，由色生情，传情入色，自色悟空，遂易名为情僧，改《石头记》为《情僧录》。至吴玉峰题曰《红楼梦》；东鲁孔梅溪则题曰《风月宝鉴》。后因曹雪芹于悼红轩中披阅十载，增删五次，纂成目录，分出章回，则题曰《金陵十二钗》。……

此上有眉评云：

> 雪芹旧有《风月宝鉴》之书，乃其弟棠村序也。今棠村已逝，余睹新怀旧，故仍因之。

据此，《风月宝鉴》乃是雪芹作《红楼梦》的初稿，有其弟棠村作序。此处不说曹棠村而用"东鲁孔梅溪"之名，不过是故意作狡狯。梅溪似是棠村的别号，此有二层根据：第一，雪芹号芹溪，脂本屡称芹溪，与梅溪正同行列。第二，第十三回"三春去后诸芳尽，各自须寻各自门"二句上，脂本有一条眉评云："不必看完，见此二句，即欲堕泪。梅溪。"顾颉刚先生疑此即是所谓"东鲁孔梅溪"。我以为此即是雪芹之弟棠村。

又上引一段中，脂本比别本多出"至吴玉峰题曰《红楼梦》"九个字。吴玉峰与孔梅溪同是故设疑阵的假名。

我们看这几条可以知道脂砚斋同曹雪芹的关系了。脂砚斋是同雪芹很亲近的，同雪芹弟兄都很相熟。我并且疑心他是雪芹同族的亲属。第十三回写秦可卿托梦于凤姐一段，上有眉评云：

"树倒猢狲散"之语，全犹在耳，曲指三十五年矣。伤
哉！宁不恸杀！

又可卿提出祖茔置田产附设家塾一段上有眉评云：

语语见道，字字伤心。读此一段，几不知此身为何物
矣。松斋。

又此回之末凤姐寻思宁国府中五大弊，上有眉评云：

旧族后辈受此五病者颇多。余家更甚。三十年前事，
见书于三十年后，今（令？）余想恸血泪盈□。（此处疑脱
一字）

又第八回贾母送秦钟一个金魁星，有朱评云：

作者今尚记金魁星之事乎？抚今思昔，肠断心摧。

看此诸条，可见评者脂砚斋是曹雪芹很亲的族人，第十三回所记
宁国府的事即是他家的事，他大概是雪芹的嫡堂弟兄或从堂弟
兄，——也许是曹颙或曹𬘡的儿子。松斋似是他的表字，脂砚斋
是他的别号。

这几条之中，第十三回之一条说：

曲指三十五年矣。

又一条说：

三十年前事,见书于三十年后。

脂本抄于甲戌(一七五四),其"重评"有年月可考者,有第一回(抄本页十)之"丁亥春"(一七六七),有上文已引之"甲午八月"(一七七四)。自甲戌至甲午,凡二十年。折中假定乾隆二十九年(一七六四)为上引几条评的年代,则上推三十五年为雍正七年(一七二九),曹雪芹约十三岁,其时曹𫖮刚卸任织造(一七二八),曹家已衰败了,但还不曾完全倒落。

此等处皆可助证《红楼梦》为记述曹家事实之书,可以摧破不少的怀疑。我从前在《红楼梦考证》里曾指出两个可注意之点:

第一,十六回凤姐谈"南巡接驾"一大段,我认为即是康熙南巡,曹寅四次接驾的故事。我说:

> 曹家四次接驾乃是很不常见的盛事,故曹雪芹不知不觉的——或是有意的——把他家这桩最阔的大典说了出来。(《考证》页四一)

脂本第十六回前有总评,其一条云:

> 借省亲事写南巡,出脱心中多少忆昔感今!

这一条便证实了我的假设。我又曾说赵嬷嬷说的贾家接驾一次,甄家接驾四次,都是指曹家的事。脂本于本回"现在江南的甄家……接驾四次"一句之傍,有朱评云:

> 甄家正是大关键,大节目。勿作泛泛口头语看。

这又是证实我的假设了。

第二,我用《八旗氏族通谱》的曹家世系来比较第二回冷子兴说的贾家世次,我当时指出贾政是次子,先不袭职,又是员外郎,与曹頫一一相合,故我认贾政即是曹頫(《考证》四三——四四)。这个假设在当时很受朋友批评。但脂本第二回"皇上……赐了这政老爹一个主事之衔,令其入部习学,如今现已升了员外郎"一段之傍有朱评云:

> 嫡真实事,非妄拥也。

这真是出于我自己意料之外的好证据了!

故《红楼梦》是写曹家的事,这一点现在得了许多新证据,更是颠扑不破的了。

三、秦可卿之死

第十三回记秦可卿之死,曾引起不少人的疑猜。今本(程乙本)说:

> ……人回东府蓉大奶奶没了。……彼时合家皆知,无不纳闷,都有些伤心。

戚本作:

> 彼时合家皆知,无不纳叹,都有些伤心。

坊间普通本子有一种却作:

彼时合家皆知,无不纳闷,都有些疑心。

脂本正作:

彼时合家皆知,无不纳罕,都有些疑心。

上有眉评云:

九个字写尽天香楼事,是不写之写。

又本文说:

这四十九日,单请一百单八众禅僧在大厅上拜大悲忏。……另设一坛于天香楼上。

此九字旁有夹评云:

删却,是未删之笔。

又本文云:

又听得秦氏之丫嬛名唤瑞珠者,见秦氏死了,他也触柱而亡。

旁有夹评云:

补天香楼未删之文。

天香楼是怎么一回事呢？此回之末，有朱笔题云：

> "秦可卿淫丧天香楼"，作者用史笔也。老朽因有魂托
> 凤姐贾家后事二件嫡是安富尊荣坐享人能想得到处，其事
> 虽未漏，其言其意则令人悲切感服，姑赦之，因命芹溪删去。

又有眉评云：

> 此回只十页，因删去天香楼一节，少却四五页也。

这可见此回回目原本作：

> 秦可卿淫丧天香楼，
> 王熙凤协理宁国府。

后来删去天香楼一长段，才改为"死封龙禁尉"，平仄便不调了。

秦可卿是自缢死的，毫无可疑。第五回画册上明明说：

> 画着高楼大厦，有一美人悬梁自缢。（此从脂本）其
> 判云：
> 情天情海幻情身，情既相逢必主淫。
> 漫言不肖皆荣出，造衅开端实在宁。

俞平伯在《红楼梦辨》里特立专章，讨论可卿之死。（中卷，页一五
九——一七八。）但顾颉刚引《红楼佚话》说有人见书中的焙茗，据
他说，秦可卿与贾珍私通，被婢撞见，羞愤自缢死的。平伯深信
此说，列举了许多证据，并且指出秦氏的丫嬛瑞珠触柱而死，可

见撞见奸情的便是瑞珠。现在平伯的结论都被我的脂本证明了。我们虽不得见未删天香楼的原文,但现在已知道

（一）秦可卿之死是"淫丧天香楼"。

（二）她的死与瑞珠有关系。

（三）天香楼一段原文占本回三分之一之多。

（四）此段是脂砚斋劝雪芹删去的。

（五）原文正作"无不纳罕,都有些疑心",戚本始改作"伤心"。

四、《红楼梦》的"凡例"

《红楼梦》各本皆无"凡例"。脂本开卷便有"凡例",又称"《红楼梦》旨义",其中颇有可注意的话,故全抄在下面:

凡　例

《红楼梦》旨义。是书题名极多。□□《红楼梦》,是总其全部之名也。又曰《风月宝鉴》,是戒妄动风月之情。又曰《石头记》,是自譬石头所记之事也。此三名皆书中曾已点睛矣。如宝玉作梦,梦中有曲,名曰《红楼梦十二支》,此则《红楼梦》之点睛。又如贾瑞病,跛道人持一镜来,上面即錾"风月宝鉴"四字,此则《风月宝鉴》之点睛。又如道人亲眼见石上大书一篇故事,则系石头所记之往来,此则《石头记》之点睛处。然此书又名曰《金陵十二钗》,审其名则必系金陵十二女子也。然通部细搜检去,上中下女子岂止十二人哉?若云其中自有十二个,则又未尝指明白系某某。极（?）至《红楼梦》一回中亦曾翻出金陵十二钗之簿籍,又有十二支曲可考。

书中凡写长安,在文人笔墨之间,则从古之称;凡愚夫

妇儿女子家常口角,则曰中京,是不欲着迹于方向也。盖天子之邦,亦当以中为尊。特避其东南西北四字样也。

此书只是着意于闺中。故叙闺中之事切,略涉于外事者则简,不得谓其不均也。

此书不敢干涉朝廷。凡有不得不用朝政者,只略用一笔带出,盖实不敢以写儿女之笔墨唐突朝廷之上也。又不得谓其不备。

以上四条皆低二格抄写。以下紧接"此书开卷第一回也,作者自云……"一长段,也低二格抄写。今本第一回即从此句起;而脂本的第一回却从"列位看官,你道此书从何而来"起。"此书开卷第一回也"以下一长段,在脂本里,明是第一回之前的引子,虽可说是第一回的总评,其实是全书的"旨义",故紧接"凡例"之后,同样低格抄写。其文与今本也稍稍不同,我们也抄在"凡例"之后,凡脂本异文,皆加符号记出:

　　此〔书〕开卷第一回也。作者自云,〔因〕曾历过一番梦幻之后,故将真事隐去,而撰此《石头记》一书也,故曰"甄士隐梦幻识通灵"。但书中所记何事,〔又因何而撰是书哉?〕自云,〔今〕风尘碌碌,一事无成,忽念及当日所有之女子,一一细推了去,觉其行止见识皆出〔于〕我之上,〔何〕堂堂之须眉诚不若彼〔一干〕裙钗,实愧则有余,悔则无益〔之〕大无可奈何之日也!当此时,〔则〕自欲将已往所赖〔上赖〕天恩,〔下承〕祖德,锦衣纨裤之时,饫甘餍美之日,背父母教育之恩,负师兄(今本作友)规训之德,已致今日一事(今本作技)无成,半生潦倒之罪,编述一记(今本作集)以告普天下〔人〕。虽(今本作知)我之罪固不能免,(此五字今本作"负罪固多")然闺阁中〔本自〕历历有人,万不可因我不肖,(此处各本多"自护己短"四字)则一并使其泯灭也。虽今日之茆椽蓬牖,瓦灶绳床,其风晨月夕,阶柳庭花,亦未有伤于我之襟怀笔墨者,何为不用假语村言,敷演出一段故事来,以悦人之耳目哉?(此一长句与今本多不同)故曰"风尘怀闺秀",〔乃是第一回题纲正义也。开卷即云"风尘怀闺秀",则知作者本意原为记述当日闺友闺情,并非怨世骂时之书矣。虽一时有涉于世态,然亦不得不叙者,但非其本旨耳。阅者切记之。

　　诗曰:
　　浮生着甚苦奔忙?盛席华筵终散场。
　　悲喜千般同幻渺,古今一梦尽荒唐。
　　谩言红袖啼痕重,更有情痴抱恨长。
　　字字看来皆是血,十年辛苦不寻常。〕

　　我们读这几条凡例,可以指出几个要点:(一)作者明明说此书是"自譬石头所记之事",明明说"系石头所记之往来"。(二)作者明明说"此书只是着意于闺中",又说"作者本意原为记述当日闺友闺情,并非怨世骂时之书"。(三)关于此书所记地点问题,凡例中也有明白的表示。曹家几代住南京,故书中女子多是江南人,凡例中明明说"此书又名曰《金陵十二钗》,审其名则必系金陵十二女子也"。我因此疑心雪芹本意要写金陵,但他北归已久,虽然"秦淮残梦忆繁华"(敦敏赠雪芹诗),却已模糊记不清了,故不能不用北京作背景。所以贾家在北京,而甄家始终在江南。所以凡例中说,"书中凡写长安……家常口角则曰中京,是不欲着迹于方向也。……特避其东南西北字样也。"平伯与颉刚对于这个地点问题曾有很长的讨论(《红楼梦辨》,中,五九——八十。),他们的结论是"说了半天还和没有说一样,我们究竟不知道《红楼梦》是在南或是在北"(页七九)。我的答案是:雪芹写的是北京,而他心里要写的是金陵:金陵是事实所在,而北京只是文学的背景。

至如大观园的问题,我现在认为不成问题。贾妃本无其人,省亲也无其事,大观园也不过是雪芹的"秦淮残梦"的一境而已。

五、脂本与戚本

现行的《红楼梦》本子,百廿回本以程甲本(高鹗本)为最古,八十回本以戚蓼生本为最古,戚本更古于高本,那是无可疑的。平伯在数年前对于戚本曾有很大的怀疑,竟说他"决是辗转传钞后的本子,不但不免错误,且也不免改窜"。(《红楼梦辨》,上,一二六。)但我曾用脂砚斋残本细校戚本,始知戚本一定在高本之前,凡平伯所疑高本胜于戚本之处(一三五——一三七),皆戚本为原文,而高本为改本。但那些例子都很微细,我在此文里不及讨论,现在要谈几个更重要之点。

我用脂本校戚本的结果,使我断定脂本与戚本的前二十八回同出于一个有评的原本,但脂本为直接钞本,而戚本是间接传钞本。

何以晓得两本同出于一个有评的原本呢?戚本前四十回之中,有一半有批评,一半没有批评;四十回以下全无批评。我仔细研究戚本前四十回,断定原底本是全有批评的,不过钞手不止一个人,有人连评钞下,有人躲懒便把评语删了。试看下表:

第一回	有评	第二回	无评
第三回	有评	第四回	无评
第五回	有评	第六回	无评
第七回	有评	第八回	无评

第九回	有评	第十回	无评
第十一回	无评		
第十二回至廿六回			有评
第廿七回至卅五回			无评
第卅六回至四十回			有评

看这个区分，我们可以猜想当时钞手有二人，先是每人分头钞一回，故甲钞手专钞奇数，便有评；乙钞手钞偶数，便无评；至十二回以下甲钞手连钞十五回，都有评；乙钞手连钞九回，都无评。

戚本前二十八回，所有评语，几乎全是脂本所有的，意思与文字全同，故知两本同出于一个有评的原底本。试更举几条例为铁证。戚本第一回云：

> 一家乡官，姓甄（真假之甄宝玉亦借此音，后不注。）名费废，字士隐。

脂本作：

> 一家乡官，姓甄（真○后之甄宝玉亦借此音，后不注。）名费（废），字士隐。

戚本第一条评注误把"真"字连下去读，故改"后"为"假"，文法遂不通。第二条注"废"字误作正文，更不通了。此可见两本同出一源，而戚本传钞在后。

第五回写薛宝钗之美，戚本作：

> 品格端方，容貌丰美，人多谓黛玉所不及，（此句定评）想世人目中各有所取也。按黛玉、宝钗二人一如娇花，一如

　　纤柳，各极其妙，此乃世人性分甘苦不同之故耳。

今检脂本，始知"想世人目中"以下四十二字都是评注，紧接"此句定评"四字之后。此更可见二本同源，而戚本在后。

　　平伯说戚本有脱误，上举两例便可证明他的话不错。

　　我因此推想得两个结论：

　　（一）《红楼梦》的最初底本是有评注的。

　　（二）最初的评注至少有一部分是曹雪芹自己作的，其余或是他的亲信朋友如脂砚斋之流的。

　　何以说底本是有评注的呢？脂本抄于乾隆甲戌，那时作者尚生存，全书未完，已是"重评"的了，可以见甲戌以前的底本便有评注了。戚本的评注与脂本的一部分评注全同，可见两本同出的底本都有评注。又高鹗所据底本也有评注。平伯指出第三十七回贾芸上宝玉的书信末尾写着：

　　　　男芸跪书一笑，

检戚本始知"一笑"二字是评注，误入正文。程甲本如此，程乙本也如此。平伯说，"高氏所依据的钞本也有这批语，和戚本一样，这都是奇巧的事。"（《红楼梦辨》，上，一四四。）其实这并非"奇巧"，只证明高鹗的底本也出于那有评注的原本而已。（高、程刻本合删评注）

　　原底本既有评注，是谁作的呢？作者自加评注本是小说家的常事；况且有许多评注全是作者自注的口气，如上文引的第一回"甄"字下注云：

　　　　真〇后之甄宝玉亦借此音，后不注。

这岂是别人的口气吗？又如第四回门子对贾雨村说的"护官符"口号，每句下皆有详注，无注便不可懂，今本一律删去了。今钞脂本原文如下：

> 上面皆是本地大族名宦之家的谚俗口碑，其口碑排写得明白，下面皆注着始祖官爵并房次。石头亦曾照样钞写一张。今据石上所钞云：
>
> 贾不假，白玉为堂金作马。（宁国、荣国二公之后，共二十房分，除宁、荣亲派八房在都外，现原籍住者十二房。）（适按，二十房，误作十二房，今依戚本改正。）
>
> 阿房宫，三百里，住不下金陵一个史。（保龄侯尚书令史公之后，房分共十八，都中现住者十房，原籍现住八房。）（适按，十八，戚本误作二十。）
>
> 丰年好大雪，珍珠如土金如铁。（紫微舍人薛公之后，现领内府帑银行商，共八房分。）
>
> 东海缺少白玉床，龙王来请金陵王。（都太尉统制县伯王公之后，共十二房，都中二房，余在籍。）（适按，在籍二字误脱，今据戚本补。）

这四条注都是作者原书所有的，现在都被删去了。脂本里，这四条注也都用朱笔写在夹缝，与别的评注一样钞写。我因此疑心这些原有的评注之中，至少有一部分是作者自己作的。又如第一回"无材补天，幻形入世"两句有评注云：

> 八字便是作者一生惭恨。

这样的话当然是作者自己说的。

　　以上说脂本与戚本同出于一个有评注的原本，而戚本传钞在后。但因为戚本传钞在后，《红楼梦》的底本已经过不少的修改了，故戚本有些地方与脂本不同。有些地方也许是作者自己改削的；但大部分的改动似乎都是旁人斟酌改动的；有些地方似是被钞写的人有意删去，或无意钞错的。

　　如上文引的全书"凡例"，似是钞书人躲懒删去的，如翻刻书的人往往删去序跋以节省刻资，同是一种打算盘的办法。第一回序例，今本虽保存了，却删去了不少的字，又删去了那首"字字看来皆是血，十年辛苦不寻常"很好的诗。原本不但有评注，还有许多回有总评，写在每回正文之前，与这第一回的序例相像，大概也是作者自己作的。还有一些总评写在每回之后，也是墨笔楷书，但似是评书者加的，不是作者原有的了。现在只有第二回的总评保存在戚本之内，即戚本第二回前十二行及诗四句是也。此外如第六回、第十三回、十四回、十五回、十六回，每回之前皆有总评，戚本皆不曾收入。又第六回、二十五回、二十六回、二十七回、二十八回，每回之后皆有"总批"多条，现在只有四条（廿七回及廿八回后）被收在戚本之内。这种删削大概是钞书人删去的。

　　有些地方似是有意删削改动的。如第二回说元春与宝玉的年岁，脂本作：

　　　　第二胎生了一位小姐，生在大年初一，这就奇了。不想次年又生了一位公子。

戚本便改作了：

　　　　不想后来又生了一位公子。

这明是有意改动的了。又戚本第一回写那位顽石：

> 一日正当嗟悼之际，俄见一僧一道远远而来，生得骨格不凡，丰神迥异，来至石下，席地而坐，长谈，见一块鲜明莹洁美玉，且又缩成扇坠大小的可佩可拿。那僧托于掌上……

这一段各本大体皆如此；但其实文义不很可通，因为上面明说是顽石，怎么忽已变成宝玉了？今检脂本，此段多出四百二十余字，全被人删掉了。其文如下：

> 俄见一僧一道远远而来，生得骨格不凡，丰神迥别，说说笑笑，来至峰下，坐于石边，高谈快论。先是说些云山雾海，神仙玄幻之事，后便说到红尘中荣华富贵。此石听了，不觉打动凡心，也想要到人间去享一享这荣华富贵，但自恨粗蠢，不得已，便口吐人言，向那僧道说道："大师，弟子蠢物，不能见礼了。适问(闻)二位谈那人世间荣耀繁华，心切慕之。弟子质虽粗蠢，性却稍通。况见二师仙形道体，定非凡品，必有补天济世之材，利物济人之德。如蒙发一点慈心，携带弟子，得入红尘，在那富贵场中，温柔乡里，受享几年，自当永佩洪恩，万劫不忘也。"二仙师听毕，齐憨笑道："善哉，善哉！那红尘中有却有些乐事，但不能永远依恃。况又有'美中不足，好事多魔'八个字紧相连属，瞬息间则又乐极悲生，人非物换。究竟是到头一梦，万境归空。倒不如不去的好。"这石凡心已炽，那里听得进这话去？乃复苦求再四，二仙知不可强制，乃叹道："此亦静极思动，无中生有之数也。既如此，我们便携你去受享受享。只是到不得意

时,切莫后悔。"石道,"自然,自然。"那僧又道:"若说你性灵,却又如此质蠢,并更无奇贵之处。如此,也只好踮脚而已。也罢,我如今大施佛法,助你〔一〕助。待劫终之日,复还本质,以了此案。你道好否?"石头听了,感谢不尽。那僧便念咒书符,大展幻术,将一块大石登时变成一块鲜明莹洁的美玉,且又缩成扇坠大小的可佩可拿。

这一长段,文章虽有点噜苏,情节却不可少。大概后人嫌他稍繁,遂全删了。

六、脂本的文字胜于各本

我们现在可以承认脂本是《红楼梦》的最古本,是一部最近于原稿的本子了。在文字上,脂本有无数地方远胜于一切本子。我试举几段作例。

第一例　第八回

(一)脂砚斋本:

宝玉与宝钗相近,只闻一阵阵凉森森甜丝丝的幽香,竟不知系何香气。

(二)戚本:

宝玉此时与宝钗就近,只闻一阵阵凉森森甜甜的幽香,竟不知是何香气。

(三)翻王刻诸本(亚东初本)(程甲本):

　　　宝玉此时与宝钗相近,只闻一阵香气,不知是何气味。

（四）程乙本（亚东新本）：

　　　宝玉此时与宝钗挨肩坐着,只闻一阵阵的香气,不知
　　何味。

戚本把"甜丝丝"误钞作"甜甜",遂不成文。后来各本因为感觉
此句有困难,遂索性把形容字都删去了。高鹗最后定本硬改"相
近"为"挨肩坐着",未免太露相,叫林妹妹见了太难堪!
　　第二例　第八回
　　（一）脂本：

　　　话犹未了,林黛玉已摇摇的走了进来。

（二）戚本：

　　　话犹未了,林黛玉已走了进来。

（三）翻王刻本：

　　　话犹未了,林黛玉已摇摇摆摆的来了。

（四）程乙本：

　　　话犹未完,黛玉已摇摇摆摆的进来。

原文"摇摇的"是形容黛玉的瘦弱病躯。戚本删了这三字,已是不该的了。高鹗竟改为"摇摇摆摆的",这竟是形容詹光、单聘仁的丑态了,未免太唐突林妹妹了!

第三例　第八回

(一) 脂本与戚本:

> 黛玉……一见了(戚本无"了"字)宝玉,便笑道,"嗳哟,我来的不巧了!"宝玉等忙起身笑让坐。宝钗因笑道,"这话怎么说?"黛玉笑道,"早知他来,我就不来了。"宝钗道,"我更不解这意。"黛玉笑道:"要来时一群都来,要不来一个也不来。今儿他来了,明儿我再来(戚本作"明日我来"),如此间错开了来着,岂不天天有人来了,也不至于太冷落,也不至于太热闹了? 姐姐如何反不解这意思?"

(二) 翻王刻本:

> 黛玉……一见宝玉,便笑道:"嗳呀! 我来的不巧了!"宝玉等忙起身让坐。宝钗因笑道:"这话怎么说?"黛玉道:"早知他来,我就不来了。"宝钗道:"我不解这意。"黛玉笑道:"要来时,一齐来;要不来,一个也不来。今儿他来,明儿我来,如此间错开了来,岂不天天有人来了,也不至太冷落,也不至太热闹? 姐姐如何不解这意思?"

(三) 程乙本:

> 黛玉……一见宝玉,便笑道:"哎哟! 我来的不巧了!"宝玉等忙起身让坐。宝钗笑道:"这是怎么说?"黛玉道:"早

知他来，我就不来了。"宝钗道："这是什么意思？"黛玉道："什么意思呢？来呢，一齐来；不来，一个也不来。今儿他来，明儿我来，间错开了来，岂不天天有人来呢？也不至太冷落，也不至太热闹。姐姐有什么不解的呢？"

高鹗最后改本删去了两个"笑"字，便像林妹妹板起面孔说气话了。

第四例　第八回

（一）脂本：

> 宝玉因见他外面罩着大红羽缎对衿褂子，因问："下雪了么？"地下婆娘们道："下了这半日雪珠儿了。"宝玉道："取了我的斗篷来了不曾？"黛玉便道："是不是！我来了，你就该去了！"宝玉笑道："我多早晚说要去了？不过是拿来预备着。"

（二）戚本：

> ……地下婆娘们道："下了这半日雪珠儿。"宝玉道："取了我的斗篷来了不曾？"黛玉道："是不是！我来了，他就讲去了！"宝玉笑道："我多早晚说要去来着？不过拿来预备。"

（三）翻王刻本：

> ……地下婆娘们说："下了这半日了。"宝玉道："取了我的斗篷来。"黛玉便笑道："是不是？我来了，你就该去了！"宝玉道："我何曾说要去？不过拿来预备着。"

（四）程乙本：

> ……地下老婆们说："下了这半日了。"宝玉道："取了我的斗篷来。"黛玉便笑道："是不是？我来了，他就该走了！"宝玉道："我何曾说要去？不过拿来预备着。"

戚本首句脱一"了"字，末句脱一"着"字，都似是无心的脱误。"你就该去了，"戚本改的很不高明，似系误"该"为"讲"，仍是无心的错误。"我多早晚说去了？"这是纯粹北京话。戚本改为"我多早晚说要去来着？"这还是北京话。高本嫌此话太"土"，加上一层翻译，遂没有味儿了。（"多早晚"是"什么时候"）

最无道理的是高本改"取了我的斗篷来了不曾"的问话口气为命令口气。高本删"雪珠儿"也无理由。

第五例　第八回

（一）脂本与戚本：

> 李嬷嬷因说道，"天又下雪，也好早晚的了，就在这里同姐姐妹妹一处顽顽罢。"

（二）翻王刻本：

> 天又下雪，也要看早晚的，就在这里和姐姐妹妹一处顽顽罢。

（三）程乙本：

> 天又下雪，也要看时候儿，就在这里和姐姐妹妹一处顽

顽儿罢。

这里改的真是太荒谬了。"也好早晚的了",是北京话,等于说"时候不很早了"。高鹗两次改动,越改越不通。高鹗是汉军旗人,应该不至于不懂北京话。看他最后定本说"时候儿",又说"顽顽儿",竟是杭州老儿打官话儿了!

这几段都在一回之中,很可以证明脂本的文学的价值远在各本之上了。

七、从脂本里推论曹雪芹未完之书

从这个脂本里的新证据,我们知道了两件已无可疑的重要事实:

（一）乾隆甲戌(一七五四),曹雪芹死之前九年,《红楼梦》至少已有一部分写定成书,有人"抄阅重评"了。

（二）曹雪芹死在乾隆壬午除夕(一七六三年二月十三日)。

我曾疑心甲戌以前的本子没有八十回之多,也许止有二十八回,也许止有四十回。为什么呢?因为如果甲戌以前雪芹已成八十回,那么,从甲戌到壬午,这九年之中雪芹做的是什么书? 难道他没有继续此书吗? 如果他续作的书是八十回以后之书,那些书稿又在何处呢?

如果甲戌已有八十回稿本流传于朋友之间,则他以后十年间续作的稿本必有人传观抄阅,不至于完全失散。所以我疑心脂本当甲戌时还没有八十回。

戚本四十回以下完全没有评注。这一点使我疑心最初脂砚斋所据有评的原本至多也不过四十回。

高鹗的壬子本引言有一条说：

> 如六十七回，此有彼无，题同文异。

平伯曾用戚本校高本，果见此回很大的异同。这一点使我疑心八十回本是陆续写定的。但我仔细研究脂本的评注，和戚本所无而脂本独有的"总评"及"重评"，使我断定曹雪芹死时他已成的书稿决不止现行的八十回，虽然脂砚斋说：

> 壬午除夕，书未成，芹为泪尽而逝。

但已成的残稿确然不止这八十回书。我且举几条证据看看。

（一）史湘云的结局，最使人猜疑。第三十一回目"因麒麟伏白首双星"一句话引起了无数的猜测。平伯检得戚本第三十一回有总评云：

> 后数十回，若兰在射圃所佩之麒麟，正此麒麟也。提纲伏于此回中，所谓草蛇灰线在千里之外。

平伯误认此为"后三十回的《红楼梦》"的一部分，他又猜想：

> 在佚本上，湘云夫名若兰，也有个金麒麟，或即是宝玉所失，湘云拾得的那个麒麟，在射圃里佩着。（《红楼梦辨》，下，二四。）

但我现在替他寻得了一条新材料。脂本第二十六回有总评云：

前回倪二、紫英、湘莲、玉菡四样侠文，皆得传真写照之笔。惜卫若兰射圃文字迷失无稿，叹叹！

雪芹残稿中有"卫若兰射圃"一段文字，写的是一种"侠文"，又有"佩麒麟"的事。若兰姓卫，后来做湘云的丈夫，故有"伏白首双星"的话。

（二）袭人与蒋琪官的结局也在残稿之内。脂本与戚本第二十八回后都有总评云：

茜香罗，红麝串，写于一回。棋官（戚本作"盖琪官"。脂本一律作"棋官"。）虽系优人，后回与袭人供奉玉兄、宝卿，得同终始者，非泛泛之文也。

平伯也误认这是指"后三十回"佚本。这也是雪芹残稿之一部分。大概后来袭人嫁琪官之后，他们夫妇依旧"供奉玉兄、宝卿，得同终始"。高鹗续书大失雪芹本意。

（三）小红的结局，雪芹也有成稿。脂本第二十七回总评云：

凤姐用小红，可知晴雯等埋没其人久矣，无怪有私心私情。且红玉后有宝玉大得力处，此于千里外伏线也。

二十六回小红与佳蕙对话一段有朱评云：

红玉一腔委曲怨愤，系身在怡红，不能遂志，看官勿错认为芸儿害相思也。狱神庙红玉、茜雪一大回文字，惜迷失无稿。

又二十七回凤姐要红玉跟她去,红玉表示情愿。有夹缝朱评云:

> 且系本心本意。狱神庙回内方见。

狱神庙一回,究竟不知如何写法。但可见雪芹曾有此"一大回文字"。高鹗续书中全不提及小红,遂把雪芹极力描写的一个大人物完全埋没了。

(四)惜春的结局,雪芹似也有成文。第七回里,惜春对周瑞家的笑道:

> 我这里正和智能儿说,我明儿也剃了头,同他作姑子去呢?

有朱评云:

> 闲闲笔,却将后半部线索提动。

这可见评者知道雪芹"后半部"的内容。

(五)残稿中还有"误窃玉"的一回文字。第八回,宝玉醉了睡下,袭人摘下通灵玉来,用手帕包好,塞在褥下,这一段后有夹评云:

> 交代清楚。塞玉一段又为"误窃"一回伏线。

误窃宝玉的事,今本无有,当是残稿中的一部分。

从这些证据里,我们可以知道雪芹在壬午以前,陆续作成的《红楼梦》稿子决不止八十回,可惜这些残稿都"迷失"了。脂砚斋大概曾见过这些残稿，但别人见过此稿的大概不多了，雪芹死后遂完全散失了。

《红楼梦》是"未成"之书，脂砚斋已说过了。他在二十五回宝玉病愈时，有朱评云：

> 叹不得见玉兄悬崖撒手文字为恨。

戚本二十一回宝玉续《庄子》之前也有夹评云：

> 宝玉之情，今古无人可比，固矣。然宝玉有情极之毒，亦世人莫忍为者。看至后半部则洞明矣。……宝玉看此为世人莫忍为之毒，故后文方有"悬崖撒手"一回。若他人得宝钗之妻，麝月之婢，岂能弃而为僧哉？

脂本无廿一回，故我们不知道脂本有无此评。但看此评的口气，似也是原底本所有。如此条是两本所同有，那么，雪芹在早年便已有了全书的大纲，也许已"纂成目录"了。宝玉后来有"悬崖撒手""为僧"的一幕，但脂砚斋明说"叹不得见"这一回文字，大概雪芹止有此一回目，尚未有书。

以上推测雪芹的残稿的几段，读者可看平伯《红楼梦辨》里论"后三十回的《红楼梦》"一长篇。平伯所假定的"后三十回"佚本是没有的。平伯的错误在于认戚本的"眉评"为原有的评注，而不知戚本所有的"眉评"是狄楚青先生所加，评中提及他的"笔记"，可以为证。平伯所猜想的佚本其实是曹雪芹自己的残稿本，可惜他和我都见不着此本了！

一九二八.二.十二——十六

（收入《胡适文存》三集卷五）

介绍我自己的思想_{（节录）}①

......

《红楼梦考证》诸篇只是考证方法的一个实例。我说：

> 我觉得我们做《红楼梦》的考证，只能在"著者"和"本子"两个问题上着手；只能运用我们力所能搜集的材料，参考互证，然后抽出一些比较的最近情理的结论。这是考证学的方法。我在这篇文章里，处处想撇开一切先入的成见，处处存一个搜求证据的目的，处处尊重证据，让证据做向导。引我到相当的结论上去。（页四一一——四一二）

这不过是赫胥黎、杜威的思想方法的实际应用。我的几十万字的小说考证，都只是用一些"深切而著明"的实例来教人怎样思想。

试举曹雪芹的年代一个问题作个实例。民国十年，我收得了一些证据，得着这些结论：

> 我们可以断定曹雪芹死于乾隆三十年左右（约西历一七

---

① 　编者按：此文是胡适一九三〇年十一月二十七日为一九三〇年十二月亚东图书馆出版的《胡适文选》一书撰写的序文。

六五）。……我们可以猜想雪芹大约生于康熙末叶（约一七
一五——一七二〇），当他死时，约五十岁左右。（页三
八三）

民国十一年五月，我得着了《四松堂集》的原本，见敦诚挽曹雪芹
的诗题下注"甲申"二字，又诗中有"四十年华"的话，故修正我的
结论如下：

　　曹雪芹死在乾隆二十九年甲申（一七六四）……他死时
只有"四十年华"，我们可以断定他的年纪不能在四十五岁
以上。假定他死时年四十五岁，他的生时当康熙五十八年
（一七一九）。（页四二〇）

但到了民国十六年，我又得了脂砚斋评本《石头记》，其中有"壬
午除夕，书未成，芹为泪尽而逝"的话。壬午为乾隆二十七年，除
夕当西历一七六三年二月十二日，和我七年前的断定（"乾隆三
十年左右，约西历一七六五"）只差一年多。又假定他活了四十
五岁，他的生年大概在康熙五十六年（一七一七），这也和我七年
前的猜测正相符合。（页四三三）

　　考证两个年代，经过七年的时间，方才得着证实。证实是思
想方法的最后又最重要的一步。不曾证实的理论，只可算是假
设；证实之后，才是定论，方是真理。我在别处。（《文存三集》页二
七三）说过：

　　我为什么要考证《红楼梦》？
　　在消极方面，我要教人怀疑王梦阮、徐柳泉一班人的
谬说。

　　在积极方面,我要教人一个思想学问的方法。我要教人疑而后信,考而后信,有充分证据而后信。

　　我为什么要替《水浒传》作五万字的考证? 我为什么要替庐山一个塔作四千字的考证?

　　我要教人知道学问是平等的,思想是一贯的。……肯疑问"佛陀耶舍究竟到过庐山没有"的人,方才肯疑问"夏禹是神是人"。有了不肯放过一个塔的真伪的思想习惯,方才敢疑上帝的有无。

少年的朋友们,莫把这些小说考证看作我教你们读小说的文字。这些都只是思想学问的方法的一些例子。在这些文字里,我要读者学得一点科学精神,一点科学态度,一点科学方法。科学精神在于寻求事实,寻求真理。科学态度在于撇开成见,搁起感情,只认得事实,只跟着证据走。科学方法只是"大胆的假设,小心的求证"十个字。没有证据,只可悬而不断;证据不够,只可假设,不可武断,必须等到证实之后,方才奉为定论。

　　少年的朋友们,用这个方法来做学问,可以无大差失;用这种态度来做人处事,可以不至于被人蒙着眼睛牵着鼻子走。
……

(收入《胡适文选》)

跋乾隆庚辰本《脂砚斋 重评石头记》钞本

　　我在民国十六年买得大兴刘铨福家旧藏《脂砚斋重评石头记》残本十六回,(一至八、十三至十六、二十五至二十八回)我曾作长文(《考证红楼梦的新材料》,《胡适文存三集》,页五六五——六〇六。)考证那本子的价值,并且用那本子上的评语作证据,考出了一些关于曹雪芹和《红楼梦》的事实。

　　今年在北平得见徐星署先生所藏的《脂砚斋重评石头记》全部,凡八册。我曾用我的残本对勘了一部分,并且细检全书的评语,觉得这本子确是一个很值得研究的本子。

　　此本每半页十行,每行三十字。每册十回,但第二册第十七回即今本第十七十八两回,首页有批云:"此回宜分二回方妥。"第十九回另页钞写,但无回目。又第七册缺两回,首页题云:"内缺六十四,六十七两回。"按高鹗作百二十回《红楼梦》"引言"中说:

　　　　是书沿传既久,坊间缮本及诸家秘稿繁简歧出,前后错见。即如六十七回此有彼无,题同文异,燕石莫辨。兹惟择其情理较协者,取为定本。

此可见此本正是当日缺六十七回之一个本子。六十四回亦缺,可见此本应在高鹗所见各本之前。有正书局本已不缺此两回，当更在后了。

又第三册二十二回只到惜春的谜诗为止，其下全阙。上有朱批云：

此后破失，俟再补。

其下为空白一页，次页上有这些记录：

暂记宝钗制谜云：

朝罢谁携两袖烟，琴边衾里总无缘。

晓筹不用鸡人报，五夜无烦侍女添。

焦首朝朝还暮暮，煎心日日复年年。

光阴荏苒须当惜，风雨阴晴任变迁。

此回未成而芹逝矣。叹叹。

丁亥夏　　畸笏叟。

有正本此回稍有补作，用了此诗做宝钗制的谜，已是改本了。今本皆根据高鹗本，删去惜春之谜，又把此诗改作黛玉的，另增入宝玉一谜，宝钗一谜，这是更晚的改补本了。

此本每册首页皆有"脂砚斋凡四阅评过"一行；第五册以下，每册首页皆有"庚辰秋定本"一行。庚辰是乾隆二十五年（西历一七六〇）。八册之中，只有第二三册有朱笔批语，其中有九十三条批语是有年月的：

己卯冬　　（乾隆二四，西一七五九）　　二十四条
壬午　　　（乾隆二七，西一七六二）　　四十二条

乙酉　　（乾隆三十,西一七六五）　一条
丁亥　　（乾隆三二,西一七六七）　二十六条

这些批语不是原有的,是从另一个本子上钞过来的。中如"壬午"钞成了"王文",可见转钞的痕迹。不但批语是转钞的,这本子也只是当时许多"坊间缮本"之一,错字很多,最荒谬者如"真"写成"十六"。但依二十二回及六十四,六十七回的阙文看来,此本的底本大概是一部"庚辰秋定本",其时《红楼梦》的稿本有如下的状况:

一,二十二回未写完。

二,六十四,六十七,两回未写成。

三,十七与十八两回未分开。

四,十九回尚未有回目。八十回也未有回目。

写者又从另一本上过录了许多朱笔批语,最早的有乾隆己卯（一七五九）的批语,是在庚辰（一七六〇）写定本之前;其次有壬午年（一七六二）批语,其时作者曹雪芹还生存,他死在壬午除夕。其余乙酉（一七六五）丁亥（一七六七）的批语,都是雪芹死后批的了。

故我们可以说此本是乾隆庚辰秋写定本的过录本,其第二三两册又转录有乾隆己卯至丁亥的批语。这是此本的性质。

和现在所知的《红楼梦》本子相比,有如下表:

（一）过录甲戌（一七五四）脂砚斋评本。（胡适藏）

（二）过录庚辰秋（一七六〇）脂砚斋四阅评本。（即此本）

（三）有正书局石印戚蓼生序本。（八十回皆已补全,其写定年代当更晚。）

（四）乾隆辛亥（一七九一）活字本。（百二十回本,我叫他做"程甲本"。）

（五）乾隆壬子（一七九二）活字本。（"程乙本"）
我的甲戌本与此本有许多不同之点，如第一回之前的"凡例"，此
本全无；如"凡例"后的七言律诗，此本亦无；如第一回写顽石一
段，甲戌本多四百二十余字，此本全无，与有正石印戚本全同。
此本与戚本最相近，但戚本已有补足的部分，故知此本的底本出
于戚本之前，除甲戌本外，此本在今日可算最古本了。

甲戌本也是过录之本，其底本写于"庚辰秋定本"之前六年，
尚可以考见写定之前的稿本状况，故最可宝贵。甲戌本所录批
语，其年代有"甲午八月"（一七七四），又在此本最晚的批语（丁
亥）之后七年，其中有很重要的追忆，使我们因此知道曹雪芹死
在壬午除夕，知道《红楼梦》所记本事确指曹家，知道原本十三回
"秦可卿淫丧天香楼"的故事，知道八十回外此书尚有一些已成
的残稿。（看《胡适文存三集》页五六五——六〇六；或《胡适文选》页四
二八——四七〇。）

但此本的批语里也有极重要的材料，可以帮助我们考证《红
楼梦》的掌故。此本的批语有本文的双行小字夹评，有每回卷首
和卷尾的总评，有朱笔的行间夹评，有朱笔的眉批，有墨笔的眉
批。墨笔的眉批签名"鉴堂"及"漪园"，大概是后来收藏者的批
语，无可供考证的材料。朱笔眉批签名的共有四人：

脂砚　　　梅溪
松斋　　　畸笏（或作畸笏叟，亦作畸笏老人。）

畸笏批的最多，松斋有两条，其余二人各有一条。梅溪与松斋所
批与甲戌本所录相同。脂砚签名的一条批在第二十四回倪二醉
遇贾芸一段上：

这一节对《水浒》记杨志卖刀遇没毛大虫一回看,觉好看多矣。

　　己未冬夜　　　脂砚。

我从前曾说脂砚斋是"同雪芹很亲近的,同雪芹弟兄都很相熟;我并且疑心他是雪芹同族的亲属"。我又说:"脂砚斋大概是雪芹的嫡堂弟兄或从堂弟兄——也许是曹𬸦或曹𬩽的儿子。松斋似是他的表字,脂砚斋是他的别号。"现在我看了此本,我相信脂砚斋即是那位爱吃胭脂的宝玉,即是曹雪芹自己。此本第二十二回记宝钗生日,凤姐点戏,上有朱批云:

　　凤姐点戏,脂砚执笔事,今知者聊聊(廖)矣。不怨夫!(末句大概当作"宁不悲夫"!)

此下又另行批云:

　　前批书(似是"知"字之误)者聊聊,(寥)今丁亥夏,只剩朽物一枚,宁不痛乎!

丁亥(一七六七)的批语凡二十六条,其中二十四条皆署名"畸笏",此二条大概也是畸笏批的。凤姐不织字,故点戏时须别人执笔;本回虽不曾明说是宝玉执笔,而宝玉的资格最合。所以这两条批语使我们可以推测脂砚斋即是《红楼梦》的主人,也即是他的作者曹雪芹。本书第一回本来说此书是空空道人记的,"后因曹雪芹于悼红轩中披阅十载,增删五次,纂成目录,分出章回,则题曰《金陵十二钗》。并题一绝云:

满纸荒唐言，一把辛酸泪。
都云作者痴，谁解其中味？

至脂砚斋甲戌抄阅再评，仍用《石头记》。"（最后十五字，各本皆无，是据甲戌本的。）甲戌本此段上有朱批云：

> 若云雪芹披阅增删，然后（则）开卷至此这一篇楔子又系谁撰？足见作者之笔狡猾之甚。后文如此处者不少，这正是作者用画家烟云模糊处。观者万不可被作者瞒蔽了去，方是巨眼。

此评明说雪芹是作者，而"披阅增删"是托词。在甲戌本里，作者还想故意说作者是空空道人，披阅增删者是曹雪芹，再评者另是一位脂砚斋。至庚辰写定时，删去"脂砚斋甲戌抄阅再评"字样，只称为"脂砚斋重评《石头记》"了。依甲戌本与庚辰本的款式看来，凡最初的钞本《红楼梦》必定都称为"脂砚斋重评《石头记》"。后人不知脂砚斋即是曹雪芹，又因高鹗排本全删原评，所以删去原题，后人又有改题"悼红轩原本"的，殊不知脂砚斋重评本正是悼红轩原本，如此改题正是"被作者瞒蔽了"。

"脂砚"只是那块爱吃胭脂的顽石，其为作者托名，本无可疑。原本有作者自己的评语和注语，我在前几年已说过了。今见此本，更信原本有作者自加的评注。如此本第七十八回之《芙蓉女儿诔》有许多解释文词典故的注语：如"鸠鸩恶其高，鹰鸷翻遭罦罭"，下注云：

> 离骚："鸷鸟之不群兮"，又"吾令鸩为媒兮，鸩告余以不好。雄鸠之鸣逝兮，余犹恶其佻巧"。注：鸷特立不群。鸠

羽毒杀人。鸠多声,有如人之多言不实。罦罬音孚拙。《诗经》:"雉罹于罦。"《尔雅》:罬谓之罦。(钞本多误,今校正。)

如"钳诐奴之口,讨(戚本作罚。程甲乙本作讨,与此本同。)岂从宽?"下注云:

　　《庄子》:"钳杨墨之口"。《孟子》:"诐辞知其所蔽。"

此类注语甚多,明明是作者自加的注释。其时《红楼梦》刚写定,决不会已有"《红迷》"的读者肯费这么大的气力去作此种详细的注释所谓"脂砚斋评本"即是指那原有作者评注的底本,不是指那些有丁亥甲午评语的本子,因为甲戌本和庚辰本都已题作"脂砚斋重评"本了。

此本使我们知道脂砚即是雪芹,又使我们因此证明原底本有作者自加的评语,这都是此本的贡献。此本有一处注语最可证明曹雪芹是无疑的《红楼梦》作者。第五十二回末页写晴雯补裘完时:

　　只听自鸣钟已敲了四下。

下有双行小注云:

　　按四下乃寅正初刻。寅此样(写)法,避讳也。

雪芹是曹寅的孙子,所以避讳"寅"字。此注各本皆已删去,赖有此本独存,使我们知道此书作者确是曹寅的孙子。(此注大概也是自注;因已托名脂砚斋,故注文不妨填讳字了。)

　　我从前曾指出《红楼梦》十六回凤姐谈"南巡接驾"一大段即是追忆康熙南巡时曹寅四次接驾的故事。这个假设,在甲戌本的批语上已得着一点证据了(《文存三集》五七四;或《文选》四三七——四三八)。此本的南巡接驾一段也有类似的批语:"咱们贾府只预备接驾一次"一句旁有朱批云:

　　　　又要瞒人。

"现在江南的甄家……独他家接驾四次"一段旁有朱批云:

　　　　点正题正文。

又批云:

　　　　真有是事,经过见过。

这更可证实我的假设了。甄家在江南,即是三代在南京做织造时的曹家;贾家即是小说里假托在京城的曹家。《红楼梦》写的故事的背景即是曹家,这南巡接驾的回忆是一个铁证,因为当时没有别的私家曾做过这样的豪举。

　　关于秦可卿之死,甲戌本的批语记载最明白。(《文存三集》五七五——五七九;或《文选》四三九——四四二。)此本也有松斋、梅溪两条朱批,也有"树倒猢狲散"一条朱批,但无"秦可卿淫丧天香楼"一条总评。此本十三回末有朱笔总评云:

　　　　通回将可卿如何死故隐去,是大发慈悲心也。叹叹。

壬午春。

此条与甲戌本的总评正相印证。

我跋甲戌本时,曾推论雪芹未完的书稿,推得五六事:

(一)史湘云似嫁与卫若兰,原稿有卫若兰射圃拾得金麒麟的故事。

(二)原稿有袭人与琪官的结局,他们后来供奉宝玉、宝钗,"得同终始"。

(三)原稿有小红、茜雪在狱神庙的"一大回文字"。

(四)惜春的结局在"后半部"。

(五)残稿中有"误窃玉"一回文字。

(六)原稿有"悬崖撒手"一回的回目。

此本的批语,除甲戌本及戚本所有各条之外,还有一些新材料。二十回李嬷嬷一段有朱批云:

> 茜雪至狱神庙方呈正文。袭人正文标昌(疑是"目曰"二字误写成"昌"字)"花袭人有始有终",余只见有一次誊清时与狱神庙慰宝玉等五六稿,被借阅者迷失,叹叹。

又二十七回凤姐要挑红玉(小红在甲戌本与此本皆作红玉)。跟她去一段,上有朱批云:

> 奸邪婢岂是怡红应答者,故即逐之。前良儿,后篆儿,便是却证作者又不得可也。(有误字)己卯冬夜。

其下又批云:

此系未见抄没狱神庙诸事，故有是批。丁亥夏　畸笏。

此诸条可见在遗失之残稿里有这些事：

（甲）茜雪与小红在狱神庙一回有"慰宝玉"的事。

（乙）残稿有"花袭人有始有终"一回的正文。

（丙）残稿中有"抄没"的事。

此外第十七八合回中妙玉一段下有长注，其上有朱批云：

树(?)处引十二钗，总未的确，皆系漫拟也。至末回警幻情榜，方知正副再副及三四副芳讳。壬午季春畸笏。

壬午季春雪芹尚生存。他所拟的"末回"有警幻的"情榜"，有十二钗及副钗，再副，三四副的芳讳。这个结局大似《水浒传》的石碣，又似《儒林外史》的"幽榜"。这回迷失了，似乎于原书的价值无大损失。

又第四十二回前面有总评云：

钗、玉名虽二人，人却一身，此幻笔也。今书至三十八回时已过三分之一而有余，故写是回，使二人合而为一。请看黛玉逝后宝钗之文字，便知余言不谬矣。

这一条有可注意的几点：

（一）此本之四十二回在原稿里为三十八回，相差三回之多。就算十七八九三回合为一回，尚差两回。

（二）三十八回"已过三分之一而有余"，可见原来计画全书只有一百回。

（三）原稿已有"黛玉死后宝钗之文字"，也失去了。

　　徐先生所藏这部庚辰秋定本，其可供考证的材料，大概不过如此。此本比我的甲戌本虽然稍晚，但甲戌本只剩十六回，而此本为八十回本，只缺两回。现今所存八十回本可以考知高鹗续书以前的《红楼梦》原书状况的，有正石印戚本之外，只有此本了。此本有许多地方胜于戚本。如第二十二回之末，此本尚保存原书残阙状态，是其最大长处。其他长处，我已说过。现在我要举出一段很有趣的文字上的异同，使人知道此本的可贵。六十八回凤姐初见尤二姐时，凤姐说的一大篇演说，在有正石印本里有涂改的痕迹；原文是半文言的，不合凤姐的口气；石印本将此段演说用细线圈去，旁注白话的改本。如原文：

　　　　怎奈二爷错会奴意。眠花卧柳之事瞒奴或可。今娶姐姐二房之大事，亦人家大礼，亦不曾对奴说。奴亦曾劝过二爷，早行此礼，以备生育。……

涂改之后，成了这样的白话：

　　　　怎奈二爷错会了我的意。若是在外包占人家姐妹，瞒着家里也罢了。今娶了妹妹作二房，这样正经大事，也是人家大礼，却不曾对我说。我也曾劝过二爷，早办这件事，果然生个一男半女，连我后来都有靠。……

这种涂改是谁的手笔呢？究竟文言改成白话是戚本已有的呢？还是狄平子先生翻印时改的呢？我们现在检查徐先生的抄本，凤姐演说的文字完全和石印本涂去的文字一样。而石印本改定的文字又完全和高鹗排印本一样。这可见雪芹原本有意把这段演说写作半文言的客套话，表示凤姐的虚伪。高鹗续书时，觉得那不识字的凤姐不应该说这种文绉绉的话,所以全给改成了白话。狄平子先生石印戚本时,也觉得此段戚本不如刻本的流畅,所以采用刻本来涂改戚本。但狄先生很不彻底,改了不上一叶,就不改了;所以原文凤姐叫尤二姐做"姐姐",石印本依刻本改为"妹妹";但下文不曾照改之处,又仍依原文叫"姐姐",凡八九处之多。这可证石印本确是用刻本来改原本的。然而若没有此本的印证,谁能判此涂改一案呢?

我很感谢徐星署先生借给我这本子的好意。我盼望将来有人肯费点功夫,用石印戚本作底子,把这本的异文完全校记出来。

一九三三.一.二十二夜

(收入《胡适论学近著》第一集卷三)

与周汝昌书

汝昌先生：

在《民国日报·图书》副刊第七十一期里得读大作《曹雪芹生卒年》，我很高兴。《懋斋诗钞》的发见，是先生的大贡献。先生推定《东皋集》的编年次序，我很赞同。《红楼梦》的史料，添了六首诗，最可庆幸。先生推测雪芹大概死在癸未除夕，我很同意。敦诚的甲申挽诗，得敦敏的吊诗互证，大概没有大疑问了。

关于雪芹的年岁，我现在还不愿改动。

第一：请先生不要忘了敦诚、敦敏是宗室，而曹家是八旗包衣，是奴才，故他们称"芹圃"，称"曹君"，已是很客气了。

第二：最要紧的是雪芹若生的太晚，就赶不上亲见曹家繁华的时代了。

先生说是吗？

匆匆问好。

胡适　一九四七.一.十八

（载一九四八年二月二十日《天津民国日报》）

附　录

曹雪芹的生平
——答胡适之先生

周汝昌

适之先生：

谢谢您给我的信。（原函见本刊第八十二期，本年二月二十日出版。）自问无意抛砖，不期引玉，真是欣幸无已，可惜那封信我见到时已很晚，跟着又是忙，所以直到今天才得写信来谢您，实在抱歉之至。本来拙文不过就发现的一点材料随手写成，不但没下旁参细绎的工夫，连先生的《红楼梦考证》都没有机会翻阅对证一下。倒是先生的来信，却真提起我的兴趣来了。到处搜借，好容易得了一部东亚版的《红楼梦》，才得仔细检索了一回。现在不妨把我的意思再向先生说说，也许因此竟会讨论出比较接近事实的结论来，也未可知。

第一：先生提醒我说曹雪芹是"包衣"。敦敏是宗室，极卑极高，身份悬殊，宗室称一包衣人为"君"，又呼其字，已极客气了。是极。此点我未想到。先生当日也有这话："敦诚的诗的口气，很不像是对一位老前辈的口气。"我们的想法，差不多一样了。但这一点只能消极的证明"雪芹并不见得不比敦敏等年长"，而不能积极的证明"雪芹定比敦敏大"，所以此点于考订年龄实无大用。我当时本不该单举此点，依之立说。

第二：先生说：最要紧的是如果雪芹生的太晚了，就赶不上曹家的繁华了。这一点就很有趣味。乍看似极有理，细想起来，颇值得研讨一下。所谓曹家繁华若指曹寅为织造接驾等事。那一个时期是从一六九〇到一七一三，康熙二十九至五十二年，这是曹家全盛时代，这才是真正的繁华。但雪芹实未赶上。若指曹頫、曹頔等继任织造，彼时虽过全盛，亦未至败落。然而仍有可疑，曹頫卸职，是在雍正六年，一七二八。依先生说法，雪芹生于康熙五十六年，一七一七，但那是根据"雪芹死于壬午除夕"而推定的；今先生已经受我的说法雪芹实死于癸未除夕，晚一年，则应重推其生年为康熙五十七年，一七一八。这样，雪芹至其父去职时已经十一岁了，可算是赶上了繁华。但可疑的是：

一：十一岁的少年，尤其是早熟而神慧的雪芹，生长在金陵，对这块佳丽地印象总不该至于淡薄模糊，如何《红楼》书中毫无一点写江南实景的地方呢？

二：书中开头的贾府，就在北京，所以贾雨村先是"进京"，后是"入都"。如果雪芹真是十一岁赶上父亲的卸职，后来合家才由南返北的话，这件大事和行程，如何在书中一些痕迹不可寻呢？即便是故意躲避此事，所以开头即从在北京住写起，而书中几次写人南北来往，沿路上的景物名色，如何也一些点缀没有呢？

三：曹頫卸职后，假如曹家是当年就回了北京，雪芹即已十一岁；若略后，则比十一岁还大；及至黛玉由苏来此，至少又是隔了些时候，或一二年，或更多。此时的雪芹或宝玉，至少十三四岁了。而冷子兴当黛玉入府之前告贾雨村说，宝玉，"如今长了七八岁"。雨村入林氏家馆，黛玉"年方五岁"，又"一载有余"，到黛玉入府之年，至多七岁，故书中屡说黛玉"年纪幼小"，"年又甚小"，"年貌幼小"，带来的"一个是十岁的小丫头，名唤雪雁"，贾母"见雪雁甚小，一团孩气"。所以人们心目之中的宝玉、黛玉，尽管是一对青年少女，实际雪芹开头所写却是"小小子"和"小姑娘"。十三四岁的雪芹，和七八岁的宝玉，岂不所差太多些吗？

关于一、二两点，俞平伯先生《红楼梦辨》一书里似乎有过讨论。例如所引明斋主人总评："白门为佳丽地，系雪芹先生旧游处，而全无一二点染，知非金陵之事。"平伯先生也说："《红楼梦》之在南京，已无确实的根据，除非拉些书中花草来作证，而这些证据底效力究竟是很薄弱的。因文人涉笔，总喜风华；况江南是雪芹旧游之地，尤不能无所怀忆。……看全书八十回涉及南方光景的，只有花草雨露等等，则中间的缘故也可以想像而得了。"他们二位的本意，是要说明"《红楼》所写地点非南京"，而我的看法，这些正好足以证明"雪芹实不记得江南"，所以教他无从写起。上面第二条疑雪芹为什么南北沿路的景色一无所写，这也是雪芹根本"记不得"的另一证据。花草雨露，任何文人都可以从他所读的诗词里来想象模拟。如果雪芹真在江南长到十一岁，结果只会写一点"红梅"、"翠竹"，雪芹就太可怜了！

关于第三点，也许先生会笑我傻，把小说当年谱看。其实平伯先生早就这样"傻"过的。我觉得他排列年表的结果很好，同时这也是讨论《红楼》作者年代的唯一合理办法。我如今作了一件更傻的事情，就是把《红楼》从头翻过一下，凡是有关时序日期和年龄的句子，都摘录下来，列成一个长表，才发现此书叙时叙事的有条不紊，首尾吻合，"科学化"的程度，实在惊人！除了一二处不重要的小参差，无不若合符契。这个表不便全抄在下面，摘其要点，大体是这样：

正文第一年——自第二回黛玉入府为始。第一回及第二回前半是引子，共叙了前六七年之事。甄士隐夏日作梦，石头下世，是为宝玉初生（所以宝玉生日也正在夏日），中经甄士隐遭灾，出家，贾雨村应试，作官，娶妾，生子，丢官，教书，及雨村到维扬林家后，冷子兴便说宝玉长了七八岁；同年雨村到应天府，门子提英莲，也说"隔了七八年"。

正文第五年——第十三回贾珍为贾蓉捐官,写履历"年二十岁",而冷子兴前四年演说时提"这位珍爷也倒生了一个儿子,今年才十六岁,名叫贾蓉"。

秦氏的"树倒猢狲散",和凤姐的提南巡接驾"若早生二三十年"等语,皆在本年。

正文第七年——(全书所叙最详的一年,包括第十八回至五十三回,几占了全书之半。)本年宝玉为十三岁。证一,第廿三回宝玉闲吟,一等势利人"见是荣国府十二三岁的公子做的";证二,第廿四回宝玉问贾芸年纪,芸儿自说"十八岁了",贾琏说宝玉"人家比你大四五岁呢"。十八岁大四五岁,非十四即十三岁,二证合看,当是十三岁。

是年宝钗十五(廿二回明叙),袭人十七八(其姨妹十七),小红十七(廿七回明叙),莺儿十六(卅五回明叙),王夫人五十(卅四回明叙)。

又四十九回内园内姊妹等十三人叙齿,"皆不过十五六七岁,大半同年异月"。

正文第九年——贾母八旬大庆,贾兰十三岁(七十八回明叙),与第一年黛玉初到时所叙"取名贾兰,今方五岁"正合。

到第八十回写宝玉病好,便入了正文第十年。合起来《红楼梦》八十回共写了十六七年的事情。我依平伯先生的办法,把小说的年表和历史的年表,配合起来,便得结果如下:

一六五八	顺治十五年,戊戌。	曹寅生。	
一七二四	雍正二年,甲辰。	夏,雪芹生,一岁。	(《红楼》始)甄士隐梦。宝玉生,一岁。英莲三岁。(宝钗二岁)
一七二五	雍正三年,乙巳。	雪芹二岁。	贾雨村中秋吟诗,进京。(黛玉生)

续　表

一七二六	雍正四年,丙午。	雪芹三岁。	元宵失英莲,五岁。三月遭火,甄去封家。
一七二七	雍正五年,丁未。	雪芹四岁。	甄士隐出家。
一七二八	雍正六年,戊申。	雪芹五岁,曹頫卸织造职。	贾雨村娶娇杏。
一七二九	雍正七年,己酉。	雪芹六岁。	贾雨村生子,被参,入林馆,黛玉五岁。
一七三〇	雍正八年,庚戌。	雪芹七岁。	贾敏亡。冷子兴演说。宝玉七八岁。黛玉入贾府,六岁。雪雁十岁,贾兰五岁,薛母四十上下,贾蓉十六岁。
一七三一	雍正九年,辛亥。	雪芹八岁。	
一七三二	雍正十年,壬子。	雪芹九岁。	凤姐二十,贾蓉十八,贾蔷十六岁。
一七三三	雍正十一年,癸丑。	雪芹十岁。	九月贾敬寿。腊月贾瑞戏凤姐。
一七三四	雍正十二年,甲寅。	雪芹十一岁。	贾蓉捐官,秦氏亡,"树倒猢狲散"。凤姐提南巡,恨不"早生二三十年"。妙玉十八岁。林如海殁,黛玉腊月始返。
一七三五	雍正十三年,乙卯。	雪芹十二岁。	忙修园,十月始齐备。
一七三六	乾隆元年,丙辰。	雪芹十三岁。	正月接元春驾,宝玉十三,宝钗十五,袭人十七八,小红十七,莺儿十六,王夫人五十,刘老老七十五,贾芸十八。

续　表

一七三七	乾隆二年,丁巳。	雪芹十四岁。	柳五儿十六,秋桐十七。
一七三八	乾隆三年,戊午。	雪芹十五岁。	八月初三日贾母八旬大庆（七十九或八十岁）。尤氏将四十岁,贾兰十三岁,夏金桂十七岁。
一七三九	乾隆四年,己未。	雪芹十六岁。	宝玉病起。（八十回末,《红楼》止此。）
一七四五	乾隆十年,乙丑。	雪芹二十二岁,始草《红楼》。（?）（见下条）	
一七五四	乾隆十九年,甲戌。	雪芹三十一岁,脂砚斋重评本《红楼》。（第一回云:悼红轩披阅十载。又云:半生潦倒之罪。半生即三十岁。）疑第一回引言皆此年所修改添加。	
一七六(三)四	乾隆二十八年,癸未。	除夕雪芹卒,年四十。	
一七六七	乾隆三十二年,丁亥。	春,脂砚斋抄本页十批。	
一七七四	乾隆三十九年,甲午。	八月,脂砚斋朱批。	
一七九二	乾隆五十七年,壬子。	程本百二十回《红楼》。	

案此表与俞平伯先生年表,虽有相合处,但根本上是不同的。不同之处是,平伯先生仍以旧说雪芹生于一七一九为准,又假定立一标准凤姐说"早生二三十年"一语,时为一七三二年时宝玉十三岁,由此作出发点,再配合起来。平伯先生又以为此时书中宝玉也正是十三岁（举第二十三回语为证）,认为恰合。但依我的寻绎,这些事不在一年,当中相隔一载,前后是三年的话了。凤姐说此话时,宝玉实只十一岁。我的出发点是以雪芹生

年和书中宝玉生年相配,从头推起,有几点值得注意:

一:推至一七三六,真雪芹与宝玉同为十三岁。

二:一七三四,凤姐闻"树倒猢狲散"一语,脂批一条提到,云已三十五年;后推三十五年,为一七六八。脂批另一条注明为丁亥,一七六七,二者相差仅一年。

三:康熙六次南巡在一七〇七,下距一七三四凤姐说"早生二三十年"时二十七年,与平伯先生的假定一七三二差二年。

四:一七三八,贾母八旬大庆;曹寅生于一六五八,到此该是八十一岁。而习俗亦多在整句前一年预祝大庆,则贾母是年也可能是七十九岁。如是小于丈夫一两岁,很合实际情理。此与平伯先生年表列于一七三七者仅差一年。

若依先生的意思,雪芹四十五岁,当生于一七一八。重新挪动年表上下二层的配合,自然不成问题,只是发生了下边几点疑问:

一:依次递推,《红楼》里最热闹的第七年落到一七三〇,曹頫卸职的后二年,正烦恼,或正搬家北来,是时雪芹已十三,该都记得,不应将最热闹的一年配合到本年上,换言之,不致将本年写为兴致最豪的一年。我的意思是说,卸职剧变,落到书中正文中间,很成障碍。

二:凤姐"早生二三十年"的话,落到一七二八,上距康熙六次南巡二十一年,凤姐本年约当二十二岁,所以不致用着早生二三十年,只十年便够了。平伯先生折中假定凤姐说此话时为一七三二,与一七二八相差四年。

三:"树倒猢狲散"一话,亦落在一七二八。除非脂批"屈指三十五年"的话是一七五四甲戌,脂砚斋抄《石头记》的后八年所加,才能相合。若该评语系与另条同为一七六七丁亥春,或一七七四甲午八月所加,则前后便不相及。因自一七二八下推三十五年仅为一七六二,一七六二距一七六七,尚有五年也。

四:贾母大庆落到一七三二,年七十九,或八十。然曹寅一六五八生,至此不过七十五岁。妻大于夫四五岁之多,虽非不可能,终为罕例。平伯先生列此事于一七三七,为最早可能,与此相差五年。

以上所举,并非绝对不可能,只是综合起来看,我还是觉得以我的年表为比较合适些。最可注意的是依先生所推,总嫌早了四五年。这"四五年"正针对着先生凭空里虚算出的四十五岁的那个"五岁"!

至于曹家的繁华,我以为雪芹确实未曾赶上。只看他一开头便写贾府在北京,便写荣宁二府的"萧索","衰败",和"内囊"的拮据,也便不难消息。书中所叙,一半是冷子兴所谓的"百足之虫,死而不僵",一半是雪芹笔下的烘染,所以我们看起来便误认是曹家的真繁华热闹了。曹家在江南的往事,雪芹能从老人口中不时听到提念讲说,自然有所憧憬,然而他实是未见过。所以八十回书,一些江南的真事写不出。所谓江南,扬州,金陵,秦淮,对于他始终只是个模糊的"残梦"而已。先生在《考证〈红楼梦〉的新材料》里说:"我因此疑心雪芹,本意要写金陵,但他北归已久,虽然'秦淮残梦忆繁华',却已模糊记不清了,故不能不用北京作背景,故贾家在北京,而甄家始终在江南。"又说:"贾妃本无其人,省亲本无其事,大观园也不过是雪芹的'秦淮残梦'的一境而已。"这实在是极高明正确的见解。先生既一面承认雪芹记不清江南,为何又一面坚持非使雪芹赶上他家的繁华不可呢?我在上次文里所说"《红楼梦》所写乃是当日雪芹家在金陵时盛况无疑"等语,则因旧有的笼统错误观念一时难除,又未能细考而即妄说,实是大错,现在亟应声明撤销!依我的年表,曹頫卸职,雪芹五岁,就无怪他记不得江南是个什么样了。

　　结论是,依敦诚的"四十年华"推雪芹生于一七二四,有根据,配入年谱,合的多,抵牾的少。先生假定雪芹活到四十五岁,生年当一七一八,缺少根据,配入年表,有龃龉。如果只因怕雪芹生之过晚不及见曹家繁华,便多说五岁,而不愿改动他的岁数,恐怕也未必便与事实恰合。希望先生再加推断,庶几可以共同寻得一个比较可靠的定谳出来。

　　匆匆草此,谬误自所难免,希匡正是感。

　　　　周汝昌敬上　一九四八年三月十八日于燕京大学

　　　　　（载一九四八年五月二十一日《天津民国日报》）

脂砚斋评本《石头记》题记(三则)

一

现在的八十四回《石头记》,共有三本,一为有正书局石印的戚蓼生本,一为徐星署藏的八十四回钞本(我有长跋),一为我收藏的刘铨福家旧藏残本十六回(我也有长跋)。三本之中,我这本残本为最早写本,故最近于雪芹原稿,最可宝贵。今年周汝昌君(燕京大学学生)和他的哥哥借我此本钞了一个副本。我盼望这个残本将来能有影印流传的机会。

胡适　一九四八. 十二. 一

二

我得此本在一九二七年,次年二月我写长跋,详考此本的重要性。一九三三年一月我写长跋,改定徐星署藏的八十回本(缺六四、六七回,又二十二回不全。)脂砚斋四阅评本。

一九四八年七月,我偶然在《清进士题名录》发见德清戚蓼生是乾隆三十四年(一七六九)三甲廿三名进士,这就提高戚本的价值了。

胡适　一九四九年五月八夜(在纽约)

三

王际真先生指出,俞平伯在《红楼梦辨》里已引余姚《戚氏家谱》说蓼生是三十四年进士,与《题名录》相合。

胡适　一九五○.一.廿二

（见胡颂平《胡适之先生年谱长编初稿》第六册）

对潘夏先生论《红楼梦》的
一封信(与臧启芳书)

哲先先生:

前承先生赐寄《反攻》卅七、八期,特别要我注意潘夏先生的《红楼梦》一文。我已读过这文章,但不能赞同潘君的论点。潘君的论点还是"索隐"式的看法,他的"方法",还是我在三十年前"猜笨谜"的方法。明明是"吃胭脂",潘君偏要解作"玉玺印上朱泥";明明是"袭人",偏要拆字作"龙衣人";明明是"宝钗",偏要说是"钗于文为又金"!

这种方法全是穿凿附会,专寻一些琐碎枝节来凑合一个人心里的成见。凡不合于这个成见的,都撇开不问!试问"袭人"可拆作"龙衣人"了,还有那许许多多的女孩儿的名字,又怎么解法?又试看作者潘君引《三国志·孙坚传》注引的传国玺一段之后,接着说:

> 我们试一比较,"方圆四寸,上纽交五龙"(裴注引)不是"大如雀卵,灿若明霞,莹润如酥,五色花纹缠护"(《红楼梦》语)的简写吗?

这一句话最可以表示"穿凿附会"的方法的自欺欺人。请问世间可有"雀卵"大到"方圆四寸"的吗?试问一个婴儿初生时嘴里能衔"方圆四寸"的东西吗？

潘君此文完全不接受我三十年前指出的"作者自叙"的历史看法。鲁迅曾指出"谓《红楼梦》乃作者自叙，与本书开篇契合，其说之出实最先，而确定反最后"。确定此论点之法，全靠历史考证方法，必须先考得雪芹一家自曹玺、曹寅至曹颙、曹頫，祖孙四代四个人共做了五十八年的江宁织造；必须考得康熙六次南巡，曹家当了"四次接驾的差"；必须考定曹家从极繁华富贵的地位，败到树倒猢狲散的情况——必须先作这种种传记的考证，然后可以确定这个"作者自叙"的平凡而合情理的说法。

我在做这种历史的、传记的考证之外，还指出《红楼梦》的绝大的版本问题。潘君全不相信我们辛苦证明的《红楼梦》版本之学，所以他可以随便引用高鹗续作的八十八回、九十八回、百廿回，同原本八十回毫不加区别。这又是成见蔽人了。

我自愧费了多年考证工夫，原来还是白费了心血，原来还没有打倒这种牵强附会的猜谜的"红学"！

潘君此文，只有他引用八十回本的第六十三回说芳官改男妆，改名字一长段，今本都删了，这是向来无人注意的，可算是潘君一个贡献。但他的解释正是恰得其反。此一大段明明是一个旗人作者颂扬满清帝室的威德，而潘君反说这是"站在汉人立场，大骂异族"！成见蔽人如此，讨论有何结果？

总而言之，我们用历史考证方法来考证旧小说，若不能说服"索隐式的红学"，我们只能自己感到惭愧，决不被希望多写一封信可以使某人心服的。

方法不同，训练不同，讨论是无益的。我在当年，就感觉蔡孑民先生的雅量，终不肯完全抛弃他的索隐式的红学。现在我也快满六十岁了，更知道人们的成见是不容易消除的。

匆匆写这几页,略答先生的雅意,并祝先生康健平安!

胡适   一九五一年九月七日

(见胡颂平《胡适之先生年谱长编初稿》第六册)

治 学 方 法(节录)

第一讲：引言

（一九五二年十二月一日在台湾大学讲）

……

我预备讲三次：第一次讲治学方法的引论,第二次讲方法的自觉,第三次讲方法与材料的关系。

今天我想随便谈谈治学的方法。我个人的看法,无论什么科学——天文、地质、物理、化学等等——分析起来,都只有一个治学方法,就是做研究的方法。什么是做研究呢？就是说,凡是要去研究一个问题,都是因为有困难问题发生,要等我们去解决它；所以做研究的时候,不是悬空的研究。所有的学问,研究的动机和目标是一样的。研究的动机,总是因为发生困难,有一个问题,从前没有看到,现在看到了,从前觉得没有解决的必要,现在觉得有解决的必要的。凡是做学问,做研究,真正的动机都是求某种问题某种困难的解决；所以动机是困难,而目的是解决困难。这并不是我一个人的说法,凡是有做学问做研究经验的人,都承认这个说法。真正说起来,做学问就是研究；研究就是求得问题的解决。所有的学问,做研究的动机是一样的,目标是一样的,所以方法也是一样的。不但是现在如此；我们研究西方的科学思想、科学发展的历史，再看看中国二千五百年来凡是合于科学方法的种种思想家的历史，知道古今中外凡是在做学问做研究上有成绩的人，他的方法都是一样的。古今中外治学的方法是一样的。为什么是一样呢？就是因为做学问做研究的动机和目标是一样的。从一个动机到一个目标，从发现困难到解决困难，当中有一个过程，就是所谓方法。从发现困难那一天起，到解决困难为止，当中这一个过程，可能很长，也可能很短。有的时候要几十年，几百年才能够解决一个问题；有的时候只要一个钟头就可以解决一个问题。这个过程就是方法。

　　刚才我说方法是一样的，方法是甚么呢？我曾经有许多时候，想用文字把方法做成一个公式、一个口号、一个标语，把方法扼要地说出来；但是从来没有一个满意的表现方式。现在我想起我二三十年来关于方法的文章里面，有两句话也许可以算是讲治学方法的一种很简单扼要的话。

　　那两句话就是："大胆的假设，小心的求证。"要大胆的提出假设，但这种假设还得想法子证明。所以小心的求证，要想法子证实假设或者否证假设，比大胆的假设还更重要。这十个字是我二三十年来见之于文字，常常在嘴里向青年朋友们说的。有的时候在我自己的班上，我总希望我的学生们能够了解。今天讲治学方法引论，可以说就是要说明什么叫做假设；什么叫做大胆的假设；怎么样证明或者否证假设。

　　刚才我说过，治学的方法，做研究的方法，都是基于一个困难。无论是化学、地质学、生物学、社会科学上的一个问题，都是一个困难。当困难出来的时候，本于个人的知识、学问，就不知不觉地提出假设，假定有某几种可以解决的方案。比方诸位在台湾这几年看见杂志上有讨论《红楼梦》的文章，就是所谓红学，到底《红楼梦》有什么可以研究呢？《红楼梦》发生了什么问题呢？普通人看《红楼梦》里面的人物，都是不发生问题的，但是有某些读者却感觉到《红楼梦》发生了问题：《红楼梦》究竟是什么意思？当时写贾宝玉、林黛玉这些人的故事有没有背景？有没有"微言大义"在里面？写了一部七八十万字的书来讲贾家的故事，讲一个纨袴子弟贾宝玉同许多漂亮的丫头，漂亮的姊妹亲戚们的事情，有什么意义没有？这是一个问题。怎么样解决这个问题呢？当然你有一个假设，他也有一个假设。

在二三十年前，我写《红楼梦考证》的时候，有许多关于《红楼梦》引起的问题的假设的解决方案。有一种是说《红楼梦》含有种族思想，书中的人物都是影射当时满洲的官员，林黛玉是暗指康熙时候历史上一个有名的男人；薛宝钗、王凤姐和那些丫头们都是暗指历史上的人物。还有一种假设说贾宝玉是指一个满洲宰相明珠的儿子叫做纳兰性德——他是一个了不起的天才很高的文学家——那些丫头、姐妹亲戚们都是代表宰相明珠家里的一班文人清客；把书中漂亮的小姐们如林黛玉、薛宝钗、王凤姐、史湘云等人都改装过来化女为男。我认为这是很不可能、也不需要化装变姓的说法。

后来我也提出一个假设。我的假设是很平常的。《红楼梦》这本书，从头一回起，作者就说这是我的自传，是我亲自所看见的事体。我的假设就是说，《红楼梦》是作者的自传，是写他亲自看见的家庭。贾宝玉就是曹雪芹；《红楼梦》就是写曹家的历史。曹雪芹是什么人呢？他的父亲叫曹頫，他的祖父叫做曹寅；一家三代四个人做江宁织造，做了差不多五十年。所谓宁国府、荣国府，不是别的，就是指他们祖父、父亲、两个儿子，三代四个人把持五十多年的江宁织造的故事。书中说到，"皇帝南巡的时候，我们家里接驾四次"。如果在普通人家，招待皇帝四次是可能倾家荡产的；这些事在当时是值得一吹的。所以，曹雪芹虽然将真事隐去,仍然舍不得要吹一吹。曹雪芹后来倾家荡产做了文丐,成了叫化子的时候,还是读书喝酒,跟书中的贾宝玉一样。这是一个假设;我举出来作一个例子。

要解决"《红楼梦》有什么用意"这个问题,当然就有许多假设。提出问题求解决,是很好的事情;但先要看这些假设是否能够得到证明。凡是解决一个困难的时候,一定要有证明。我们看这些假设,有的说这本书是骂满洲人的,是满洲人统治中国的时候,汉人含有民族隐痛,写出了来骂满洲人的。有的说是写一个当时的大户人家——宰相明珠家中天才儿子纳兰性德的事。有的说是写康熙一朝的政治人物。而我的假设呢?我认为这部书不是谈种族的仇恨,也不是讲康熙时候的事。都不是的!从事实上照极平常的做学问的方法,我提出一个很平常的假设,就是《红楼梦》这本书的作者在开头时说的,他是在说老实话,把他所看见的可爱的女孩子们描写出来,所以书中描写的人物可以把个性充分表现出来。方才所说的"大胆的假设",就是这种假设。我恐怕我所提出的假设只够得上小胆的假设罢了!

凡是做学问,不特是文史方面的,都应当这样。譬如在化学实验室做定性分析,先是给你一盒东西,对于这盒东西你先要做几个假设,假设某种颜色的东西是什么,然后再到火上烧烧看,试验管发生了什么变化:这都是问题。这与《红楼梦》的解释一样的有问题;做学问的方法是一样的。我们的经验,我们的学问,是给我们一点知识以供我们提出各种假设的。所以"大胆的假设"就是人人可以提出的假设。因为人人的学问,人人的知识不同,我们当然要容许他们提出各种各样的假设。一切知识,一切学问是干什么用的呢?为什么你们在学校的这几年中有许多必修与选修的学科?都是给你们用;就是使你在某种问题发生的时候,脑背后就这边涌上一个假设,那边涌上一个假设。做学问,上课,一切求知识的事情,一切经验——从小到现在的经验,所有学校里的功课与课外的学问,为的都是供给你种种假设的来源,使你在问题发生时有假设的材料。如果遇上一个问题,手足无措,那就是学问、知识、经验不能应用,所以看到一个问题发生,就没有法子解决。这就是学问知识里面不能够供给你一些活的材料,以为你做解决问题的假设之用。

单是假设是不够的,因为假设可以有许多。譬如《红楼梦》这一部小说,就引起了这么多假设。所以第二步就是我所谓"小心的求证"。在真正求证之先,假设一定要仔细选择选择。这许多假设,就是假定的解决方法,看那一个假定的解决方法是比较近情理一点,比较可以帮助我们解决那个开始发生的那个困难问题。譬如:《红楼梦》是讲的什么? 有什么意思没有? 有这么多的假定的解释来了,在挑选的时候先要看那一个假定的解释比较能帮助你解决问题,然后说:对于这一个问题,我认为我的假设是比较能够满意解决的。譬如我的关于《红楼梦》的假设,曹雪芹写的是曹家的传记,是曹雪芹所看见的事实。贾母就是曹母,贾母以下的丫头们也都是他所看见的真实人物。当然名字是改了,姓也改了。但是我提出这一个假设,就是说《红楼梦》是曹雪芹的自传,最要紧的是要求证。我能够证实它,我的假设才站得住;不能证实,它就站不住。求证就是要看你自己所提出的事实是不是可以帮助你解决那个问题。要知道《红楼梦》在讲什么,就要做《红楼梦》的考证。现在我可以跟诸位做一个坦白的自白。我在做《红楼梦》考证那三十年中,曾经写了十几篇关于小说的考证,如《水浒传》、《儒林外史》、《三国演义》、《西游记》、《老残游记》、《三侠五义》等书的考证。而我费了最大力量的,是一部讲怕老婆的故事的书,叫做《醒世姻缘》,约有一百万字。我整整花了五年工夫,做了五万字的考证。也许有人要问,胡适这个人是不是发了疯呢? 天下可做学问很多,而且是学农的,为什么不做一点物理化学有关科学方面的学问呢? 为什么花多少年的工夫来考证《红楼梦》、《醒世姻缘》呢? 我现在做一个坦白的自白,就是:我想用偷关漏税的方法来提倡一种科学的治学方法。我所有的小说考证,都是用人人都知道的材料,用偷关漏税的方法,来讲做学问的方法的。譬如讲《红楼梦》,至少我对于研究《红楼梦》问题,我对它的态度的谨严,自己批评的严格,方法的自觉,同我考据研究《水经注》是一样的。我对于小说材料,看做同化学问题的药品材料一样,都是材料。我拿《水浒传》、《醒世姻缘》、《水经注》等书做学问的材料。拿一种人人都知道的材料用偷关漏税的方法,要人家不自觉的养成一种"大胆的假设,小心的求证"的方法。

假设是人人可以提的。譬如有人提出骇人听闻的假设也无妨。假说是愈大胆愈好。但是提出一个假设,要想法子证实它。因此我们有了大胆的假设以后,还不要忘了小心的求证。比如我考证《红楼梦》的时候,我得到许多朋友的帮助,我找到许多材料。我已经印出的本子,是已经改了多少次的本子。我先要考出曹雪芹于《红楼梦》以外有没有其他著作? 他的朋友和同他同时代的人有没有什么关于他的著作? 他的父亲、叔父们有没有什么关于他的记载? 关于他一家四代五个人,尤其是关于他的祖父曹寅,有多少材料可以知道他那时候的地位? 家里有多少钱,多么阔? 是不是真正不能够招待皇帝到四次? 我把这些有关的证据都想法找了来,加以详密的分析,结果才得到一个比较认为满意的假设,认定曹雪芹写《红楼梦》,并不是什么微言大义,只是一部平淡无奇的自传——曹家的历史。我得到这一家四代五个人的历史,就可以帮助说明。当然,我的假设并不是说就完全正确;但至少可以在这里证明"小心求证"这个工夫是很重要的。

现在我再举一个例来说明。方才我说的先是发生问题,然后是解决问题。要真正证明一个东西,才做研究。要假设一个比较最能满意的假设,来解决当初引起的问题。譬如方才说的《红楼梦》,是比较复杂的。但是我认为经过这一番的研究,经过这一番材料的收集,经过这一番把普通人不知道的材料用有系统的方法来表现出来,叙述出来,我认为我这个假设在许多假设当中,比较最能满意的解答"《红楼梦》说的是什么? 有什么意思?"

方才我提到一部小说,恐怕是诸位没有看过的,叫做《醒世姻缘》,差不多有一百万字,比《红楼梦》还长,可以说是中国旧小说中最长的。这部书讲一个怕老婆的故事。他讨了一个最可怕的太太。这位太太用种种方法打丈夫的父母朋友。她对于丈夫,甚至于一看见就生气;不但是打,有一次用熨斗里的红炭从她丈夫的官服圆领口倒了进去,几乎把他烧死;一次用洗衣的棒槌打了他六百下,也几乎打死他。把这样一个怕老婆的故事叙述了一百万字以上,结果还是没有办法解脱。为什么呢? 说这是前世的姻缘。书中一小半,差不多有五分之一是写前世的事。后半部是讲第二世的故事。在前世被虐待的人,是这世的虐待者。婚姻问题是前世的姻缘,没有法子解脱的。想解脱也解脱不了。结果只能念经做好事。在现代摩登时代的眼光看,这是一个很迷信的故事。但是这部书是了不得的。用一种山东淄川的土话描写当时的人物是有一种诙谐的风趣;描写荒年的情形更是历历如绘。这可以说是世界上一部伟大的小说。我就提倡把这部书用新的标点符号标点出来,同书局商量翻印。写这本书的人是匿名,叫西周生。西周生究竟是什么人呢? 于是我做了一个大胆的假设；这个假设可以说是大胆的。（方才说的，我对于《红楼梦》的假设，可以说是小胆的假设。）我认为这部书就是《聊斋志异》的作者蒲松龄写的。我这个假设有什么证据呢？为什么引起我作这种假设呢？这个假设从那里来的呢？平常的经验、知识、学问，都是给我们假设用的。我的证据是在《聊斋志异》上一篇题名《江城》的小说。这个故事的内容结构与《醒世姻缘》一样。不过《江城》是一个文言的短篇小说；《醒世姻缘》是白话的长篇小说。《醒世姻缘》所描写的男主角所以怕老婆，是因为他前世曾经杀过一个仙狐，下一世仙狐就转变为一个女人做他的太太，变得很凶狠可怕。《聊斋志异》里面的短篇《江城》所描写的，也是因为男主角杀过一个长生鼠，长生鼠也就转世变为女人来做他的太太，以报复前世的冤仇。这两个故事的结构太一样了，又同时出在山东淄川，所以我就假设西周生就是蒲松龄。我又用语言学的方法，把书里面许多方言找出来。运气很好，正巧那几年国内发现了蒲松龄的几部白话戏曲，尤其是长篇的戏曲，当中有一篇是将《江城》的故事编成写白话戏曲的。我将这部戏曲里的方言找出来，和《醒世姻缘》里面的方言详细比较，有许多特别的字集成为一个字典，最后就证明《醒世姻缘》和《江城》的白话戏曲的作者是同一个小区域里的人。再用别的方法来证明那个时代的荒年；后来从历史的记载里得到同样的结果。考证完了以后，就有书店来商量印行，并排好了版。我因为想更确实一点，要书局等一等；一等就等了五年。到了五年才印出来。当时傅先生很高兴——因为他是作者的同乡，都是山东人。我举这一个例，就是说明要大胆的假设，而单只假设还是不够的。后来我有一个在广西桂县的学生来了封信，告诉我说，这个话不但你说，从前已经有人说过了。乾隆时代的鲍廷博，他说留仙（蒲松龄）除了《聊斋志异》

以外,还有一部《醒世姻缘》。因鲍廷博是刻书的,曾刻行《聊斋志异》,他说的话值得注意。我经过几年的间接证明,现在至少有个直接的方法帮助我证明了。

我所以举这些例,把这些小说当成待解决的问题看,目的不过是要拿这些人人都知道的材料,来灌输介绍一种做学问的方法。这个方法的要点,就是方才我说的两句话:“大胆的假设,小心的求证。”如果一个有知识有学问有经验的人遇到一个问题,当然要提出假设,假定的解决方法。最要紧的是还要经过一番小心的证实,或者否证它。如果你认为证据不充分,就宁肯悬而不决,不去下判断,再去找材料。所以小心的求证很重要。

时间很短促,最后我要引用台大故校长傅先生的一句口号,来结束这次讲演。他这句口号是在民国十七年开办历史语言研究所时的两句名言,就是“上穷碧落下黄泉,动手动脚找东西”。这两句话前一句是白居易《长恨歌》中的一句,后一句是傅先生加上的。今天傅校长已经去世,可是今天在座的教授李济之先生却还大为宣传这个口号,可见这的确是我们治学的人应该注意的。假设人人能提,最要紧的是能小心的求证;为了要小心的求证,就必须:“上穷碧落下黄泉,动手动脚找东西。”今天讲的很浅近,尤其是在座有许多位文史系平常我最佩服的教授,还请他们多多指教。

第二讲: 方法的自觉

（一九五二年十二月五日在台湾大学讲）

（全略）

第三讲：方法与材料

（一九五二年十二月六日在台湾大学讲）

⋯⋯⋯

我在开始讲"治学方法"第一讲的时候，因为在一广场中，到的人数很多，没有黑板，没有粉笔，所以只能讲一些浅显的小说考证材料。有些人认为我所举的例太不重要了。不过今天我还要和诸位说一说，我用来考证小说的方法，我觉得还算是经过改善的，是一种"大胆的假设，小心的求证"的方法。我可以引为自慰的，就是我做二十多年的小说考证，也替中国文学史家与研究中国文学史的人扩充了无数的新材料。只拿找材料做标准来批评，我二十几年来以科学的方法考证旧小说，也替中国文学史上扩充了无数的新证据。

我的第一个考证是《水浒传》。大家都知道《水浒传》是七十一回，从张天师开始到卢俊义做梦为止。但是我研究中国小说，觉得可以分为两大类。像《红楼梦》与《儒林外史》是第一类，是创造的小说。另一类是演变的小说；从小的故事慢慢经过很长时期演变扩大成为整部小说：像《水浒传》、《西游记》、《隋唐演义》、《封神榜》等这一类故事都是。我研究《水浒传》，发现是从《宣和遗事》这一本很小的小说经过很长的时期演变而来。在演变当中，《水浒传》不但有七十一回的，还有一百回的、一百二十回的。我的推想是：到了金圣叹的时候，他以文学的眼光，认为这是太长了；他是一个刽子手，又有文学的天才，就拿起刀来把后面的割掉了，还造出了一个说法，说他得到了一个古本，是七十一回的。他并且说《水浒传》是一部了不得的书，天下的文章没有比《水浒》更好的。这是文学的革命，思想的革命；是文学史上大革命的宣言。他把《水浒》批得很好，又做了一篇假的序，因此，金圣叹的《水浒》，打倒一切的《水浒》。我这个说法，那时候大家都不肯相信。后来我将我的见解，写成文章发表。发表以后，有日本方面做学问的朋友告诉我说：日本有一百回，一百二十回本的《水浒传》。后来我在无意中又找到了一百十五回本，一百二十四回本和一百十九回本。台大的李玄伯先生也找到一百回本。因为我的研究《水浒传》，总想得到新的材料，所以社会上注意到了，于是材料都出来了。这就是一种新材料的发现，也就是二十多年来因我的提倡考证而发现的新材料。

关于《红楼梦》，也有同样情形。因为我提倡用新的观点考证《红楼梦》，结果我发现了两种活字版本，是乾隆五十六年和五十七年的一百二十回本。有人以为这个一百二十回本是最古的版本，但也有人说《红楼梦》最初只有八十回，后面的四十回是一个叫做高鹗的人加上去的。他也编造了一个故事说：是从卖糖的担子中发现了古本。我因为对于这个解释不能满意，总想找新的材料证明是非，结果我发现了两部没有排印以前的抄本，就是现在印行出来的八十回本。

因为考证《红楼梦》的关系，许多大家所不知道的抄本出现了。此外，还有许多关于曹雪芹一家的传记材料。最后又发现脂砚斋的评本《红楼梦》；虽然不完全，但的确是最早的本子——就是现在我自己研究中的一本。后来故宫博物院开放了，在康熙皇帝的一张抽屉里发现曹雪芹的祖父曹寅的一张秘密奏折。这个奏折说明当时曹家地位的重要。曹雪芹的曾祖、祖父、父亲、叔父三代四个人继续不断在南京做江宁织造五十年，并且兼两淮盐运使。这是当时最肥的缺。为什么皇帝把这个全国最肥的缺给他呢？因为他是皇帝的间谍，是政治特务；他替皇帝侦查江南地方的大臣,监视他们回家以后做些什么事,并且把告老回家的宰相的生活情形,随时报告皇帝。一个两江总督或江苏巡抚晋京朝圣,起程的头一天,江苏下雪或下雨:他把这个天气的情形用最快的方法传达给皇帝。等到那个总督或巡抚到京朝见时,皇帝就问他"你起程的头一天江苏是下雪吗"?这个总督或巡抚听到皇帝的这个问话,当然知道皇帝对于各地方的情形是很清楚的,因此就愈加谨慎做事了。

　　我所以举《红楼梦》的研究为例;是说明如果没有这些新的材料,我们的考证就没有成绩。我研究这部书,因为所用的方法比较谨严,比较肯去上天下地动手动脚找材料,所以找到一个最早的脂砚斋抄本——曹雪芹自己批的本子,和一个完全的八十回的抄本,以及无疑的最早的印本——活字本,再加上曹家几代的传记材料。因为有这些新材料,所以我们的研究才能有点成绩。但是亦因为研究,我们得以扩张材料;这一点是我们可以安慰自己的。

　　……

(收入《胡适言论集》甲编)

与程靖宇书①

靖宇兄：

　　谢谢你寄给我的《红楼梦新证》。我昨晚匆匆读完了，觉得此书很好。我想请你代我买三、四册寄来，以便分送国内外的"红学"朋友。计价若干，千万请你告知，当寄奉。

　　你近来好吗？

　　匆匆道谢，敬问

平安

胡适　三月七日

（见程靖宇《胡适之校长书信一束》，载《大成》第二十八期。）

---

　　① 编者按：此信未记年份，据胡颂平《胡适之先生年谱长编初稿》，暂系于一九五四年。

《明清名贤百家书札真迹》序(节录)

　　陶君贞白收藏明清两代名人的手札很多,今年他请台北台中的学人帮助他挑出一百位名人的书札真迹,影印流传,我很赞成这件事,所以写几句话作个小序。

　　信札是传记的原料,传记是历史的来源。故保存古人信札的墨迹,其功用即是为史家保存最可靠的史料。

　　······

　　一切手札墨迹都有帮助考证史料的功用。我在二十多年前曾买到刘子重(铨福)收藏的《脂砚斋评红楼梦》十六回,有他的印章,又有他的三个短跋,现在我看了陶君收藏的两大册刘子重的短简真迹,看了他的许多印章,证实了他的字迹,我更相信我的《红楼梦》残钞本确是他手藏手跋的本子了。

　　旧日石刻木刻的古人尺牍真迹,也有帮助考证稿本钞本真伪的功用,何况今日有照相影印的新法,古人的墨迹可以永远保留真面目,后来的史家可以利用真迹、影本做考定史料的工具了。

一九五四年四月四日,胡适
(见《明清名贤百家书札真迹》)

俞平伯的《红楼梦辨》

　　林语堂先生从哥大图书馆借出一本俞平伯的《红楼梦辨》原版,是民国十二年(一九二三)四月出版的,纸张已破烂到不可手触的状态了,所以哥大图书馆已不许出借,语堂托了馆里职员代他借得。

　　三十多年没看见这本书了,今天见了颇感觉兴趣。有一些记录,在当年不觉得有何特别意义,在三十多年后就很有历史意味了。

　　如顾颉刚序中说《红楼梦辨》的历史,从我的《红楼梦考证》的初稿(一九二一年三月下旬)写成之后,那时候北京国立学校正为了索薪罢课,颉刚有工夫常到京师图书馆去替我查书。

　　　平伯向来欢喜读《红楼梦》……常到我的寓里探询我们找到的材料。……我同居的潘介泉是熟读《红楼梦》的人,我们有什么不晓得的地方,问了他,他总可以回答出来。我南旋的前几天,平伯、介泉和我到华乐园去看戏。我们到了园中,只管翻看《楝亭诗集》,杂讲《红楼梦》,几乎不曾看戏。……

颉刚记平伯给他的第一封信是在四月廿七日,那时颉刚已回南。

从此以后,我们一星期必作一长信,适之先生和我也常常通信。……适之先生常常有新的材料发见;但我和平伯都没找着历史上的材料,所以专在《红楼梦》的本文上用力,尤其注意的是高鹗的续书。平伯来信屡屡对于高鹗不得曹雪芹原意之处痛加攻击。我因为受了阎若璩辨《古文尚书》的暗示,专想寻出高鹗续作的根据,看后四十回与前八十回如何联络。我的结论是:高氏续作之先,曾对于本文用过一番功夫,因误会而弄错固是不免,但他决不敢自出主张,变换曹雪芹的意思。

平伯……很反对我,说我做高鹗的辨护士。他到后来说:

弟不敢菲薄兰墅,却认定他与雪芹的性格差得太远了,不适宜于续《红楼梦》。(六月十八日)后来他又说:

我向来对于兰墅深致不满,对于他假传圣旨这一点尤不满意。现在却不然了。那些社会上的糊涂虫,非拿[原书]、[孤本]这类鬼话吓他们一下不可。不然,他们正发了[团圆]迷,高君所补不够他们的一骂呢!(八月八日)

这都是一九二一年(民国十年)的事。颉刚说,他们(可能我在内)的信稿,不到四个月,已经装钉成好几本。

我的《红楼梦考证》初稿的年月是民国十年(一九二一)三月廿七。我的《考证》(改定稿)是同年十一月十二写定的。平伯、颉刚的讨论——实在是他们和我三个人的讨论——曾使我得到很多好处。其中一个最明显的益处是我在初稿里颇相信程伟元活字本序里"原本目录一百二十卷"一句话,我曾推想当时各种钞本之中大概有些是有后四十回的目录的,我在"改定稿"里就"很有点怀疑了",并且引了平伯举出的三个理由来证明后四十回的回目也是高鹗补作的。平伯的三个理由：（一）和第一回自叙的话不合,(二) 湘云的丢开,(三) 不合作文时的程序。我接着指出小红,香菱,凤姐三人在后四十回里的地位与结局似乎都不是雪芹的原意。

颉刚序文里提到"去年(一九二二)二月,蔡子民先生发表他对于《红楼梦考证》的答辩"。此指蔡先生的《石头记索隐》第六版自序,我竟不记得此序出版的年月了。我的答复的年月是十一年(一九二二)五月十日。

颉刚序中说到：

> 平伯看见了(蔡先生)这篇,就在《时事新报》上发表一篇回驳的文字,同时他寄我一信,告我一点大概,并希望我和他合做《红楼梦》的辨证,就把当时的通信整理成为一部书。……
>
> 我三月中南旋,平伯就于四月中从杭州来(苏州)看我。……我……劝他独力担任这事。……夏初平伯到美国去,在上海候船,……那时他的全稿已完成了,交与我代觅钞写的人,并切嘱我代他校勘。……(后来)平伯又因病回国了,我就把全稿寄回北京,请他自校。

颉刚的序的年月是一九二三,三月五日。平伯自己的"引论"题着"一九二二. 七. 八"。全书出版的年月是十二年(一九二三)四月。

颉刚序中末节表示三个愿望。其第一段最可以表示当时一辈学人对于我的《红楼梦考证》的"研究的方法"的态度：

　　……红学研究了近一百年，没有什么成绩。适之先生
做了《红楼梦考证》之后，不过一年，就有这一部系统完备的
著作。这并不是从前人特别糊涂，我们特别聪颖，只是研究
的方法改过来了。从前人的研究方法不注重于实际的材料
而注重于猜度力的敏锐，所以他们专喜欢用冥想去求解
释。……

　　我们处处把（用？）实际的材料做前导，虽是知道的事实
很不完备，但这些事实总是极确实的，别人打不掉的。我希
望大家看着旧红学的打倒，新红学的成立，从此悟得一个研
究学问的方法，知道从前人做学问，所谓方法实不成为方
法，所以根基不坚，为之百年而不足者，毁之一旦而有余。
现在既有正确的科学方法可以应用了，比了古人真不知便
宜了多少。……

颉刚此段实在说的不清楚，但最可以表示当时我的"徒弟们"对
于"研究方法改过来了"这一件事实，确曾感觉很大的兴奋。颉
刚在此一段说到"正确的科学方法"，他在下一段又说到"希望大
家……（读这部《红楼梦辨》）而能感受到一点学问气息，知道小
说中作者的品性，文字的异同，版本的先后，都是可以仔细研究
的东西，无形之中养成了他的历史观念和科学方法。……"他在
序文前半又曾提到他们想"合办一个研究《红楼梦》的月刊，内容
分论文、通信、遗著丛刊、板本校勘记等。论文与通信又分两类：
（一）用历史的方法做考证的，（二）用文学的眼光做批评的。
他（平伯）愿意把许多《红楼梦》的本子聚集拢来校勘，以为校勘
的结果一定可以得到许多新见解。……"
　　平伯此书的最精彩的部分都可以说是从本子的校勘上得来
的结果。

　　一九五七.七.廿三夜半。记念颉刚、平伯两个《红楼梦》同志。　　适之

　　　　　　　　（收入《胡适手稿》第九集中册）

答 潘 悫 书

君实先生：

　　谢谢你送我《钟表浅说》一本，我读了很感兴趣，还增加了不少知识。

　　你在钟表小史里提到《红楼梦》里提及钟表的地方，我可以给你加一条"脂砚斋评本"的小考据。五十二回（你已提到了此一回）写晴雯补裘完时，"只听自鸣钟已敲了四下"。脂砚斋本有小注云：

　　　　按四下乃寅正初刻。寅此样（写）法，避讳也。

　　曹雪芹是曹寅的孙子，所以说"避讳"。（此条是依据徐星署藏的八十回本。）

　　听说你的病已大有进步，今天看见你的题字，我很高兴。我此时不敢来看你，怕劳动你。匆匆草短信道谢，并祝多多保重。

　　　　胡适敬上　　一九五八年十二月二十日

　　　　（见胡颂平《胡适之先生年谱长编初稿》第七册）

《石头记》一材料①

　　脂砚斋重评《石头记》"庚辰本"第五十二回末页写晴雯补裘完时,"只听自鸣钟已敲了四下"。此下有双行批语:

　　　　按四下乃寅正初刻。"寅"此样(写)法,避讳也。

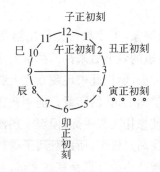

　　曹寅是雪芹的祖父,故避讳如此。

适之

(收入《胡适给赵元任的信》)

---

① 编者按:此信日期不详,因与《答潘悫书》内容相似,姑列于此。

与王梦鸥书

梦鸥先生：

承先生送我一部庚辰年《脂砚斋重评石头记》，十分感谢。

此书正是我民国廿二年（一九三三）校阅过并且写了几千字长跋的原书。（此跋原收在《胡适论学近著》里，今收在《胡适文存》第四集里。如先生无此跋，当奉赠第四集备考，乞示知。）

此书原在徐星署家，王克敏代为借出给我看。后来此书就归王克敏了。王克敏的藏书后来都归燕京大学。中共取消了燕大，把北大搬到燕大去，所以此书现藏在北大图书馆了。但各书首叶还有"燕京大学图书馆"的印章。前年我在林语堂先生家中看见这部影印本，就想托人买一部，但至今还没有买。今天收到先生分赠的一部，我高兴极了，所以赶写了这封信道谢。

卷头所附"曹雪芹小像"，真是荒谬之至。此人号雪芹，又号雪琴，但不姓曹！他是一位翰林前辈，是南书房的师傅，故原轴有皇八子的题咏，有陈勾山、钱辛楣诸名士的题咏。

我在二十多年前就指给原收藏人李祖翰看，指出此人决非曹雪芹。但我当时没有把此轴原有的题咏钞存。不料二十年来收藏的人把原轴上可供考证的题咏都拆去了，重新裱装"曹雪芹小像"！研究《红楼梦》的人都信以为真。（包括周汝昌、吴恩裕诸人！）

　　匆匆道谢，敬祝

平安

　　　　　　　胡适敬上　一九五九年十一月十一日

　　　　　　（见胡颂平《胡适之先生年谱长编初稿》第八册）

找书的快乐（节录）①

我不是藏书家，只不过是一个爱读书，能够用书的书生，自己买书的时候，总是先买工具书，然后才买本行书，换一行时，就得另外买一种书。今年我六十九岁了，还不知道自己的本行到底是那一门？是中国哲学呢？还是中国思想史？抑或是中国文学史？或者是中国小说史？《水经注》？中国佛教思想史？中国禅宗史？我所说的"本行"，其实就是我的兴趣，兴趣愈多就愈不能不收书了。十一年前我离开北平时，已经有一百箱的书，大约有一、二万册。离开北平以前的几小时，我曾经暗想着：我不是藏书家，但却是用书家。收集了这么多的书，舍弃了太可惜，带吧，因为坐飞机又带不了。结果只带了一些笔记，并且在那一、二万册书中，挑选了一部书，作为对一、二万册书的纪念，这一部书就是残本的《红楼梦》。四本只有十六回，这四本《红楼梦》可以说是世界上最老的抄本。收集了几十年的书，到末了只带了四本，等于当兵缴了械，我也变成一个没有棍子，没有猴子的变把戏的叫化子。

这十一年来，又蒙朋友送了我很多书，加上历年来自己新买的书，又把我现在住的地方堆满了，但是这都是些不相干的书，

自己本行的书一本也没有。找资料还需要依靠中研院史语所的图书馆和别的图书馆如台湾大学图书馆、中央图书馆等救急。

找书有甘苦　真伪费推敲

我这个用书的旧书生，一生找书的快乐固然有，但是，找不到书的苦处也尝到过。民国九年（一九二〇年）七月，我开始写《水浒传考证》的时候，参考的材料只有金圣叹的七十一回本《水浒传》、《征四寇》及《水浒后传》等，至于《水浒传》的一百回本、一百一十回本、一百一十五回本、一百廿回本、一百廿四回本，还都没有看到。等我的《水浒传考证》问世的时候，日本才发现《水浒》的一百一十五回本及一百回本、一百一十回本及一百廿回本。同时我自己也找到了一百一十五回本及一百廿四回本。做考据工作，没有书是很可怜的。考证《红楼梦》的时候，大家知道的材料很多，普通所看到的《红楼梦》都是一百廿回本。这种一百廿回本并非真的《红楼梦》。曹雪芹四十多岁死去时，只写到八十回，后来由程伟元、高鹗合作，一个出钱，一个出力，完成了后四十回。乾隆五十六年的活字版排出了一百廿回的初版本，书前有程、高二人的序文说："世人都想看到《红楼梦》的全本，前八十回中黛玉未死，宝玉未娶，大家极想知道这本书的结局如何？但却无人找到全的《红楼梦》。近因程、高二人在一卖糖摊子上发现有一大卷旧书，细看之下，竟是世人遍寻无着的《红楼梦》后四十回，因此特加校订，与前八十回一并刊出。"可是天下这样巧的事很少，所以我猜想序文中的说法不可靠。

考证《红楼梦》　清查曹雪芹

三十年前我考证《红楼梦》时，曾经提出二个问题，这是研究红学的人值得研究的：一、《红楼梦》的作者是谁？作者是怎样一个人？他的家世如何？家世传记有没有可考的资料？曹雪芹所写的那些繁华世界是有根据的吗？还是开着门自己胡诌乱说？二、《红楼梦》的版本问题，是八十回？还是一百廿回？后四十回是那里来的？那时候有七、八种《红楼梦》的考证，俞平伯、顾颉刚都帮我找过材料。最初发现乾隆五十七年（一七九二年）有程伟元序的乙本，其中并有高鹗的序文及引言七条，以后发现早一年出版的甲本，证明后四十回是高鹗所续，而由程伟元出钱活字刊印。又从其他许多材料里知道曹雪芹家为江南的织造世职，专为皇室纺织绸缎，供给宫内帝后、妃嫔及太子、王孙等穿戴，或者供皇帝赏赐臣下，后来在清理故宫时，从康熙皇帝一秘密抽屉内发现若干文件，知道曹雪芹的祖父曹寅，等于皇帝派出的特务，负责察看民心年成，或是退休丞相的动态，由此可知曹家为阔绰大户。《红楼梦》中有一段说到王熙凤和李嬷嬷谈皇帝南巡，下榻贾家，可知是真的事实。以后我又经河南的一位张先生指点，找到杨钟羲的《雪桥诗话》及《八旗文经》，以及有关爱新觉罗宗室敦诚、敦敏的记载，知道曹雪芹名霑，号雪芹，是曹寅的孙子，接着又找到了《八旗人诗钞》、《熙朝雅颂集》，找到敦诚、敦敏兄弟赠送曹雪芹的诗，又找到敦诚的《四松堂集》，是一本清钞未删底本，其中有挽曹雪芹的诗，内有"四十年华付杳冥"句，下款年月日为甲申（即乾隆甲申廿九年，西历一七六四年）。从这里可以知道曹雪芹去世的年代，他的年龄为四十岁左右。

险失好材料　再评《石头记》

民国十六年我从欧美返国，住在上海，有人写信告诉我，要卖一本《脂砚斋评石头记》给我，那时我以为自己的资料已经很多，未加理会。不久以后和徐志摩在上海办新月书店，那人又将书送来给我看，原来是甲戌年手抄再评本，虽然只有十六回，但

却包括了很多重要史料。里面有："壬午除夕，书未成，芹为泪尽
而逝。甲年八月泪笔"的句子，指出曹雪芹逝于乾隆廿七年冬，
即西历一七六三年二月十二日；"字字看来皆是血，十年辛苦不
寻常"诗句，充分描绘出曹雪芹写《红楼梦》时的情态。脂砚斋则
可能是曹雪芹的太太或朋友。自从民国十七年二月我发表了
《考证〈红楼梦〉的新材料》之后，大家才注意到《脂砚斋评本石头
记》。不过，我后来又在民国廿二年从徐星署先生处借来一部庚
辰秋定本脂砚斋四阅评过的《石头记》，是乾隆廿五年本，八十
回，其中缺六十四、六十七两回。

谈《儒林外史》 推赞吴敬梓

现在再谈谈我对《儒林外史》的考证：《儒林外史》是部骂当
时教育制度的书，批评政治制度中的科举制度。我起初发现的
只有吴敬梓的《文木山房集》中的赋一卷（四篇），诗二卷（一三一
首），词一卷（四七首），拿这当做材料。但是在一百年前，我国的
大诗人金和，他在跋《儒林外史》时，说他收有《文木山房集》，有
文五卷。可是一般人都说《文木山房集》没有刻本，我不相信，便
托人在北京的书店找，找了几年都没有结果，到了民国七年才在
带经堂书店找到。我用这本集子参考安徽《全椒县志》，写成一
本一万八千字的《吴敬梓年谱》，中国小说传记资料，没有一个能
比这更多的，民国十四年我把这本书排印问世。

如果拿曹雪芹和吴敬梓二人作一个比较，我觉得曹雪芹的
思想很平凡，而吴敬梓的思想则是超过当时的时代，有着强烈的
反抗意识。吴敬梓在《儒林外史》里，严刻地批评教育制度，而且
有他的较科学化的观念。

……

最后，根据我个人几十年来找书的经验，发现我们过去的藏

书的范围是偏狭的,过去收书的目标集于收藏古董,小说之类决不在藏书之列。但我们必须了解了解,真正收书的态度,是要无所不收的。

(载一九六二年十二月台北《中国图书馆学会会报》十四期)

谈《红楼梦》作者的背景^①

各位先生：

　　我是曾经在四十年前,研究《红楼梦》的两个问题：一个是《红楼梦》的作者的问题；一个是《红楼梦》的版本的问题。因为我们欣赏这样有名的小说,我们应该懂得这作者是谁。《红楼梦》写的是很富贵、很繁华的一个家庭。很多人都不相信《红楼梦》写的是真的事情,经过我的一点考据,我证明贾宝玉恐怕就是作者自己,带一点自传性质的一个小说,恐怕他写的那个家庭,就是所谓贾家,家庭就是曹雪芹的家,所以我们作了一点研究,才晓得我这话大概不是完全错。曹雪芹的父亲、曹雪芹的一个伯父、曹雪芹的祖父、曹雪芹的曾祖父,三代四个人,都作过那个时候最阔的一个官,叫做江宁织造。江宁织造就是替政府、就是替皇宫里面织造绸缎的。凡是那个时候皇帝、那个时候宫廷里边用的绸缎,都是归织造。那个时候有江宁一个织造,苏州一个织造,杭州一个织造。这几个织造,可以说是很大的,可以说等于我们现在最大的绸缎纺织厂。同时他有余下来的,宫里不用的,还有皇帝赏赐百官的。之外,他还可以作国外通商。所以,这三个织造是当时最阔的官。《红楼梦》里贾家有一个世职,

---

　　① 编者按：据胡颂平《胡适之先生年谱长编初稿》记载,此文为胡适一九五九年十二月三十日在台湾中国广播公司录音的记录。

那个世职实在在我们的考究起来，就是曹雪芹的曾祖父、曹雪芹的祖父、曹雪芹的伯父同曹雪芹的父亲，三代四个人相继作了五十多年的江宁织造，就是所谓"世职"。很有趣的，就是《红楼梦》里有一段话讲到从前有一个李嬷嬷讲的，从前太祖高皇帝南巡，到南方去巡视的时候，我们家里曾经招待过皇帝，接驾一次；那一边说，我们招待过四次。那么，这一个人家，能够招待过皇帝四次，这是倾家荡产的事。这个曹家，我们研究起来，的的确确，曾经在康熙皇帝的时候下江南，康熙皇帝下江南六次，其中有四次就是在曹家住，就是住在江宁织造府里边，所以的的确确作过皇帝的主人，招待过四次。这是最阔的一件事。所以，曹雪芹忍不住要把他的家里最阔的一件事，特别表出来。

我今天举这个证据，就是要我们知道，曹雪芹所写的极富贵、极繁华的这个贾家，宁国府、荣国府在极盛的时代的富贵繁华并不完全是假的。曹家的家庭实在是经过富贵繁华的家庭。懂得这一层，才晓得他里面所写的人物。曹雪芹在这一回里面所讲的，我不写旁的事，我不写朝廷大事，我要写我一生认得的这些人，这几个人，尤其我认得的这几个女人，这几个女孩子。懂得曹家这个背景，就可以晓得这部小说是个写实的小说，他写的人物，他写王凤姐，这个王凤姐一定是真的，他要是没有这样的观察，王凤姐是个了不得的一个女人，他一定写不出来王凤姐。比如他写薛宝钗，写林黛玉，他写的秦可卿，一定是他的的确确是认识的。所以懂得这一点，才晓得他这部小说，是一个"自传"，至少带着自传性质的一个小说。他写的人物是他真正认识的人物，那么，如果这个小说有文学的价值，单是这一点，刚才我讲的这一段曹家的历史，也许帮助我们的广大的听众，帮助他们了解，《红楼梦》这个小说的历史考据也许有点用处。

（收入《胡适讲演集》中册）

《永宪录》里与《红楼梦》
故事有关的事①

（一）胡凤翚妻年氏与肃敏贵妃年氏

《永宪录》卷四：雍正四年丙午，春二月：

> 督理苏州织造兼监浒墅关税胡凤翚革职，与妻年氏，妾卢氏雉经死。
>
> 凤翚前为宜兴令，巡抚张伯行大计罢之。上即位，特起内务府郎中。妻与温肃皇贵妃（温肃卷三作肃敏。按《爱新觉罗宗谱》所载为"敦肃皇贵妃年氏"，是则既非"温肃"，亦非"肃敏"。）为姊妹。至是伤回京，惧罪死。

四年九月：

> 江苏巡抚张楷奉召至京，绑赴刑部。
>
> 上谕：……张楷……大奸大诈，不知君父之义……荒唐悖谬，其心不可测。着将张楷锁拿。各项情节发与九卿

　　① 编者按：据胡颂平《胡适之先生年谱长编初稿》记载，此文暂系一九六〇年四月二十四日。

审拟具奏。

冬十二月：

> 张楷罪斩。赦免。籍其父兄子侄入怡亲王辛者库。
>
> 楷所犯七罪：……一，纵容胡凤翚自缢身故。……一，奉旨驰驲，乃乘轿徐行。一，侵用官税二万两。一，奏章纸色霑染，改变面页僵纶。以大不敬，拟斩立决。
>
> 十三年，今上登极复官。"乾隆"六年巡抚安徽。

"纵容胡凤翚自缢"是张楷七大罪之一！

苏州织造胡凤翚之妻年氏是"与温肃皇贵妃为姊妹"。这一对年家姊妹都是年遐龄的女儿，年羹尧的姊妹。《永宪录》卷三，雍正三年九月：

> 逮年羹尧至京。
>
> 上遣议政大臣，内监，中书等至杭，会署将军诚亲王长史兼副都统鄂密达，署巡抚……傅敏至年羹尧家。上链反绑，讯问口供，封贮资财。械羹尧子五人及年寿家人王德……等赴京。

十一月乙未朔：

> 上驻跸圆明园。
>
> 丁酉，上回銮进宫。贵妃年氏以不悸留圆明园。
>
> 年羹尧械系至京。
>
> 上谕大学士九卿，将关系年羹尧一切事件详行查看，问

写问话,交与提督阿齐图讯问。……

年羹尧圈在允裪空府。年寿交刑部。其家口令希尧给与饮食。闻国法圈禁有数等:有以地圈者,高墙固之。有以屋圈者,一室之外,不能移步。有坐圈者,接膝而坐,莫能举足。有立圈者,四围并肩而立,更番迭换,罪人居中,不数日,委顿不支矣。又重罪颈、手、足上九条铁链,即不看守,亦寸步难前也。

壬子,冬至,上祀天于圜丘。

上幸圆明园。

丙辰,贵妃年氏薨于圆明园,诏追册为皇贵妃。

赐皇贵妃年氏谥肃敏。

辛酉,葬肃敏皇贵妃。

……按肃敏未知诞于何族。一云遏龄之抚女。

十二月甲子朔:

癸酉……议政大臣等审术士邹鲁与年羹尧谋逆情实拟罪。(印本二四四——二四八)

议政大臣等胪列年羹尧九十二大罪,请诛大逆以正国法。(印本二四八——二五三)

……大逆之罪五,

欺门之罪九,

僭越之罪十六,

狂悖之罪十三,

专擅之罪六,

贪黩之罪十八,

侵蚀之罪十五,

忌刻之罪四。……

赐年羹尧自尽。斩年富、邹鲁于市。余从宽戍免有差。

看年羹尧案与年妃的关系,可知年妃是自杀的,或是被雍正逼死的;又可知胡凤翚与其妻年氏也是死在年案里的。张楷"纵容胡凤翚〔夫妇〕自缢",当然是大罪了。

胡凤翚死在雍正四年二月。看《永宪录》所记,可知他以内务府郎中出任苏州织造,是在"上即位"的时期,即是在康熙六十一年,或雍正元年。那时胡凤翚是接李煦的任的。

（二）李　　煦

卷四,雍正四年二月:

和硕康亲王冲安等疏廉亲王允禩不孝不忠诸罪。命宽免其死。告祭太庙,废允禩、允禟为庶人。

令庶人允禩妻自尽,仍散骨以伏其辜。散骨谓扬灰也。

三月:

宗人府请于玉牒除允禩、允禟,吴尔詹子孙世系,更名隶各旗佐领下。

发庶人允禩归正蓝旗卓鼐佐领下。改允禩名阿其那,弘旺(允禩子)名菩(一作)萨保。

四月:

治结党罪,革郡王允䄉爵。

改庶人允禵名塞思黑。

五月：

> 甲辰……暴阿其那、塞思黑等恶迹,颁示中外。(看二八〇——二八一查弼纳供词。又二八一——二八四,颁示中外之文。)

九月：

> 塞思黑死于保定。
> 阿其那死于监所。

《永宪录》续编：雍正五年丁未,春三月：

> 原苏州织造削籍李煦馈阿其那侍婢事觉,再下诏狱。辞连故江督赫寿,并逮其子宁保。

此条可见李煦到雍正五年(一七二七)还活着,又可见他早已"削籍"了,又下过狱了,故此次是"再下诏狱"。

阿其那即是允禩。塞思黑是允禟。满洲语,阿其那是杂种狗,塞思黑是猪。李煦第一次"削籍","下狱",可能还被抄家,大概是完全为了亏空。(看我的《红楼梦考证》引的《雍正朱批谕旨》第四十八册雍正元年胡凤翚奏折,及第十三册谢赐履奏折。)当时(雍正元年)允禩封廉亲王,同怡亲王及隆科多、马齐"总理事务";允禩兼掌工部,表面上正是最威风的时候。

但李煦第二次(雍正五年)的"再下诏狱",则是完全为了"馈允禵侍婢"的事。《永宪录》没有记此次狱事的下场,但那下场是可以推想而知的了。

（三）曹　　頫

（编者按：原稿未写完,下缺。）

（收入《胡适手稿》第九集中册）

清圣祖的保母不止曹寅母一人[①]

《永宪录》续编(排印本三九〇)记雍正五年十二月,"督理江宁、杭州织造曹頫、孙文成并罢"条下说:

> (曹)頫之祖□□(当作"曹玺")与伯寅相继为织造将四十年。寅字子清,号荔轩,奉天旗人,有诗才,颇擅风雅。母为圣祖保母,二女皆为王妃。及卒,子颙嗣其职。颙又卒,令頫补其缺,以养两世孀妇。因亏空罢任。封其家赀,止银数两,钱数千,质票值千金而已,上闻之恻然。

曹寅的"母为圣祖保母",止见于《永宪录》。

《永宪录》卷四(三〇四——三〇七)查嗣庭"大逆不道罪"条下,附记两江总督噶礼的事,有小注云:

> 礼之母,圣祖保母也。……

此可见清圣祖的保母不止一个人。

又曹寅"二女为王妃",其中一女是平郡王纳尔苏之妃,是可

---

① 编者按:据胡颂平《胡适之先生年谱长编初稿》中记载,此文暂系于一九六〇年四月二十四日。

考的。房兆楹先生查《爱新觉罗宗谱》(本院近代史所藏)乙册三
二〇七——八代善下第六代:

纳尔苏

康二九(一六九〇)九月十一生。

一七〇一(康四〇)十月袭平郡王。

一七二六(雍四)七月因罪革退王爵。

一七四〇(乾五)庚申九月五日死,照郡王品级殡葬。

嫡福晋曹佳氏,通政使曹寅女。
・・・・・・・・・

又第七代:纳尔苏七子:

长子平敏郡王福彭

一七〇八(康四七)六月廿六日生

母曹佳氏,曹寅女。
・・・・・・・

一七二六(雍四)	七月	袭平郡王
一七三二(雍十)		管厢蓝满都统
	又　闰五月	宗人府右宗正
一七三三(雍十一)		玉牒馆总裁
	又　四月	军机处行走
	八月	定边大将军
一七三五(雍十三)	十一月	协办总理事务
一七三六(乾一)		正白满(都统)
一七三七(乾二)		修盛京三陵
	闰九月	满火器营
	十月	调正黄满(都统)
一七三八(乾三)	七月	擢任议政

　　一七四八(乾十三)十一月十三日　　卒,年四十一

纳尔苏七子之中,曹佳氏出者尚有:

　　四子,固山贝子品级福秀,一七一〇(康四九)闰七月廿
六日生。
　　一七三〇二月三等侍卫
　　一七四一七月因病告退
　　一七五五七月卒,年四十六
　　六子福靖,三等侍卫,奉国将军
　　一七一五(康五)九月生,
　　一七五九四月死,年四十五
　　七子福端,
　　一七一七(康五六)七月生
　　一七三〇,八月死,年十四

余三子皆庶出。

　　曹寅的外孙福彭得大位,掌大权,可以算是曹家的一个"外
护"。福彭死后,曹家就没有可以保护他们的力量了。

　　　　　　　　　　　　　(收入《胡适手稿》第九集中册)

答 高 阳 书^①

高阳先生：

谢谢你的信(十一月十五日)。

关于《曹雪芹的年龄和生父新考》的第(一)点,李玄伯先生在《曹雪芹家世新考》(远东图书公司新排本《红楼梦》第一册《考证》页一○九)也引曹頫此折,说：

> 曹頫死于北方……其妻马氏怀妊已七月,则其遗腹当在五六月间,康熙五十四年下去乾隆二十七年(壬午),凡四十七年,若其遗腹系男子,证以敦诚"四十年华付杳冥"句,或即雪芹邪?……

吴恩裕先生的《有关曹雪芹八种》,其中《考稗小记》有一条谈及旗人"宜泉先生"(姓张)的《春柳堂诗稿》(適按,此书近年已影印出来了,我有一部。)里一首《伤芹溪居士》七律,题下有小注云：

> 其人素性旷达,好饮,又善诗画,年未五旬而卒。

吴恩裕说：

---

① 据胡颂平《胡适之先生年谱长编初稿》记载,此信写于一九六○年。

曰"年未五旬而卒",雪芹似应为曹頫妻马氏所生之遗腹子。若然,则雪芹卒年四十八岁,对于说明《红楼梦》之写作,较为合理。(页九七)

吴君信雪芹死在"癸未除夕",(周汝昌说,吴君似承认此说,见其书页三一。)当一七六四年二月一日,依旧历计算,雪芹卒年应是四十九岁了。

你信上问及吴恩裕的说法,大概就是此条。他似无他种证据,似重视张宜泉的"年未五旬而卒"一句话。

吴恩裕曾发见敦诚的《鹪鹩庵杂诗》抄本,其中《挽曹雪芹》的诗原是两首七律,其第一首近于我从《四松堂集》底本钞出的一首,但文字有异同,分钞如下:

四十萧然太瘦生,晓风昨日拂铭旌。肠回故陇孤儿泣,(原注:前数月伊子殇,雪芹因感伤成疾。)泪迸荒天寡妇声。

牛鬼遗文悲李贺,鹿车荷锸葬刘伶。故人欲有生刍吊,何处招魂赋楚蘅?

吴君指出:

可注意的是两次稿中的第一句都有"四十"的字样。流传挽诗作"四十年华付杳冥",上述第一首作"四十萧然太瘦生"。稿凡两易,始终不放弃"四十"一词,可见对雪芹的卒年,还值得仔细推敲。(页三一)

此一点似乎有理,但我在民国十一年曾指出:

　　　　"四十年华"……自然是个整数,不限定四十五岁,但我
　　们可以断定他的年纪不能在四十五岁以上。假使他死时年
　　四十五岁,他的生时当康熙五十八年(一七一九)。……

你和玄伯先生的推测若是对的,他生在康熙五十四年(一七一
五),到壬午(一七六二)除夕(一七六三,二月十二),应是旧法计
算的四十八岁了。

　　吴恩裕发见的抄本两首挽诗(有照片),有"晓风昨日拂铭
旌"一句,我猜想"昨日"可能是"晴日"之误,但吴君特别看重"昨
日"二字,说:

　　　　可见敦诚的挽诗是雪芹癸未除夕死后过了年甲申送葬
　　时所作,距雪芹死期是极近的了。(页三一)

这就证成了周汝昌依据《懋斋诗钞》稿本里唯一的一个干支纪年
"癸未"二字考定雪芹死年不是"壬午除夕"而是"癸未除夕"的说
法了。

　　若雪芹生在康熙五十四年(一七一五),死在乾隆癸未除夕,
则他已是四十九岁的人了。"四十年华"四字似乎不太合适罢?

　　敦诚兄弟的诗本来不很高明,恩裕发见的钞本的两首挽诗
比后来定本的一首更不高明! 我猜的"晓风晴日拂铭旌",定有
人问,晓风可"拂"铭旌,晴日也能"拂"吗?(此句大概可解作晴
日里晓风拂铭旌。)

　　其实这些破落户的"旧王孙"做旧诗,多是凑韵而已,凑平仄
而已,他们多不细想文字的意义。"肠回故陇","泪迸荒天",成
什么话! 俞平伯曾用"旧坰"一句来驳"癸未除夕"之说,吴恩裕
又用"昨日"一句来证成"癸未除夕"之说。吴君所见抄本挽诗也

有"故陇"之句,恐怕也只是凑对仗,凑平仄而已,与"旧垧"之凑韵,都是不见得可作考据资料的罢? 如此说来,"四十年华"的"四十"也未必可以看得太认真。上引的"年未五旬而卒",似乎可以供你的引用,比较可信赖,你说是吗?(我在四十年前说"我们可以断定他的年纪不能在四十五岁以上",现在看来,"断定"二字未免太认真了。)

以上谈的都是关系你的第(一)点,太长了,太琐碎了,千万请你恕罪。此一点还可以说是有一些文件可供推求,但最可惜的是缺乏最后的证据,可以指出那一个结论最可以信赖的。第一,我们不知曹頫的妻子马氏生的遗腹孩子是男是女。第二,我们不知那个遗腹孩子长大了没有。第三,我们不知那个孩子——如果是男孩,如果长大了,——是不是名霑,号雪芹。因为没有法子得着最后的证实或否证,所以你的第(一)点至多只是一个假设。

其余的各点,求证更困难了,所以我不愿多谈了。

汝昌的书,有许多可批评的地方,但他的功力真可佩服。可以算是我的一个好"徒弟"。

多年不谈《红楼梦》了,谢谢你提起我的旧恋,请你恕我啰嗦不休。

胡适　十一.十九夜

(载《作品》二卷二期)

答苏雪林书

雪林：

  谢谢你十一月六日的信。

  谢谢你寄的《跬步诗钞》。

  冬秀因儿子孙子都到了华府，所以今年不肯回来了。儿子是他的老上司王蓬先生调去作助手的。今年我在纽约见着王君，我对他说："我不谢你。你调了我的儿子来美国，我的太太今年就不回去了！"

  你在《作品》上的长文，我已看见了。《中国语文》上的短文，我还没看见。

  我写了几万字考证《红楼梦》，差不多没有说一句赞颂《红楼梦》的文学价值的话。大陆上共产党清算我，也曾指出我只说了一句"《红楼梦》只是老老实实的描写这一个'坐吃山空'、'树倒猢狲散'的自然趋势，因为如此，所以《红楼梦》是一部自然主义的杰作。"

  其实这一句话已是过分赞美《红楼梦》了。

  《红楼梦》的主角就是含玉而生的赤霞宫神瑛侍者的投胎；这样的见解如何能产生一部"平淡无奇的自然主义"的小说！

  我曾见到曹雪芹同时的一些朋友——如宗室敦诚、敦敏等人——的诗文；我也曾仔细评量《红楼梦》的文字以及其中的诗、词、曲子等。我平心静气的看法是：在那些满洲新旧王孙与汉

军纨袴子弟的文人之中，曹雪芹要算是天才最高的了，可惜他虽
有天才，而他的家庭环境及社会环境，以及当时整个的中国文学
背景，都没有可以让他发展思想与修养文学的机会。在那一个
浅陋而人人自命风流才士的背景里，《红楼梦》的见解与文学技
术当然都不会高明到那儿去。他描写人物，确有相当的细腻、深
刻，都只是因为他的天才高，又有"半世亲见亲闻"的经验作底
子。可惜他的贫与病不许他从容写作，从容改削。他的《红楼
梦》，依据我们现在发见的可靠资料看来，是随写随钞去换钱买
粮过活的，不但全书没有写完成，前八十回还有几回是显然"未
成而芹逝矣"（脂批本二十二回畸笏记）。我当然同意你说："原本
《红楼梦》也只是一件未成熟的文艺作品。"

　　但我也觉得你在《作品》上说的有些话未免太过火。所谓
"原本"，都不是随写随雇人钞了去卖钱换粮过活的钞本；所谓
"别字"，也往往是白话文没有标准化的十八世纪的杜撰字，我们
不可拿二百年后的白话文已略有标准化的眼光去计量他们。
（例如"下凡造历幻缘"，"造"字后人多作"遭"，但我们不必把
"造"看作别字。"熨斗"作"熅"，"忒"作"特"，"打官私"，也不是
别字。又如"名公"作"明公"，"拭泪"作"试泪"，可能是钞手之
过。）你看我的话是不是比较公平一点？

　　百忙中不能仔细多讨论这个大问题，十分抱歉，我只要你知
道我对你的见解大致是同意的。将来有工夫，也许能继续讨论。

　　我向来感觉，《红楼梦》比不上《儒林外史》，在文学技术上，
《红楼梦》比不上《海上花列传》，也比不上《老残游记》。

　　　　　胡适　　一九六〇年十一月二十日夜

所谓"曹雪芹小象"的谜^①

近年大陆上出版的一些有关《红楼梦》的书里,往往提到一幅所谓《曹雪芹小照》,有时竟印出那个小照的照片,题作"乾隆间王冈绘曹霑(雪芹)小象"。

这是一件很有问题的文学史料,所以我要写出我所知道的这幅图画的故事。

最早相信这个"小照"的,似是《红楼梦新证》的作者周汝昌。周君未见"小照",他只相信陶心如在民国三十八年对他说的一段很离奇的报告。陶君说他民国廿二年在一个人家看见一件"曹雪芹行乐图";是一条直幅,到民国廿四年他又在一个李君家看见一个横幅手卷,画的正是曹雪芹。上方题云"壬午三月"……幅后有二同时人之题句,其余皆不能复忆。再后则有叶恭绰大段跋语。……周汝昌深信此说,故他的《新证》第六章《史料编年》在乾隆二十七年,有这一幅记载:

一七六二乾隆二十七年壬午
曹霑三十九岁

---

① 编者按:据胡颂平《胡适之先生年谱长编初稿》记载,此文作于一九六〇年十一月二十一日。

　　　　三月,绘小照。(《新证》页四三二——三三)

周汝昌的《红楼梦新证》是一九五三年出版的,这是最早受欺的一个人。

　　一九五五年四月,大陆上有个"文学古籍刊行社"把燕京大学图书馆的徐星署家原藏而后归王克敏收藏的《脂砚斋重评石头记庚辰四阅评过》本,用朱墨两色影印出来了。

　　这个影印本《脂砚斋重评石头记》第一册的目录之前,有影印的一幅所谓曹雪芹小象,画着一个有微须的胖胖的人,坐在竹林外边的石头上。画是横幅,下面有铅字一行:

　　　　乾隆间王冈绘曹霑(雪芹)小象(一名幽篁图)

此本前面有"文学古籍刊行社编辑部"的"出版说明"十一行,但没有一字提及这幅所谓"曹霑小象"的来历。

　　这是第二批受欺的一群人。

　　一九五八年一月,大陆上有个"古典文学出版社"出版了一本吴恩裕的《有关曹雪芹八种》。此书就把那幅所谓"曹雪芹小象"用绿色影印作封面。

　　吴恩裕此书的第八篇是《考稗小记》三十六页。第一条记的就是这幅所谓"曹雪芹画象"的来历,我摘录在这里:

　　　　一九五四年六月十六日人民文学出版社某君抄寄《曹雪芹画象照片附识》云:

　　　　此图右下角款云:"旅云王冈写"。小印二方,朱文"冈","南石"。图为上海李祖涵氏旧藏,曾刊于《美术周刊》。李氏有题语,略云:"王南石名冈,南汇人,黄本复弟子,乾隆庚寅卒。"见《画史汇传》。象后题咏有皇八子(有"宜园"印)、钱大昕、倪承宽、那穆齐礼、钱载、观保、蔡以台、谢墉等题。

案《美术周刊》出版处及期号俱不详。此项题语乃李氏致函某氏所自述者。又藏者致某氏函云:

乾隆题者八人中,其一上款署"雪琴",其七上款署"雪芹"。

裕案:又有人云:左上方有"壬午春三月"数字。……据云,乾隆时题诗者远不止此八人。……一九五五年,张国淦先生曾为余函李祖涵,索录题诗,李曾复允,惟终未见寄。一九五六年,张国淦先生又转请翁文灏商于李,亦卒无消息。此一文学巨人之重要资料,遂不可得。(页八七至八八)

后面又有吴君略考题咏诸人的事迹。他在谢墉一条下很武断的说:

谢墉字昆成,浙江嘉善人。乾隆二十七年,曾为雪芹画象题句。(页八九)

吴君在别处(页七七至七八)又说:

据我关于"虎门"的考证,可知曹雪芹和敦诚、敦敏兄弟的结识是在所谓"虎门",就是北京宣武门内绒线胡同的右翼宗学……大约是乾隆九年……直到乾隆十九年……这一段期间之内,在这一时期中,后来乾隆二十七年为曹雪芹题象的观保正做内阁学士兼管国子监务,钱大昕和倪承宽都于乾隆十九年中进士,谢墉和钱载则是十七年中的进士,那

穆齐礼和蔡以台是二十二年的进士。他们题雪芹象,上款
都称"兄"。⋯⋯

吴恩裕没有看见那幅画的许多题咏,就相信这些名人题咏的真
是曹雪芹的小象,并且"上款都称兄",并都在曹雪芹死的那一
年——乾隆二十七年壬午!

吴君引的李祖涵题语里说的题画象的八人之中,有一位"皇
八子",那就是清高宗的第八个儿子仪郡王(后为仪亲王)永璇,
生于乾隆十一年丙寅,当乾隆二十七年,永璇还只有十七岁。难
道他题"曹雪芹小象",上款也称"兄"吗!

吴君很老实的说他曾托张国淦写信给李祖涵请他钞寄这幅
画象上的许多名人题咏。后来张国淦又转托翁文灏写信给李
君,但李君始终不曾钞寄这些题咏。

可怜这些富于信心的人们,他们何不想想收藏这幅画象的
李祖涵君(应作"祖韩",不应作"祖涵")为什么始终不肯钞寄那
许多乾隆朝名人的题咏呢?

吴恩裕、俞平伯、张国淦诸君是第三批受欺的一群人。

以上略述大陆上研究《红楼梦》的人们相信这幅所谓"曹雪
芹小象"的情形。

现在我要说明这幅小象的真相。

(一)这幅画上画的人,别号"雪芹",又称"雪琴"。但别无
证件可以证明他姓曹。

(二)收藏此画的人是宁波李祖韩,他买得此画在三十多
年前。

(三)在三十年前,我见此画时,那个很长的手卷上还保存
着许多乾隆时代的名人的题咏。吴恩裕引李祖韩说的题咏的八
人是:

皇八子(有"宜园"印),即仪郡王永璇。

钱大昕,江苏嘉定人。

倪承宽,浙江仁和人。

那穆齐礼,镶红旗满洲人。

钱载,浙江秀水人。

观保,正白旗满洲人。

蔡以台,浙江嘉善人。

谢墉,浙江嘉善人。

这八人之外,还有别人的题咏,我现在记得的,好像还有这两人:

陈兆仑,浙江钱塘人。

秦大士,江苏江宁人(乾隆十七年状元)。

(四)我在三十年前看了这些题咏,就对此画的主人李祖韩君说:"画中的人号雪芹,但不是曹雪芹。他大概是一位翰林前辈,可能还是'上书房'的皇子师傅,所以这画有皇八子的题咏,并且有'上书房'先后做过皇子师傅的名翰林如陈句山(兆仑)、钱箨石(载)、钱晓征(大昕)诸人的题咏。题咏的人多数是浙江江苏的名人,很可能此公也是江浙人。总而言之,这位掇高科、享清福的翰林公,决不是那位'风尘碌碌,一事无成',晚年过那'蓬牖茅椽,绳床瓦灶'生活的《红楼梦》作者。"

最后,我要追记我在三十多年前亲自看见这幅小象的故事。我的日记不在手边,我记不得正确的年月了。只记得那年(民国十八年?)教育部在上海开了一个书画展览会,郭有守君邀我去参观。我走了展览会的一部分,遇着李祖韩君,他喊道:"适之,你来看曹雪芹的小照!"

我当然很高兴的走过去。祖韩让我打开整个手卷,仔细看了卷上的许多乾隆时代名人的题咏。那些题咏的口气都是称赞一位翰林前辈的话。皇八子的题咏更是绝对不像题一个穷愁潦倒的文人的小照的话。钱大昕、钱载、陈兆仑几位大名士的手笔当然更引起了我的注意。

我看了那些题咏,我毫不迟疑的告诉李祖韩君:画上的人别号雪芹,又称雪琴,但不姓曹。这个人大概是一位翰林先生,大概还做过"上书房"的皇子师傅。那些题咏,没有一篇可以叫我们相信题咏的对象是那位"于今环堵蓬蒿屯",在贫病中发愤写小说卖钱过活的曹雪芹。

李祖韩君听了我的话,当然很失望。一个收藏古董的人往往不肯轻易承认他上了当,买错了某件书画。何况收藏得《红楼梦》作者曹雪芹的遗象是多么有趣味的一件雅事!是多么可喜的一件韵事!所以我们很可以了解李君为什么至今不愿意完全抛弃这个曹雪芹的小象,为什么不肯轻易接受我在三十年前就认为毫无可疑的看法。我们也可以了解为什么这三十年里还时常有人看见那幅所谓"曹雪芹小象"的照片。

在三十年前,我还寄住在上海时,叶恭绰君就曾寄一张"曹雪芹小象"的照片给我。他曾搜集许多清代学人的遗像,编作《清代学者象传》,第一集早已印行了,他还想搜集第二集,所以他注意到李祖韩藏的"曹雪芹小象"。我曾把我的意见告诉叶君。

爱读《红楼梦》的人当然都想看看贾宝玉是个什么样子。如果贾宝玉是作者曹雪芹自己的影子,那就怪不得《红楼梦》的读者都想看看曹雪芹的小照是个什么样子了。这种心情正是李祖韩舍不得否认那幅小照的心理背景,也正是周汝昌、吴恩裕那么容易接受那幅小象的心理背景。

我回想三十年前初次看见那个手卷的时候,我就不记得曾看见那幅画上有"旅云王冈写"的一行题字,也不记得画上有王冈的两个图章。我也没有看见那画上还有"壬午春三月"一行字。三十年前叶恭绰君写信给我,也没有提到那两行字和两个印章。

我至今相信李祖韩君不是存心作伪的人。很可能是他和他的朋友们只把这幅小照看作一件有趣味的小玩意儿,不妨你来添上一行画家王冈的题名,他来添上两颗小印章;你又记得曹雪芹死在"壬午除夕",也不妨在画上添上"壬午春三月"五个字——岂不更有趣味吗?岂不更好玩吗?这样添花添叶的一幅"乾隆间王冈绘曹霑(雪芹)小象"的照片多张,不妨在几个朋友手里留着玩玩,就这样留传出去了。

我至今懊悔我在三十年前没有请祖韩把全卷的题咏都钞一份给我做从容考证的材料。我现在写这篇回忆,并没有责怪祖韩的意思。我只要指出,祖韩至今不肯发表那些题咏的墨迹与内容,这就等于埋没可供考证的资料,这就等于有心作伪了。所以我希望在不远的将来,祖韩能把那个手卷上许多乾隆名士的题咏全部印出来,让大家有个机会可以平心评判他们题咏的对象是不是《红楼梦》的作者曹雪芹。

(载《新时代》一卷四期)

与 高 阳 书

高阳先生：

写了一封长信之后，我才得读《畅流》上你的文章，也得读苏雪林女士在《作品》上的文章。

你说的不错，"三十年来（快四十年了，我的《考证》稿是民国十年三月写的，改稿是十年十一月改定的）'红学'的内容，一直是史学的重于文学的。"

我写了几万字的考证，差不多没有说一句赞颂《红楼梦》的文学价值的话——大陆上中共清算我，也曾指出我止说了一句："《红楼梦》只是老老实实的描写这一个'坐吃山空'、'树倒猢狲散'的自然趋势，因为如此，所以《红楼梦》是一部自然主义的杰作。"此外，我没有说一句从文学观点赞美《红楼梦》的话。

老实说来，我这句话已过分赞美《红楼梦》了。书中主角是赤霞宫神瑛侍者投胎的，是含玉而生的——这样的见解如何能产生一部平淡无奇的自然主义的小说！

我曾仔细评量《红楼梦》前八十回里的诗、词、曲子，以及书中表现的思想与文学技术；我也曾评量曹雪芹往来的朋友——如宗室敦诚、敦敏等人——的诗文所表现的思想与文学技术。我平心静气的看法是：雪芹是个有天才而没有机会得着修养训练的文人，——他的家庭环境、社会环境、往来朋友、中国文学的背景等等，都没有能够给他一个可以得着文学的修养训练的机会,更没有能够给他一点思考或发展思想的机会。(前函讯评的"破落户的旧王孙"的诗,正是曹雪芹的社会背景与文学背景。)在那个贫乏的思想背景里,《红楼梦》的见解当然不会高明到那儿去,《红楼梦》的文学造诣当然也不会高明到那儿去。

试看第二回里冷子兴嘴里说的宝玉和贾雨村说的甄宝玉:"女儿是水做的骨肉,男人是泥做的骨肉。""'女儿'两个字,极尊贵,极清静的,比那瑞兽珍禽奇花异草更觉希罕尊贵呢。"《红楼梦》作者的最高明见解也不过如此。更试读同一回里贾雨村"罕(悍)然厉色"的长篇高论,更可以评量作者的思想境界不过如此。

我常说,《红楼梦》在思想见地上比不上《儒林外史》,在文学技术上比不上《海上花》(韩子云),也比不上《儒林外史》——也可以说,还比不上《老残游记》。(那些破落户的旧王孙与满汉旗人,人人自命风流才子,在那个环境里,雪芹的成就总算是特出的了。)

你在《畅流》上的文章,其实还不是"文学的"批评,也还不是"史学的"成分居多——其实还是"猜谜的文学批评"。你不生气吗?你解释"一从二令三人木",固然是猜笨谜;你解释"终身误"、"枉凝眉"曲子,也走上猜谜的路了。你把"美玉无瑕"看作写宝钗,最可以警告我们"成见"的多么可怕!你试去问一百个读者,定有一百个回答你,"枉凝眉"曲子不是写林、薛二人,是写宝玉和黛玉的。

我并不想引起争论,我只想指出你也还没有走上"文学的"批评的"红学"。你的十一月十五日的信,更是回到考证的路上去了。

我这里资料颇多,请你便中来看看。

　　　　　　　　　　　胡适　六〇.十一.廿四上午
　　　　　　　　　　　　(原载《作品》二卷二期)

与苏雪林、高阳书

雪林女士：

高阳先生：

你们把我在匆忙之中写的三封信送给《作品》发表，我有点感觉不安。我觉得你们和我都有点对不住曹雪芹，都对他有点不公允。

雪林说曹雪芹是最幸运的作家，我写给你们的两封信，本意正是要指出他是最不幸的作家。但我好像没有把这个意思说清楚，读者可能只看见我说《红楼梦》的见解比不及《儒林外史》，文学技术比不上《海上花列传》，他们可能不容易看出我指出他的贫与病，他的环境，他的背景，全部是要说明曹雪芹是一位最不幸的作家，很应该得到我们在三百年后的同情的惋惜与谅解。

曹雪芹有种种大不幸，他有天才而没有受到相当好的文学训练，是一个大不幸。他的文学朋友都不大高明，是二大不幸。他的贫与病使他不能从容写作，使他不能从容细细改削他的稿本，使他不得不把未完成的稿本钞去换银钱来买面买药，是三大不幸。他的小说的结构太大了，他病中的精力已不够写完成了，是四大不幸。这些都值得我们无限悲哀的同情。

我今天要补充一个意思，就是：《红楼梦》的最大不幸是这部残稿既没有经过作者自己的最后修改，又没有经过长时间的流传，就被高鹗、程伟元续补成百二十回，就被他们赶忙用活字排印流传出来了。那个第一次排印本(我叫作"程甲本")是乾隆五十六年(一七九一)排印发行的。发行出去不久,高鹗就发见了"初印时不及细校,间有纰缪",他又"详加校阅,改订无讹"。那个修改本(我叫作"程乙本")是乾隆五十七年(一七九二)发行的。据汪原放的统计,"程乙本"共改了"程甲本"两万一千五百〇六字;其中单是前八十回就改了一万五千五百三十七字! 很不幸的是那个未经修改的第一排印本一到了南方,就被苏州书坊在乾隆五十七年(一七九二)的冬天雕刻翻印,流行更广了,那个修改了两万多字的"程乙本"就没有人翻刻翻印了。(直到民国十六年,才有亚东图书馆重排印的"程乙本"。到民国四十八年,台北远东图书公司又重排亚东的"程乙本"印行。)

所以在民国十六年以前的一百三十多年中,全国流行的《红楼梦》都是那部没有经过第一次修改的"程甲本",这是《红楼梦》的最大不幸。

雪林依据那部赶忙钞写卖钱而绝未经校勘修改的"庚辰脂砚斋评本",就下了许多严厉的批评——我觉得都是最不幸的事。

我们试比勘《水浒传》的种种不同的本子,就可以明白《水浒传》在几百年中经过了许多戏曲家与无数无名的平话家(说话人)的自由改造,自由改削;又在明朝的一两百年中经过了好几位第一流文人——汪道昆(百回本)、李贽(百回本)、杨定见(百二十回本)的仔细修改,最后又得到十七世纪文学怪杰金圣叹的大删削与细修改,方可得到那部三百年人人爱赏的七十一回本《水浒传》。

我手头没有"百十五回""百二十回"的幼稚《水浒传》本子可以比较,也没有"百回"本可供比较。我这里只有万有文库收的杨定见百二十回本《水浒传》可以用来比勘金圣叹删定的"贯华堂"七十一回定本。杨定见百二十回本已是经过最后一百年的大文人仔细改削的绝好文字了。但金圣叹又大胆的删去了全书三分之一以上,削去了"征辽"、"田虎"、"王庆"的三大部分,真是有绝顶高明的文学见地的天才批评家的大本领,真使那部伟大的小说格外显出精彩!

《水浒传》经过了长期的大改造与仔细修改,是《水浒传》的最大幸运。《红楼梦》没有经过长时期的修改,也没有得到天才文人的仔细修改,是《红楼梦》的最大不幸。

我试举一个最有名的句子作个例子。

百二十回《水浒传》第六十三回,石秀劫法场被捉,解到梁中书面前,石秀高声大骂:"你这败坏国家害百姓的贼!"这一句话,在金圣叹删改定本里(第六十二回),就改成了这样了:

石秀高声大骂:"你这与奴才做奴才的奴才!"

这真是"点铁成金"的大本领!《红楼梦》有过这样大幸运吗?

曹雪芹的残稿的坏钞本,是只可以供我们考据家作"本子"比勘的资料的,不是供我们用文学批评的眼光来批评诅骂的。我们看了这种残稿劣钞,只应该哀怜曹雪芹的大不幸,他的残稿里的无数小疵病都只应该引起素来富同情心的苏雪林的无限悲哀。雪林说我的话没说错吗?

胡适　一九六一年一月十七日半夜后

(载《作品》二卷二期)

影印乾隆甲戌《脂砚斋重评石头记》的缘起

民国十六年夏天，我在上海买得大兴刘铨福旧藏的"脂砚斋甲戌抄阅再评"的《石头记》旧抄本四大册，共有十六回：第一到第八回，第十三到第十六回，第廿五到廿八回。甲戌是乾隆十九年，一七五四，这个抄本后来称为"甲戌本"。

民国十七年二月，我发表了一篇一万七八千字的报告，题作《考证〈红楼梦〉的新材料》。我指出这个甲戌本子是世间最古的《红楼梦》写本，前面有《凡例》四百字，有自题七言律诗，结句云"字字看来皆是血，十年辛苦不寻常"，都是流行的抄本刻本所没有的。此本每回有朱笔眉评、夹评，小字密书，其中有极重要的资料，可以考知曹雪芹的家事和他死的年月日，可以考知《红楼梦》最初稿本的状态，如第十三回作者原题"秦可卿淫丧天香楼"，后来"姑赦之"，才删去天香楼事，少却四五叶。评语里还有不少资料，可以考知《红楼梦》后半部预定的结构，如云"琪官后回与袭人供奉玉兄宝卿，得同终始"（二十八回评），如云"红玉（小红）后有宝玉大得力处"（二十七回评），此可见高鹗续作后四十回，并没有雪芹残稿本作根据。

自从《考证〈红楼梦〉的新材料》发表之后，研究《红楼梦》的人才知道搜求《红楼梦》旧抄本的重要。

民国二十二年，王叔鲁先生替我借得他的亲戚徐星署先生藏的"庚辰（乾隆二十五，一七六〇）秋定本"脂砚斋评本《石头记》八十回抄本，其实只有七十七回有零：六十四与六十七回全缺，二十二回不全，有批语说，"此回未成而芹逝矣"。我又发表了一篇《跋乾隆庚辰本脂砚斋重评〈石头记〉抄本》。我提出了一个假设的结论："依甲戌本与庚辰本的款式看来，凡最初的抄本《红楼梦》必定都称为《脂砚斋重评石头记》。"

在这二十多年里，先后又出现了几部"脂砚斋评本"，我的假设大致已得到证实了。我现在把我们知道的各种《脂砚斋重评石头记》本子作一张总表，如下：

（一）乾隆甲戌（一七五四）脂砚斋钞阅再评本，即此本，凡十六回，目见上。

（二）乾隆己卯（一七五九）冬月脂砚斋四阅评本，凡三十八回：一至二十回，三十一至四十回，六十一至七十回，内缺六十四、六十七回，是钞配的。此本我未见。

（三）乾隆庚辰（一七六〇）秋脂砚斋四阅评本，凡七十七回有零，目见上。

以上钞本的年代皆在雪芹生前，以下抄本，皆在雪芹死后。

（四）有正书局石印的戚蓼生序本，此本也是脂砚斋评本，重钞付石印，妄题"国初抄本"，底本年代不可知，戚蓼生是乾隆三十四年己丑（一七六九）的进士，暂定为己丑本，凡八十回。

（五）乾隆甲辰（一七八四）菊月梦觉主人序本，凡八十回。此本近年在山西出现，我未见。

直到今天为止，还没有出现一部抄本比甲戌本更古的，也还没有一部抄本上面评语有甲戌本那么多的。甲戌本虽只有十六回，而朱笔细评比其他任何本子多得多（庚辰本前十一回无一条评语），其中有雪芹死后十二年的"脂批"，使我们确知他死在"壬午除夕"，像这类可宝贵的资料多不见于其他各本。

所以到今天为止，这个甲戌本还是世间最古又最可宝贵的《红楼梦》写本。

三十年来，许多朋友劝我把这个本子影印流传。我也顾虑到这个人间孤本在我手里，我有保存流传的责任。民国三十七年我在北平，曾让两位青年学人兄弟合作，用朱墨两色影抄了一本。三十七年十二月十六日，中央政府派飞机到北平接我南下，我只带出了先父遗稿的清抄本和这个甲戌本《红楼梦》。民国四十年哥伦比亚大学为此本做了显微影片：一套存在哥大图书馆，一套我送给翻译《红楼梦》的王际真先生，一套我自己留着，后来送给正在研究《红楼梦》的林语堂先生了。

今年蒙中央印制厂总经理时寿彰先生与技正罗福林先生的热心赞助，这个朱墨两色写本在中央印制厂试验影印很成功，我才决定影印五百部，使世间爱好《红楼梦》与研究《红楼梦》的人都可以欣赏这个最古写本的真面目。

曹雪芹死在乾隆二十七年壬午除夕，即西历一七六三年二月十二日。再过二年的今天，就是他死后二百年的纪念了。我把这部最近于他的最初稿本的甲戌本影印行世，作为他逝世二百年纪念的一件献礼。

一九六一年二月十二日在南港

（见《脂砚斋甲戌抄阅再评石头记》）

胡天猎先生影印乾隆壬子年
活字版百廿回《红楼梦》短序

胡天猎先生影印的这部百廿回《红楼梦》，确是乾隆五十七年壬子（一七九二）程伟元"详加校阅改订"的第二次木活字排印本，即是我所谓"程乙本"。证据很多，我只举一点。"程甲本"第二回说贾政的王夫人"第二胎生了一位小姐，生在大年初一，就奇了。不想次年又生了一位公子，说来更奇，一落胞胎，嘴里便衔下一块五彩晶莹的玉来"。后来南北雕刻本都是从"程甲本"出来的，故这一段的文字都与"程甲本"相同。我的"甲戌本"脂砚斋重评此段文字与"程乙本"相同，可见雪芹原稿本是这样的。但《红楼梦》第十八回贾妃省亲一段里明说宝玉"三四岁时，已得贾妃口传授，教了几本书，识了几千字在腹中，虽为姊弟，有如母子"。这样一位长姊，何止大他一岁？所以改订的"程乙本"此句就成了"不想隔了十几年，又生了一位公子"。胡天猎先生此本正作"隔了十几年"，可证此本确是"程乙本"。

"程甲本"没有"引言"。此本有"引言"七条，尾题"壬子花朝后一日小泉兰墅又识"。小泉是程伟元，兰墅是续作后四十回的高鹗。"引言"说明"初印时不及细校，间有纰缪，今后聚集各原本，详加校阅，改订无讹"，这也是"程乙本"独有的标记。

一九二七年，上海亚东图书馆用我的一部"程乙本"做底本，出了一部《红楼梦》的重排印本，这是"程乙本"第一次的重排本。

一九五九年台北远东图书公司出版的《红楼梦》,就是用亚东图书馆的本子排印的。

一九六〇年香港友联出版社的赵聪先生校点的《红楼梦》,也是用亚东本作底本的。据赵聪先生的《重印〈红楼梦〉序》说,上海"作家出版社"曾在一九五三年及一九五七年出了两部《红楼梦》排印本,也都是用"程乙本"做底本的,可能都是用亚东本重排的。

这就是说,"程乙本"在最近三四十年里,至少已有了五个重排印本了。可是"程乙本"本身,只有极少的几个人曾经见到。赵聪先生说:"程乙本的原排本,现在差不多已成了世间的孤本,事实上我们已不可能再见到"。

胡天猎先生收藏旧小说很多,可惜他只带了很少的一部分出来,其中居然有这一部原用木活字排印的"程乙本"《红楼梦》!现在他把这部"程乙本"影印流行,使世人可以看看一百七十年前程伟元、高鹗"详加校阅改订"的《红楼梦》是个什么样子。这是《红楼梦》版本上一件很值得欢迎赞助的大好事,所以我很高兴的写这篇短序来欢迎这个影印本。

一九六一年二月十二日,曹雪芹死后整一百九十八年的纪念日,胡适在南港。

　　　　(见《影印乾隆壬子年木活字本百廿回红楼梦》)

答 赵 聪 书

赵聪先生：

谢谢你二月九日的信。

明义的《绿烟琐窗集》，我已有了。敦诚、敦敏、周春诸人的书，我都有了。

新出的"一粟"（似是周汝昌或其兄绪堂）编的《红楼梦书录》一册，古典文学出版社出版，你见了吗？此录收了有关《红楼梦》的书与文至九百种之多，止于一九五四年中共清算《红楼梦》与胡适以前。我们史语所托司法行政部调查局设法买得一部。倘若香港有此录可买，乞代买一部，至感。

有两个好消息报告你（一）"程乙本"《红楼梦》，此间有一位韩先生收藏一本，他自己照相影印一百五十部，已印至十八回。我今早（二月十二日是雪芹死后一九八年忌辰）给他写了一篇短序，序文中引你的一句话，"程乙本的原刻（我改排字）本……我们已不可能见到。"此本印成时，我要送你一部。

（二）我的"甲戌本"《脂砚斋重评石头记》在中央印制厂用朱墨两色套印。试验很成功！今天我的《影印缘起》及"样张"半叶，都印成了。影印五百部，收价台币一百二十元，预约只收八十四元。预约办法，旧历年后可见广告。这是世界最古的抄本，虽只有十六回，但我近年倾向于曹雪芹第一次成稿，只有十六回（一至八、十三至十六、廿五至廿六）的看法。我试举证例。如果十三回原稿回目是"秦可卿淫丧天香楼",则我们可以断言第十、十一、十二回中写可卿病状,都是后来硬加进去的,都不是第一次稿本所有的,都不是作者的初意。

如果友联的朋友们感到兴趣,我可以把《缘起》、样张、预约办法等件寄给你们看看,请你们考虑香港预约的事,如何?

匆匆奉复,即祝你和各位朋友新年百福。

胡适   一九六一.二.十二

（见胡颂平《胡适之先生年谱长编初稿》第十册）

跋《红楼梦书录》

　　《红楼梦书录》收录《红楼梦》的版本及其他有关的文字约九百种之多，"直到一九五四年十月以前为止"。这是因为一九五四年十月以后，中共开始清算俞平伯的《红楼梦简编》与《红楼梦研究》，不久就"枪口转向胡适"，引起了几百万字的清算我的文字，实在"美不胜收"了！

　　此录把我的《乾隆甲戌(一七五四)脂砚斋重评石头记》列在第一(三页)，又明说"周汝昌有录副本"(五页)，故我去年曾疑心此录的编者署名"一粟"，可能就是周汝昌或是他的哥哥缉堂。

　　今天我重翻检此录，才知道此录不是周家兄弟编的。第一，此录记我的甲戌本，说：

　　　　此本刘铨福旧藏。……后归上海新月书店，已发出版广告，为胡适收买，致未印行。(五页)

这是无意的误解或有心的歪曲我说的"不久新月书店的广告出来了，藏书的人把此书送到店里来，转交给我看"一句话。汝昌兄弟何至于说这样荒谬的话？第二，汝昌兄弟有影印的全部，而此录仅说汝昌有"录副本"，似编者未见他们的影写本。第三，汝昌弟兄影写本，全钞刘铨福诸跋及濮氏兄弟合跋，又钞了俞平伯跋的全文。而此录(五页)载平伯此跋是从《燕郊集》转钞来的。

若此录出于周氏兄弟，他们何必引《燕郊集》呢？

此录"古典文学出版社"印行，字数二十七万七千，一九五八年四月第一版。

此录分七类：（一）版本、译本；（二）读书（附仿作）；（三）评论（附报刊）；（四）图画、谱录；（五）诗词；（六）戏曲、电影；（七）小说、连环画。

一九六一．二．十五，胡适

补　记

此录的"评论"部分，二三三页收有"曹雪芹家的籍贯"一目，"适之撰。载一九四八年二月十四日上海《申报》《文史》第十期"。这不是我的文字，不知是谁。可能是误记了作者题名？

同页收有"《红楼梦》作者曹雪芹生卒年之新推定"一目，"周汝昌撰，载一九四七年十二月五日天津《民国日报》《副刊》第七十一期"。又"致周汝昌函"一目，"胡适撰。载一九四八年二月二十日天津《民国日报》《副刊》第八十二期"。我此信可能是一九四七年十二月写的。又下一页收"关于曹雪芹的生卒年，复胡适之先生"一目，周汝昌撰。载一九四八年五月廿一日天津《民国日报》《副刊》第九十二期。这一次通信是因为周汝昌发见了敦敏的《懋斋诗钞》钞本里的一首题"癸未"的诗，其下第三页为《小诗代简寄曹雪芹》，故他主张雪芹之死不在"壬午除夕"，应是"癸未除夕"。我给他的信，说他的证据似可信。我当时也疑心我的"甲戌本"上"脂批"的"壬午除夕"可能是"癸未除夕"的误记。近年（一九五五）这本《懋斋诗钞》影印本出来了。我看了这个钞本的原稿子，似不是严格依年月编次的；又不记叶数，装订时更容易倒乱。《小诗代简》一首的前三首的次第如下：

《古刹小憩癸未》

《过贻谋东轩，同敬亭题壁，分得轩字》

《典裘》

《小诗代简，寄曹雪芹》

这首《寄曹雪芹》诗如下：

> 东风吹杏雨，又早落花辰。好枉故人驾，来看小院春。
> 诗才忆曹植，酒盏愧陈遵。上巳前三日，相劳醉碧茵。

这好像是癸未（乾隆廿八年）春天邀雪芹三月一日（"上巳前三
日"）去小酌的"小诗代简"。发此"代简"时，去雪芹死（壬午除
夕）止有一个半月的光景，可能他还不知道雪芹已死了。敦诚的
挽雪芹诗，题下写"甲申"（乾隆廿九年），而敦敏有《河干集饮题
壁兼吊雪芹诗》，无年月，编在"代简"诗之后第十六叶，诗中有
"逝水不留诗客杳，登楼空忆酒徒非"之句。此诗与"代简"诗之
间，有诗五十八首，未必都是一年内之作，也未必是依年月编次
的。故我现在的看法是，敦敏的"代简"诗即使是"癸未"二日做
的，未必即能证实雪芹之死不在壬午除夕。

一九六一.二.十七，胡适补记

（收入《胡适手稿》九集）

与胡天猎书

胡天猎隐先生:

星期日匆匆晤谈,不幸被来客打岔,不得多多领教,抱憾至今!

前写短序,不知可用否?

别后我回想,先生带来的两种藤花榭刻本,那个小字刻本似无可疑。但那个半页十行,每行廿二字的大字刻本,我颇疑不是藤花榭刻本。《红楼梦书录》著录了三部藤花榭本,(一)是原刻,(二)是"重镌",(三)是同治三年耘香阁"重梓"藤花榭原版,三部都是半页十一行,行廿四字。尊藏的半页十行,行廿二字本,行款颇像所谓"东观阁"翻"程甲本"。此本可能是南方很早(或最早)的刻本。因为藤花榭刻本最著名,故书店只知有藤花榭之名,而不知有更早的东观阁本了。

此说只是我的揣测,不敢认为定论,请先生指教。(东观阁本前面应有"东观主人"的题记,书坊因要充藤花榭本,可能毁去了。东观阁本回目第二十七回作"宝钗戏彩蝶……黛玉泣残红",不作"杨妃""飞燕"。藤花榭本回目则作"杨妃""飞燕"。)

胡适敬上　一九六一. 二. 十七夜

此篇未留稿,倘蒙饬人钞一份见寄,至感。适之

又尊藏有正书局石印的所谓"国初钞本"《红楼梦》,即"戚本",将来可否借我用几天?　　　　　　　　　适之

(见胡颂平《胡适之先生年谱长编初稿》第十册)

答赵聪书(节录)

赵聪先生：

……

　　我最近研究"甲戌本"与"庚辰本"的情形，始知雪芹在甲戌（乾隆十九，一七五四）年写成的初稿只有此二十回？最有力的证据是十三回写秦氏之死，"彼时合家皆知，无不纳罕，都有些疑心"。此回原作"秦可卿淫丧天香楼"，她是自缢死的，故可以说"无不纳罕，都有些疑心"。后来删去了"天香楼事少却四五叶"，故雪芹后来补写十三回以前的几回，故意写秦氏之病重。十回写张太医诊病，已说病只"有三分治得"了。十一回里写凤姐、尤氏对话，竟说"一应的后事"，"都叫人暗暗的预备了"，只是棺材"不得好木头"！这都可见甲戌初稿还没有这四回（九至十二回）。如果秦氏已病重到"一应的后事"都预备了，他死时决不会"无不纳罕，都有些疑心"了。

　　贾瑞的"风月宝鉴"的故事，是雪芹的旧稿，原是独立的。如今也塞进这后写的四回里去，才填满这空洞，这四回写的很吃力，很潦草——如写学堂一回，实太潦草。

　　故我现在不但回到我十七年的看法："甲戌以前的本子没有八十回之多，也许止有二十八回，也许只有四十回"。我现在进一步说：甲戌本虽已说"披阅十载，增删五次"，其实止写成了十六回。

看"庚辰本"的残缺状况——已写到八十回了,而尚缺六十回与二十七回;十七、十八、十九三回显然是后来补写的(此三回也是甲戌本没有的),"此回未成而芹逝矣"。此皆可证甲戌年成稿止有此十六回。

故我这个"甲戌本"真可以说是雪芹的最初稿本的原样子,所以我决定影印此本流行于世,我这个意思,请你指教。

适之 一九六一.二.廿四下午

(见胡颂平《胡适之先生年谱长编初稿》第十册)

与李祖法书

祖法兄：

去年纽约的聚会，十分畅快，我至今还不曾忘记。近来还好吗？

今年二月廿五夜，我忽得心脏病，在台大医院住了八个星期，明天（四月廿二）可以出院了。很可能的，我也许还可以工作几年。

剪寄我的一篇短文，专写祖韩收藏的"曹雪芹小象"。我很盼望祖韩能看见我此文，更盼望我能看见此幅画上原有的乾隆中年大名士的题咏。（此文原载香港友联出版社代印的《海外论坛》今年一月号；我今天寄的是台北《新时代》一卷三期登出的。）

祖韩此时若在香港，请老兄把此文给他看。老兄万一知道他的地址，请转寄给他。

弟胡适　一九六一．四．廿一

（见胡颂平《胡适之先生年谱长编初稿》第十册）

跋子水藏的有正书局石印的戚蓼生序本《红楼梦》的小字本

狄平子(葆贤)加评石印的戚蓼生序本八十回《红楼梦》有大字本与小字本的分别。我用傅孟真原藏的大字本比勘毛子水的小字本,可以指出两本的同异有这几点:

(一)大字本每半页九行,行二十字,小字本每半页十五行,行三十字。

(二)小字本是用大字本剪黏石印的,故文字完全相同,断句的圈子也完全相同,只有一叶例外,就是六十八回凤姐初见尤二姐的谈话,狄平子似嫌原本太多文言,不像那位识字不多的王熙凤的口气,所以曾用程伟元、高鹗的改本来涂改原本。但只涂改了十四行(六十八回二叶上九行至二叶上四行),这涂改的部分不好剪黏重印,所以小字本的六十八回第二叶的下半叶是重抄了通行本的文字付石印的。改本的白话比原本的文字加多了,故此半叶的行款很不整齐,还是半叶十五行,但每行字数从三十字到三十五字不等。(参看《胡适文存》第四集卷三《跋庚辰本脂砚斋重评〈石头记〉》的最后部分。)

(三)大字本原分前后两集出版,前集四十回上方往往有狄平子的批评,往往指出此本与流行本文字上的不同。后集四十回则无一条评语。后集第一册的封面后页有"征求批评"的广告一页:

此书前集四十回,曾将与今本不同之点略为批出。此后集四十回中之优点,欲求阅者寄稿,无论顶批总批,只求精意妙论,一俟再版时即行加入。兹定润例如下:

一等　　　每千字　　　十元

二等　　　每千字　　　六元

三等　　　每千字　　　五元

再前集四十回中批语过简,倘蒙赐批,一律欢迎。

　　　　　　　　　　　　上海望平街有正书局启

这在当时是很高的报酬,所以小字本四十一回以后每回都有批语,大都是指此本与通行本的文字的不同。这是小字本的特别长处,值得特别指出。

(四)大陆上新出的《红楼梦书录》,其"版本"部分著录此本的大字本,说是"民国元年"(一九一二)石印的。这似是错的;若是民国元年印出的,书名不会题"国初抄本"了。孟真藏本没有初版年月。此书初印可能在宣统年间。

《书录》记小字本初印在民国九年(一九二○),再版在一九二七年。子水此本末叶题"中华民国十六年(一九二七)五月贰版"。

《书录》说小字本"系据大字本重新誊录上石",也是错的,说见上文。

　　　　　　　　　　　一九六一年五月六日　適之

有几处(十一,十二回),我曾用庚辰本给此本校补脱文,略示此本虽然出于一个很早的钞本,但有不少的缺点,因为石印时经过重钞,我们不知道这些缺点是出于原钞本,还是由于重钞时的错误。

戚蓼生是乾隆三十四年己丑(一七六九)的进士,做到福建按察使。周汝昌有详考。

　　　　　　　　　　　　(收入《胡适手稿》九集)

跋乾隆甲戌《脂砚斋重评石头记》影印本

我在民国十七年已有长文报告这个脂砚斋甲戌本是"海内最古的《石头记》钞本"了。今天我写这篇介绍脂砚甲戌影印本的跋文，我止想谈谈三个问题：第一，我要指出这个甲戌本在四十年来《红楼梦》的版本研究上曾有过划时代的贡献。第二，我要指出曹雪芹在乾隆甲戌年（一七五四）写定的《石头记》初稿本止有这十六回。第三，我要介绍原藏书人刘铨福，并附带介绍此本上用墨笔加批的孙桐生。

一、甲戌本在《红楼梦》版本史上的地位

我们现在回头检看这四十年来我们用新眼光、新方法搜集史料来做"《红楼梦》的新研究"总成绩，我不能不承认这个脂砚斋甲戌本《石头记》是最近四十年内"新红学"的一件划时代的新发见。

这个脂砚斋甲戌本的重要性就是：在此本发见之前，我们还不知道《红楼梦》的"原本"是什么样子；自从此本发见之后，我们方才有一个认识《红楼梦》"原本"的标准，方才知道怎样访寻那种本子。

我可以举我自己做例子。我在四十年前发表的《红楼梦考证》里，就有这一大段很冒失的话：

　　　　上海有正书局石印的一部八十回本的《红楼梦》,前面
有一篇德清戚蓼生的序,我们可叫他做"戚本"。……这部
书的封面上题着"国初钞本红楼梦"……首页题着"原本红
楼梦"。"国初钞本"四个字自然是大错的。那"原本"两字
也不妥当。这本已有总评、有夹评、有韵文的评赞,又往往
有"题"诗,有时又将评语钞入正文(如第二回),可见已是很
晚的钞本,决不是"原本"了……"戚本"大概是乾隆时无数
展转传钞本之中幸而保存的一种,可以用来参校程本,故自
有他的相当价值,正不必假托"国初钞本"。

　　我当时就没有想像到《红楼梦》的最早本子已都有总评,有夹评,
又有眉评的! 所以我看见"戚本"有总评,有夹评,我就推断他已
是很晚的展转传钞本,决不是"原本"。(俞平伯先生在《红楼梦
辨》里也曾说"戚本""决是展转传钞后的本子,不但不免错误,且
也不免改窜"。)

　　因为我没有想到《红楼梦》原本就是已有评注的,所以我在
民国十六年差一点点就错过了收买这部脂砚甲戌本的机会! 我
曾很坦白的叙说我当时是怎样冒失,怎样缺乏《红楼梦》本子的
知识:

　　　　去年(民国十六年)我从海外归来,接着一封信,说有一
部钞本《脂砚斋重评石头记》愿让给我。我以为"重评"的
《石头记》大概是没有价值的,所以当时竟没有回信。不久,
新月书店的广告出来了,藏书的人把此书送到店里来,转交
给我看。我看了一遍,深信此本是海内最古的《石头记》抄
本,就出了重价把此书买了。

近年上海中华书局出版的"一粟"编著的《红楼梦书录》新一版，记录我买得《乾隆甲戌脂砚斋重评石头记》的故事已曲解成了这个样子：

> 此本刘铨福旧藏，有同治二年、七年等跋；后归上海新月书店，已发出版广告，为胡适收买，致未印行。

大概三十多年后的青年人已看不懂我说的"新月书店的广告出来了"。这句话是说：当时报纸上登出了胡适之、徐志摩、邵洵美一班文艺朋友开办新月书店的新闻及广告。那位原藏书的朋友（可惜我把他的姓名地址都丢了）就亲自把这部脂砚甲戌本送到新开张的新月书店去，托书店转交给我。那位藏书家曾读过我的《红楼梦考证》，他打定了主意要把这部可宝贝的写本卖给我，所以他亲自寻到新月书店去留下这书给我看。如果报纸上没有登出胡适之的朋友们开书店的消息，如果他没有先送书给我看，我可能就不回他的信，或者回信说我对一切"重评"的《石头记》不感兴趣……于是这部世界最古的《红楼梦》写本就永远不会到我手里，很可能就永远被埋了！

　　我举了我自己两次的大错误，只是要说明我们三四十年前虽然提倡搜求《红楼梦》的"原本"或接近"原本"的早期写本，但我们实在不知道曹雪芹的稿本是个什么样子，所以我们见到了那种本子，未必就能"识货"，可能还会像我那样差一点儿"失之交臂"哩。

　　所以这部"脂砚斋甲戌钞阅再评"的《石头记》的发现，可以说是给《红楼梦》研究划了一个新的阶段，因为从此我们有了"石头记真本"（这五个字是原藏书人刘铨福的话）做样子，有了认识《红楼梦》"原本"的样准，从此我们方才走上了搜集研究《红楼梦》的"原本""底本"的新时代了。

在报告脂砚甲戌本的长文里,我就指出了几个关于研究方法上的观察:

(一)我用脂砚甲戌本校勘戚本有评注的部分,我断定戚本是出于一部有评注的底本。

(二)程伟元、高鹗的活字排印本是全删评语与注语的,但我用甲戌本与戚本比勘程甲本与程乙本,我推断程、高排本的前八十回的序本也是有评注的抄本。

(三)我因此提出一个概括的结论:《红楼梦》的最初底本就是有评注的。那些评注至少有一部分是曹雪芹自己要说的话;其余可能是他的亲信朋友如脂砚斋之流要说的话。

这几条推断都只是要提出一个辨认曹雪芹的原本的标准。一方面,我要扫清"有总评、有夹评,决不是原本"的成见。一方面,我要大家注意像脂砚甲戌本的那样"有总评、有眉评、有夹评"的旧钞本。

果然,甲戌本发见后五六年,王克敏先生就把他的亲戚徐星署先生家藏的一部《脂砚斋重评石头记》钞本八大册借给我研究。这八大册,每册十回,每册首叶题"脂砚斋凡四阅评过";第五册以下,每册首叶题"庚辰秋月定本",庚辰是乾隆二十五年(一七六〇),此本我叫做"乾隆庚辰本",我有《跋乾隆庚辰本脂砚斋重评石头记钞本》长文(收在《胡适论学近著》第一集,即台北版《胡适文存》第四集。)讨论这部很重要的钞本。这八册钞本是徐星署先生的旧藏书,徐先生是俞平伯的姻丈,平伯就不知道徐家有这部书。后来因为我宣传了脂砚甲戌如何重要,爱收小说杂书的董康、王克敏、陶湘诸位先生方才注意到向来没人注意的《脂砚斋重评本石头记》一类的钞本。大约在民国二十年，叔鲁就向我谈及他的一位亲戚家里有一部脂砚斋评本《红楼梦》。直到民国二十二年我才见到那八册书。

我细看了庚辰本，我更相信我在民国十七年提出的"红楼梦的最初底本是有评注的"一个结论。我在那篇跋文里就提出了一个更具体也更概括的标准，我说：

> 依甲戌本与庚辰本的款式看来，凡是最初的钞本《红楼梦》必定都称为"脂砚斋重评石头记"。

我们可以用这个辨认的标准去推断"戚本"的原本必定也是一部"脂砚斋重评本"；我们也可以推断程伟元、高鹗用的前八十回"各原本"必定也都题着"脂砚斋重评本"。

近年武进陶洙家又出来了一部《乾隆己卯（二十四年，一七六九年）冬月脂砚斋四阅评本石头记》，止残存三十八回：第一至第二十回，第三十一至第四十回，第六十一至第七十回，其中第十七、十八回还没有分开，又缺了第六十回、六十七回，是补钞的。这本己卯本我没有见过。俞平伯的《脂砚斋红楼梦辑评》说，己卯本三十八回，其中二十九回是有脂评的。据说此本原是董康的藏书，后来归陶洙。这个己卯本比庚辰本止早一年，形式也近于庚辰本。

近年山西又出了一部乾隆四十九年甲辰（一七八四）菊月梦觉主人序的八十回本，没有标明"脂砚斋重评本"。

但我看俞平伯辑出的一些评语，这个甲辰本的底本显然也是一个脂砚斋重评本。此本第十九回前面有总评，说："原本评注过多……反扰正文。删去以俟观者凝思入妙，愈显作者之灵机耳。"

总计我们现在知道的红楼梦的"古本",我们可以依各年代的先后,作一张总表如下:

(一)乾隆十九年甲戌(一七五四)脂砚斋钞阅再评本,止有十六回。有今年胡适影印本。

(二)乾隆二十四年己卯(一七五九)冬月脂砚斋四阅评本,存三十八回:第一至二十回(其中第十七、第十八两回未分开)。第三十一至四十回,第六十一至七十回(缺第六十四、六十七回)。

(三)乾隆二十五年庚辰(一七六〇)秋月定本"脂砚斋凡四阅评过",共八册,止有七十八回。其中第十七、第十八两回没有分开,第十七回首叶有批云:"此回宜分二回方妥。"第十九回尚无回目,第八十回也尚无回目。第七册首叶有批云:"内缺六十四、六十七两回。"又第二十二回未写完,末尾空叶有批云:"此回未成而芹逝矣!叹叹!丁亥(乾隆三十二年,一七六七)夏,畸笏叟。"第七十五回的前叶有题记:"乾隆二十一年(一七六五)五月初七日对清。缺中秋诗,俟雪芹。"此本有一九五五年"文学古籍刊行社"影印本,用己卯本补钞了第六十四、六十七回。……

(四)上海有正书局石印的戚蓼生序的八十回本,即"戚本"。此本也是一部脂砚斋评本,石印时经过重钞。原底本的年代无可考。此本已有第六十四、六十七回了;第二十二回已补全了,故年代在庚辰本之后。因为戚蓼生是乾隆三十四年己丑(一七六九)的进士,我们可以暂定此本为己丑本。此本有宣统末年(一九一一)石印大字本,每半叶

九行,每行二十字;又有民国九年(一九二〇)及民国十六年
(一九二七)石印小字本,半叶十五行,每行三十字。小字本
是用大字本剪黏石印的。大字本前四十回有狄葆贤的眉
批,指出此本与今本文字不同之处。小字本的后四十回也
加上眉批,那是有正书局悬赏征文得来的校记。

(五)乾隆四十九年甲辰(一七八四)梦觉主人序的八
十回本。此本虽然有意删削评注,但保留的评注使我们知
道此本的底本也是一部脂砚斋重评本。

(六)乾隆五十六年辛亥(一七九一)北京萃文书屋木
活字排印的《新镌全部绣像红楼梦》。这是程伟元、高鹗第
一次排印的一百二十回本。我叫他做"程甲本"。"程甲本"
的前八十回是依据一部或几部有脂砚斋评注的底本,后四
十回是高鹗续作的。此本是后来南方各种雕刻本、铅印本、
石印本的祖本。

(七)乾隆五十七年(一七九二)北京萃文书屋木活字
排印的《新镌全部绣像红楼梦》。这是程伟元、高鹗第二次
排印的"详加校阅,改订无讹"的一百二十回本。我叫他"程
乙本"。因为"程甲本"一到南方就有人雕板翻刻了,这个校
阅改订过的"程乙本"向来没有人翻板,直到民国十六年(一
九二七)上海亚东图书馆才用我的"程乙本"去标点排印了
一部。这部亚东排印的"程乙本"是近年一些新版的《红楼
梦》的祖本,例如台北远东图书公司的排印本,香港友联出
版社的排印本,台北启明书局的影印本,都是从亚东的"程
乙本"出来的。

这一张《红楼梦》古本表可以使我们明白:从乾隆十九年
(一七五四)曹雪芹还活着的时期,到乾隆五十七年(一七九

二)——就是曹雪芹死后的第三十年,在这三十八、九年之中,《红楼梦》的本子经过了好几次重大的变化:

第一,乾隆甲戌(一七五四)本:止写定了十六回,虽然此本里已说"曹雪芹披阅十载,增删五次";已有"十年辛苦不寻常"的诗句。

第二,乾隆己卯(二十四年、一七五九)、庚辰(二十五年,一七六〇)之间,前八十回大致写定了,故有"庚辰秋月定本"的检订。现存的"庚辰本"最可以代表雪芹死之前的前八十回稿本没有经过别人整理添补的状态。庚辰本仍旧有"披阅十载,增删五次"的话,但八十回还没有完全,还有几些残缺情形。

（一）第十七回还没有分作两回。

（二）第十九回还没有回目,还有未写定而留着空白之处(影印本二〇二叶上)。

（三）第二十二回还没有写完。

（四）第六十四回、六十七回,都还没有写。

（五）第七十五回还缺宝玉、贾环、贾兰的中秋诗。

（六）第八十回还没有定目。

第三,曹雪芹死在乾隆二十七年壬午除夕。周汝昌先生曾发现敦敏的《懋斋诗钞》残本有《小诗代简,寄曹雪芹》的诗,其前面第三首诗题着"癸未"(乾隆二十八年)二字,故他相信雪芹死在癸未除夕。我曾接受汝昌的修正。但近年那本《懋斋诗钞》影印出来了,我看那残本里的诗,不像是严格依年月编次的;况且那首"代简"止是约雪芹"上巳前三日"(三月初一)来喝酒的诗,很可能那时敦敏兄弟都还不知道雪芹已死了近两个月了。所以我现在回到甲戌本(影印本九叶至十叶)的记载,主张雪芹死在"壬午除夕"。

第四,从庚辰秋月到壬午除夕,止有两年半的光阴,在这一段时间里,雪芹(可能是因为儿子的病,可能是因为他的心思正用在试写八十回以后的书)好像没有在那大致写成的前八十回的稿本上用多大功夫,所以他死时,前八十回的稿本还是像现存的庚辰本的残缺状态。最可注意的是庚辰本第二十二回之后(影印本二五四叶)有这一条记录:

> 此回未成而芹逝矣!叹叹!丁亥(一七六七)夏。畸笏叟。

这就是说,在雪芹死后第五年的夏天,前八十回本的情形还大致像现存的庚辰本的样子。

第五,在雪芹死后的二十几年之中——大约从乾隆三十二年丁亥(一七六七)以后,到五十六年辛亥(一七九一)——有两种大同而有小异的《红楼梦》八十回稿本在北京少数人的手里流传钞写:一种稿本流传在雪芹的亲属朋友之间,大致保存雪芹死时的残缺情形,没有人敢作修补的工作,此种稿本最近于现存的庚辰本。另一种稿本流传到书坊庙市去了——"好事者每传钞一部,置庙市中,昂其值,(可)得数十金"——就有人感觉到有修残补缺的需要了,于是先修补那些容易修补的部分;(第十七回分作两回,加上回目;十九回也加上回目,抹去待补的空白;二十二回潦草补充;七十五回仍缺中秋诗三首;八十回补了回目。)其次补作那些比较容易补的第六十四回。最后,那很难补作的第六十七回就发生问题了。高鹗在"程乙本"的引言里说,"六十七回,此有彼无,题同文异,燕石莫辨。"可见当时庙市流传的本子,有不补六十七回的,也有试补此回而文字不相同的,戚本的六十七回就和高鹗的本子大不相同,而高本远胜于戚本。

第六,据浙江海宁学人周春(一七二九——一八一五)的《阅红楼梦随笔》，他在乾隆庚戌（五十五年，一七九〇）秋已听人说，有人"以重价购钞本两部，一为《石头记》八十回，一为《红楼梦》一百二十回，微有异同。……壬子（五十七年，一七九二）冬，知吴门坊间已开雕矣。……"周春在乾隆甲寅（五十九年，一七九四）七月记载这段话，应该可信，高鹗续作后四十回，合并前八十回，先钞成了百二十回的"全部《红楼梦》"，可能在乾隆庚戌秋天已有一百二十回的钞本出卖了。到次年辛亥（五十六年，一七九一），才有程伟元出钱用木活字排印，是为"程甲本"。周春说的"壬子冬，知吴门坊间已开雕矣"，那是苏州书坊得到了"程甲本"就赶紧雕版印行，他们等不及高兰墅先生"聚集各原本详加校阅，改订无讹"的"程乙本"了。

这是《红楼梦》小说从十六回的甲戌（一六五四）本变到一百二十回的辛亥（一七九一）本和壬子（一七九二）本的版本简史。如果没有三十多年前甲戌本的出现，如果我们没有认识《红楼梦》原本或最早写本的标准，如果没有这三十多年陆续发现的各种"脂砚斋重评本"，我们也许不会知道《红楼梦》本子演变的真相这样清楚吧？

二、试论曹雪芹在乾隆甲戌年写定的稿本止有这十六回

我在三十四年前还不敢说曹雪芹在乾隆十九年甲戌（一七五四）——在他死之前九年多——止写成了或写定了这十六回书。我在那时只敢说：

我曾疑心甲戌以前的本子没有八十回之多，也许止有二十八回，也许止有四十回。……如果甲戌以前雪芹已成八十回，那么，从甲戌到壬午（除夕），这九年之中雪芹做的

是什么书？……

我在当时看到的《红楼梦》古本很少，但我注意到高鹗的乾隆壬子（一七九二）本——即"程乙本"——的引言里说的"如六十七回，此有彼无，题同文异"。我就推论："这一点使我疑心八十回本是陆续写定的。"

后来我看到了庚辰（一七六〇）本，我仔细研究了那个"庚辰秋月定本"的残缺状态——如六十四、六十七回的全缺，如第二十二回的未写完——我更相信那所谓"八十回本"不是从头一气写下去的，实在是分几个段落，断断续续写成的；到了壬午除夕雪芹死时，八十回以后止有一些无从整理的零碎残稿，就是那比较成个片段的前八十回也还没有完全写完。

最近半年里，因为我计画要影印这个甲戌本，我时常想到这个很工整的清钞本为什么止有十六回，为什么这十六回不是连续的，为什么中间缺少第九到第十二回，又缺少第十七回到第二十四回。

在我进医院的前一天，我写了一封短信给香港友联出版社的赵聪先生，在那封信里我第一次很简单的指出我的新看法：就是说，曹雪芹在乾隆十九年甲戌写成的《红楼梦》初稿止有这十六回。我说：

> ……故我现在不但回到我民国十七年的看法："甲戌以前的本子没有八十回之多，也许止有二十八回，也许只有四十回。"我现在进一步说：甲戌本虽然已说"披阅十载，增删五次"，其实止写成了十六回。……故我这个甲戌本真可以说是雪芹最初稿本的原样子。所以我决定影印此本流行于世。

这封短信的日子是"五十，二，二十四日下午"。在二十六七小时之后，我就因心脏病被送进台湾大学医学院的附属医院了。

今天我要把那封信里的推论及证据稍稍扩充发挥，写在这里，请研究《红楼梦》本子沿革的朋友不客气的讨论教正。

甲戌本的十六回是这样的：

第一回到八回，

　　缺第九到第十二回，

第十三到第十六回，

　　缺第十七到二十四回。

第二十五回到第二十八回。

我可以先证明第十七回到第二十四回是甲戌本没有的，是后来补写的。试看乾隆庚辰（二十五年，一七六〇）秋月定本的状态：

（一）第十七回"大观园试才题对额，荣国府归省庆元宵"有二十七叶半之多，首叶题作"第十七回至十八回"。前面空叶上有批语一行："此回宜分二回方妥。"

（二）第十九回虽然另起一叶，但还没有回目，也还没有标明"第十九回"。

（三）庚辰本的第二十二回没有写完，只写到元春、迎春、探春、惜春的四个灯谜，下面就没有了。下面有一叶白纸，上面写着：

暂记宝钗制谜云：

"朝罢谁携两袖烟？琴边衾里总无缘。晓筹不用鸡人报，五夜无烦侍女添。焦首朝朝还暮暮，煎心日日复年年。光阴荏苒须当惜，风雨阴晴任变迁。"

此回未成而芹逝矣！叹叹！丁亥夏，畸笏叟。

这都可见第十七、十八、十九回是很晚才写成的,所以在庚辰秋月的"定本"里,那三回还止有一个回目。第二十二回写的更晚了,直到雪芹死后多年还在未完成的状态,所以后人有不同的补本,戚本补的第二十二回就和高鹗补的大不相同。(戚本保存惜春的谜,也用了宝钗的谜,还接近庚辰本;高鹗本删了惜春的谜,把宝钗的谜送给黛玉,又另作了宝钗、宝玉两人的谜。)

这样看来,甲戌本原缺的第十七到第二十四回是甲戌以后才写的,其中最晚写的是第二十二回:"此回未成而芹逝矣!"

其次,我要指出甲戌本原缺的第九到第十二回也是后来补写的,写的都很潦草,又有和甲戌本显然冲突的地方。

这回的内容是这样的:

第九回写贾氏家塾里胡闹的情形,是八十回里很潦草的一回。

第十回写秦可卿忽然病了,写张太医诊脉开方,说"这病尚有三分治得",又说,"今年一冬是不相干的,总是过了春分,就可望全愈了。"这就是说,秦氏不能活过春分了。

第十一回写秦氏病危了。"这年正是十一月三十日冬至。到交节的那几日,贾母、王夫人、凤姐儿,日日差人去看秦氏。"王夫人向贾母说,"这个症候遇着这样大节,不添病,就有好大的指望了"。过了冬至,十二月初二,凤姐奉命去看秦氏,"那脸上身上的肉全瘦干了"。凤姐儿从秦氏屋里出来,到尤氏上房坐下,尤氏道,"你冷眼瞧媳妇是怎么样?"凤姐儿低了半日头,说道,"这实在没法儿了。你也该将一应的后事用的东西料理料理,冲一冲也好。"

这是很明白清楚的说秦氏病危了,"实在没法儿了","一应的后事用的东西"都暗暗的预备好了。

这就到了第十一回的末尾了,忽然接上贾瑞"合该作死"的故事,于是第十二回整回写的是"贾瑞正照风月宝鉴"的故事——这一回里,贾瑞受了凤姐儿两次欺骗,得了种种重病,"诸如此症,不上一年都添全了。……倏又腊尽春回"……这分明又过了整一年了。这整一年里,竟没有人提起秦可卿的病了!

我们试把这四回的内容和甲戌本第十三回关于秦氏之死的正文、总评、眉评,对照着看,我们就可以明白前面的四回是后来补加进去的,所以其中有讲不通的重要冲突。

甲戌本的第十三回是这本子里最有史料价值的一卷,此回有几条朱笔的总评、眉评、夹评,是一切古本《红楼梦》都没有保存的资料。此回末尾有一条总评,说:

"秦可卿淫丧天香楼",作者用史笔也。老朽因有魂托凤姐贾家后事二件,嫡是安富尊荣坐享人能(难?)想得到处;其事虽未漏,其言其意则令人悲切感服,姑赦之。因命芹溪删去。

同叶又有眉评一条:

此回只十页。因删去天香楼事,少却四五页也。

"秦可卿淫丧天香楼"的"史笔"是删去了,那八个字的旧回目也改成"秦可卿死封龙禁尉"了。但甲戌本此回的本文和脂砚评语都还保存一些"不写之写",都是其他古本《红楼梦》没有的,甲戌本写凤姐在梦里:

还欲问时,只听得二门传事云牌连叩四下,正是丧钟,将凤姐惊醒。人回东府蓉大奶奶没了。凤姐闻听,吓了一

> 身冷汗。出了一会神，只得忙忙的穿衣服往王夫人处来。
> 彼时合家皆知，无不纳罕，都有些疑心。

此本"无不纳罕，都有些疑心"之上有眉评说：

> 九个字写尽天香楼事，是不写之写。

那九个字，庚辰本与甲戌本完全相同。己卯本我未得见，但据俞平伯"红楼梦八十回校本"的"校字记"九五页，己卯本与庚辰本都作：

> 无不纳罕，都有些疑心。

戚本改作了：

> 无不纳叹，都有些伤心。

程甲本原作：

> 无不纳闷，都有些疑心。

程乙本就改作了：

> 无不纳闷，都有些伤心。

但因为南方的最早雕本都是依据程甲本作底本的，所以后来的刻本和铅印本、石印本，也还有作"都有些疑心"的。（看俞平伯

《红楼梦研究》《论秦可卿之死》，一七七——一七八页。)但多数的流行本都改成了"无不纳闷，都有些伤心"。

我们现在看了甲戌、己卯、庚辰三个最古的脂砚斋评本，我们可以确知雪芹在甲戌年决心删去了"淫丧天香楼"四五叶原稿之后，还保留了"彼时合家皆知，无不纳罕，都有些疑心"十五个字的"不写之写"的史笔。

秦可卿是自缢死的，《红楼梦》的第五回画册上本来说的很清楚。画册的正册最后一幅：

> 画着高楼大厦，有一美人悬梁自缢。(此句文字从甲戌、庚辰两本及戚本)其判云：
> 情天情海幻情身。情既相逢必主淫。漫言不肖皆荣出，造衅开端实在宁。

曹雪芹在原稿里对于这位东府蓉大奶奶的种种罪过，原抱着一种很严厉的谴责态度。画册判词是一证。第五回写宝玉在秦氏屋里睡觉，是二证。第七回写焦大乱嚷乱叫："我要往祠堂里哭大爷去。那里承望到如今生下这些畜生来，……爬灰的爬灰，养小叔子的养小叔子！我什么不知道！咱们胳膊折了往袖子藏。"是三证。第十三回原标"秦可卿淫丧天香楼"的回目，又直写天香楼事至四五叶之多，是四证。在甲戌本写定之前，雪芹听了他最亲信的朋友(?)的劝告，决心"姑赦之"，才删去了那四五叶直写天香楼的事，才改十三回的回目作"秦可卿死封龙禁尉"。四证之中，删去了一证。但其余三证，都保存在甲戌本及后来几个写本里。在第十三回里，雪芹还故意留着"无不纳罕，都有些疑心"九个字的史笔。

我们不必追问天香楼事的详细情形了。我现在只要指出第十三回写秦可卿突然死去,无论是甲戌以前最初稿本直写"淫丧天香楼"的史笔,或是甲戌、己卯、庚辰各本保存的"无不纳罕,都有些疑心"的委婉写法,都可以用作证据,证明甲戌写定的《石头记》稿本还没有第十回到第十一回那样详细描写秦可卿病重到垂危的几回文字。如果可卿早已病重了,早已病到"一应的后事用的东西"都已"暗暗的预备了",这样病到垂危的一个女人死了,怎么会叫人"无不纳罕,都有些疑心"呢?

所以我们很可以推断:曹雪芹写"秦可卿淫丧天香楼"的原稿的时候,他压根儿就没有想写秦氏是病死的。后来他决定删去了"淫丧天香楼"的四五叶,他才感觉到不能不给秦氏捏造出"很大的一个症候",在很短的一个冬天,就病到了要预备后事的地步。在那原空着的四回里,秦氏的病况就占了两回的地位。但因为写秦氏病状的许多文字不是雪芹原来的计画,所以越想越不像了!本来要写秦氏活过了冬至,活不过春分的,中间插进了"正照风月宝鉴"的雪芹旧稿,于是贾瑞病了一年,秦氏也就得以挨过整整一年,到贾琏送林黛玉回南去之后,凤姐儿才梦见秦氏,接着就是丧钟四下,人回东府蓉大奶奶没了。

试看第八回末尾写贾氏家塾"现今司塾的贾代儒乃当代之老儒",是何等郑重的描写!再看第十三回凤姐儿梦里秦氏说贾氏家塾,又是何等郑重的想法!何以第九回写贾氏家塾竟是那样儿戏,那样潦草呢?何以第十一回写那位"当代之老儒"和他的长孙又是那样的不堪呢?

甲戌本第一回有一长段叙说《石头记》的来历,其中说:

　　……空空道人……遂易名为"情僧",改《石头记》为《情僧录》。至吴玉峰题曰《红楼梦》。东鲁孔梅溪则题曰:《风月宝鉴》。……

甲戌本这里有朱笔眉评一条,说:

> 雪芹旧有《风月宝鉴》之书,乃其弟棠村序也。今棠村
> 已逝,余睹新怀旧,故仍因之。

这一条评语是各种脂砚斋评本都没有的。这句话好像是说,《风月宝鉴》是曹雪芹写的一本短篇旧稿,有他弟弟棠村作序;那本旧稿可能是一种小型的《红楼梦》;其中可能有"正照风月宝鉴"一类的戒淫劝善的故事,故可以说是一本幼稚的《石头记》。雪芹在甲戌年写成十六回的小说初稿的时候,他"睹新怀书",就把《风月宝鉴》的旧名保留作《石头记》许多名字的一个。在甲戌之后,他需要补作那原来缺了许久的第九回到第十二回,他不能全用那四回地位来捏造秦氏的病情,于是他很潦草的采用了他的《风月宝鉴》旧稿来填满那缺卷的一部分。因为这个故事本是从前写的,勉强插在这里,所以就顾不到前面叙说秦氏那样垂死的病情,在那时间上就不得不拖延了一整年了。

　　我提出这四回的内容和第十三回的种种冲突,来证明第九回到第十二回是甲戌初稿没有的,是后来补写的。

　　所以我近来的看法是,曹雪芹在甲戌年写定的稿本只有这十六回——第一到第八回,第十三到第十六回,第二十五回到第二十八回。中间的缺卷,第九到第十二回,第十七到第二十四回,都是雪芹晚年才补写的。

三、介绍原藏书人刘铨福
附记墨笔批书人孙桐生

　　我在民国十六年夏天得到这部世间最古的《红楼梦》写本的

时候,我就注意到首叶前三行的下面撕去了一块纸:这是有意隐没这部抄本从谁家出来的踪迹,所以毁去了最后收藏人的印章。我当时太疏忽,没有记下卖书人的姓名住址,没有和他通信,所以我完全不知道这部书在那最近几十年里的历史。

我只知道这部十六回的写本《石头记》在九十多年前是北京藏书世家刘铨福的藏书。开卷首叶有"刘铨畐子重印"、"子重"、"髣眉"三颗图章;第十三回首叶总评缺去大半叶,衬纸与原书接缝处印有"刘铨畐子重印",又衬纸上印"专祖斋"方印。第二十八回之后,有刘铨福自己写的四条短跋,印有"铨"、"福"、"白云吟客"、"阿瘟瘟"四种图章。"仿眉"可能是一位女人的印章?"阿瘟瘟"不是别号,是苏州话表示大惊奇的叹词,见于唐寅题《白日升天图》的一首白话诗:"只闻白日升天去,不见青天降下来。有朝一日天破了,大家齐喊'阿瘟瘟!'"刘铨福刻这个图章,可以表示他的风趣。

十四回首叶的"专祖斋"方印,是刘铨福家两代的书斋,"专祖"就是"砖祖",因为他家收藏有汉朝河间献王宫里的"君子馆砖",所以他家住宅称为"君子馆砖馆",又称"砖祖斋"。叶昌炽《藏书纪事诗》卷六有一首记载刘铨福和他父亲刘位坦的诗,有"河间君子馆砖馆,厂肆孙公园后园"之句,叶氏自注说:

> 刘宽夫先生名位坦,(其子)子重名铨福,大兴人,藏弄极富。……先生……因得河间献王君子馆砖,名其居曰君子馆砖馆,又曰砖祖斋。所居在后孙公园。其门帖云"君子馆砖馆,孙公园后园"。今其孙尚守旧宅,而藏书星散矣。

"专祖"就是说那是砖的老祖宗。刘位坦是道光五年乙酉(一八二五)的拔贡,经过庭试后,"爱自比部,逮掌谏垣",咸丰元年(一八五一)由御史出任湖南辰州府知府。咸丰七年(一八五七)他从辰州府告病回京,他死在咸丰十一年(一八六一)。他是一位博学的金石书画收藏家,能画花鸟,又善写篆隶。刘位坦至少有一个儿子,四个女儿。有一个女儿嫁给太原乔松年,一个女儿嫁给贵筑黄彭年,这两位刘小姐都能诗能画,他们的夫婿都是当时的名士。黄彭年《祭外舅刘宽夫先生文》(《陶楼文钞》十四)说他"博嗜广究,语必穷源,书惟求旧"。又说他"广坐论学,谓有直横,横浩以博,直一以精",这就颇像章学诚的"横通"论了。

刘铨福字子重,号白云吟客,曾做到刑部主事。他大概生在嘉庆晚年,死在光绪初年(约当一八一八——一八八〇)。在咸丰初年,他曾随他父亲到湖南辰州府任上。我在台北得看见陶一珊先生家藏的刘子重短简墨迹两大册,其中就有他在辰州写的书札,一册在一九五四年影印《明清名贤百家书札真迹》两大册(也是中央印制厂承印的)。其中(四四八页)收了刘铨福的短简一叶,是咸丰六年(一八五六)年底写的,也是辰州时期的书简。这些书简真迹的字都和他的《石头记》四条跋语的字相同,都是秀挺可喜的。《百家书札真迹》有丁念先先生所撰的小传,其中刘铨福小传偶然有些错误(一为说"刘畐字铨福";一为说"咸同时官刑部,转湖南辰州知府",是误把他家父子认作一个人了),但传中说他:

　　　　博学多才艺;金石、书画、诗词,无不超尘拔俗;旁及谜子、联语,亦皆匠心独运。

这几句话最能写出刘铨福的为人。

刘铨福收得这部乾隆甲戌本《石头记》是在同治二年癸亥(一八六三),他有癸亥春日的一条跋,说:

> ……此本是《石头记》真本。批者事皆目击，故得其详也。癸亥春日，白云吟客笔。

几个月之后，他又写了一跋：

> 脂砚与雪芹同时人，目击种种事，故批语不从臆度。原文与刊本有不同处，尚留真面。……五月二十七日阅，又记。

这两条跋最可以表示刘铨福能够认识这本子有两种特点：第一，"此本是石头记真本"。"原文与刊本有不同处，尚留真面"。第二，"批者事皆目击，故得其详"。"脂砚与雪芹同时人，目击种种事，故批笔不从臆度"。这两点都是很正确的认识。一百年前的学人能够有这样透辟的见解，的确是十分难得的。

他所以能够这样认识这个十六回写本《红楼梦》，是因为他是一个不平凡的收藏家，收书的眼光放大了，他不但收藏了各种本子的《红楼梦》，并且能欣赏《红楼梦》的文学价值。甲戌本还有他的一条跋语：

> 《红楼梦》非但为小说别开生面，直是另一种笔墨。昔人文字有翻新法，学梵夹书。今则写西法轮齿，仿《考工记》。如《红楼梦》实出四大奇书之外，李贽、金圣叹皆未曾见也。戊辰（同治七年，一八六八）秋记。

这是他得此本后第六年的跋语。他曾经细读《红楼梦》，又曾细读这个甲戌本，所以他能够欣赏《红楼梦》"直是另一种笔墨……李贽、金圣叹皆未曾见"；所以他也能够认识这部十六回的《红楼梦》残本是"《石头记》真本"，又能承认"脂砚与雪芹同时人，目击种种事，故批笔不从臆度"。

甲戌本还有两条跋语，我要作一点说明。

此本有一条跋语，是刘铨福的两个朋友写的：

> 《红楼梦》虽小说，然曲而达，微而显，颇得史家法。余向读世所刊本，辄逆以己意，恨不得作者一谭。睹此册，私幸予言之不谬也。子重其宝之。青士、椿余同观于半亩园，并识。乙丑（同治四年，一八六五）孟秋。

青士是濮文暹，同治四年三甲十二名进士；椿余是他的弟弟文昶，同治四年三甲五十九名进士。他们是江苏溧水人。半亩园是侍郎崇实家的园子。濮氏兄弟都是半亩园的教书先生。

还有一条跋语是刘铨福自己写的，因为这条跋提到在这个甲戌本上写了许多墨笔批语的一位四川绵州孙桐生，所以我留在最后作介绍。刘君跋云：

> 近日又得"妙复轩"手批十二册，语虽近凿。而于《红楼梦》味之亦深矣。云客又记。

此跋"云客又记"，大概写在癸亥两跋之后，此跋旁边有后记一条，说：

> 此批本丁卯（同治六年，一八六七）夏借与绵州孙小峰太守，刻于湖南。

我们先说那个"妙复轩"批本《红楼梦》十二巨册。"妙复轩"

评本即"太平闲人"评本,果然有光绪七年(一八八一)湖南"卧云山馆"刻本,有同治十二年(一八七二)孙桐生的长序,序中说:

> 丙寅(同治五年,一八六六)寓都门,得友人刘子重贻以"妙复轩"《石头记》评本。逐句疏栉,细加排比,……如是者五年。……

刻本又有光绪辛巳(七年,一八八一)孙桐生题诗二首,其诗有自注云:

> 忆自同治丁卯得评本于京邸……而无正文;余为排比,添注刻本之上;又亲手合正文评语,编次钞录。……竭十年心力,始克成此完书。……

这两条都可以印证刘铨福的跋语。

刻本有光绪二年(一八七六)孙桐生的跋文,他因为批书的"太平闲人"自题诗有"道光三十年秋八月在台湾府署评《石头记》成"的自记,就考定"太平闲人"是道光末年做台湾知府的全卜年。这是大错的。

近年新出的一粟的《红楼梦书录》新一版(页四八——五七)著录《妙复轩评石头记》钞本一百二十回,有五桂山人的道光三十年跋文,明说批书的人是张新之,道光二十一年(一八四一)和他同客莆田;二十四年(一八四四)评本成五十卷,新之回北京去了;四五年之后,"同游台湾,居郡署……阅一载,百二十回竟脱稿。……"张新之的籍贯生平无可考,可能是汉军旗人,但他不是台湾府知府,只是知府衙门里的一位幕客,这一点可以改正孙桐生的错误。

孙桐生，字小峰，四川绵州人，咸丰二年（一八五二）三甲一百十八名进士，翰林散馆后出知酃县，后来做到湖南永州府知府。他辑有《国朝全蜀诗钞》。

这部甲戌本第三回二叶下贾政优待贾雨村一段，有墨笔眉评一条，说：

> 予闻之故老云，贾政指明珠而言，雨村指高江村（高士奇）。盖江村未遇时，因明珠之仆以进身，旋膺奇福，擢显秩。及纳兰执败，反推井而下石焉。玩此光景，则宝玉之为容若（纳兰成德）无疑。请以质之知人论世者。
>
> 同治丙寅（五年）季冬，左绵痴道人记。（此下有"情主人"小印）

这位批书人就是绵州孙桐生。（刻本"妙复轩"批《红楼梦》的孙桐生也说"访诸故老，或以为书为近代明相而作，宝玉为纳兰容若。……若贾雨村，即高江村也。……"）我要请读者认清他这一条长批的笔迹，因为这位孙太守在这个甲戌本上批了三十多条眉批，笔迹都像第三回二叶这条签名盖章的长批。（此君的批语，第五回有十七条，第六回有五条，第七回有四条，第八回有四条，第二十八回有两条。）他又喜欢校改字，如第二回九叶上改的"疑"字；第三回十四叶上九行至十行，原本有空白，都被他填满了；又如第二回上十一行，原作"偶因一着错，便为人上人"，墨笔妄改"着错"为"回顾"，也是他的笔迹。（庚辰本此句正作"偶然一着错"。）孙桐生的批语虽然没有什么高明见解，我们既已认识了他的字体，应该指出这三十多条墨笔批语都是他写的。

一九六一年五月十八日

（载《作品》二卷六期）

康熙朝的杭州织造

《掌故丛编》二十九期有苏州织造李煦密折二十件,其康熙四十年三月一折云:

> ……去年十一月内奉旨,三处织造会议一人往东洋去,钦此钦遵。……今年正月传集江宁织造臣曹寅,杭州织造臣敖福合,公同会议得杭州织造乌林达莫尔森可以去得,令他前往。但出洋例候风信,于五月内方可开船。现在料理船只,以便至期起行。……

又六月折云:

> ……臣煦等恐从宁波出海商舶颇多,似有招摇,议从上海出去,隐蔽为便。莫尔森于五月二十八日自杭至苏,六月初四日在上海开船前往矣。

又十月折云:

> ……莫尔森于十月初六日回至宁波,十一日至杭州,十五日至苏州,十六日即从苏州起行进京……

这三折可见当时中国与日本之间的商船往来的便利，又可见苏、杭两织造兼营对外国的商业贸易。《红楼梦》十六回凤姐儿说：

> 我们王府里也预备过（接驾）一次。那时我爷爷专管各国进贡朝贺的事，凡有外国人来，都是我们家养活，粤、闽、滇、浙所有的洋船货物都是我们家的。

赵嬷嬷道：

> 那是谁不知道的？ 如今还有个俗语儿呢，说，"东海少了白玉床，龙王来请金陵王。"这说的就是奶奶府上了。

这些话不是没有历史背景的。

乾隆元年刻成的《浙江通志》（民国廿三年商务影印光绪廿五年浙江官书局重刊本）一百廿一，织造府的织官表如下：

金遇知	康熙八年任
敖福合	康熙卅一年任
孙文成	康熙四十五年任
李秉忠	雍正六年任
许梦闳	雍正六年任
隆　升	雍正九年任

《通志》不记此诸人之籍贯资历。孙文成可能也是曹寅家的亲戚，《永宪录》说曹寅的母亲孙氏是康熙帝的保母。康熙帝三十八年南巡：

　　驻跸金陵尚衣署中，时内部郎中臣曹寅之母封一品夫人，孙氏叩颡墀下，兼得候皇太后起居，问其年已六十有八，衷宸益加欣悦，遂书"萱瑞堂"以赐之。（毛际可《安序堂文钞》十七，《萱瑞堂记》。）

冯景也有记文：

　　……康熙己卯夏四月，皇帝南巡回驭，止跸于江宁织造臣曹寅之府。寅绍父官，实维亲臣、世臣，故奉其寿母孙氏朝谒。上见之，色喜，且劳之曰，"此吾家老人也。"赏赉甚厚……遂御书"萱瑞堂"三大字以赐。……（《解春集文钞》四，《萱瑞堂记》。以上两件，均引见周汝昌《新证》页三一七——三一九）

《永宪录》说曹寅母为圣祖保母，似不是没有根据的话。孙文成可能是孙氏的一家？曹寅康熙四十五年七月初一折云："蒙圣旨令臣孙文成传谕臣曹寅：三处织造视同一体，须要和气。若有一人行事不端，两个人说他，改过便罢；若不悛改，就会参他。不可学敖福合妄为。钦此。……臣寅……谨记训旨，刻不敢忘。从前三处委实参差不齐，难逃天鉴。今蒙训旨，臣等虽即草木昆虫，亦知仰感圣化。况孙文成系臣在库上时曾经保举，实知其人，自然精白乃心，共襄公事。……"（《文献丛编》第十辑）此折未说孙文成是曹寅的亲戚，止说"系臣在库上时曾经保举，实知其人"。

　　当再查《浙江通志》，看看敖福合的事，看他如何"妄为"。

　　　　　　　　　　　　　　　　　一九六一.五.廿一夜

后　记

《浙江通志》五二,《水利》一,杭州府"城内河":

> 大河旧为盐桥运河,小河旧为市河。……西河旧为清湖河,东运河旧为菜市河。……康熙廿三年钱塘裘炳泓具呈请开城河,有"城内河道日就淤塞,殆三百余年矣"之语。廿四年巡抚赵士麟力行开濬,自起工至迄工,仅六月。邵远平有《濬河记》,记赵公开河的成绩:"其已塞而全疏者……凡十二里,以丈计者一千四百四十有奇。其流浅而濬者,凡二十五里,以丈计者三千一百有奇,黄白金以两计者凡二万有余,役以工计者凡二十余万。……使三百年久湮之美利一旦尽复,而吾杭人如鲠得吐,如痹得仁,欣然有乐生之渐!……"

此下记织造孙文成开河事:

> (康熙)四十四年,织造孙文成议辟涌金水门,引水入城,自溜水桥开河,广五尺,深八尺,至三桥,折而南,又转东至府前,以备圣驾南巡御舟出入焉。

又卷三十,公署一:

> 织造府在太平坊。……国朝撤中官而掌以内务府官,织造御用袍服。顺治四年,督理杭苏织造工部侍郎陈有明重修。

注引陈有明《织造府碑记》：

> 织造有东西两府。东府为驻扎之地，西府则专设机张。西府圮坏过多，悉为整理。……复于东府，自堂帘卧室之侧，悉置匠作，以供织挽。荒芜整顿，焕然一新。……

此后叙孙文成捐修东府事：

> 康熙四十五年，织造孙文成捐修东府，预备圣祖南巡驻跸，绘图勒石焉。复于大门之外购买民地，开濬城河，以达涌金门。大门内为仪门，为通道，为大堂。……后有二堂。堂后为宅门，为衙堂，为内宅门，为住房，为大库。府之外，复有织染、总织、西府三局。年久倾圮，雍正八年织造许梦闳捐资重葺。

合看两卷所记，似孙文成开城河水入城"至府前"是到织造府前。

一九六一·五·廿三

《浙江通志》卷一百廿一职官十一

> 织造府（排在总督，巡抚都察院，提督学政，巡按御史，巡盐御史之下；而在北关、南关监督，海关监督，布政使，按察使之上！）

哈士	康熙元年任
桑格	康熙二年任
常明	康熙三年任
金遇知	康熙八年任
敖福合	康熙卅一年任

孙文成　康熙四十五年任

李秉忠　雍正六年任

许梦闳　雍正六年任　　七年兼管理北南关监督

隆升　　雍正九年任　　九年兼管理北南关监督

（收入《胡适手稿》第九集中册）

答李孤帆书

孤帆兄：

几年不通音问了，忽然张贵永先生给我看你三月十六日的长信，我才知道你们的近况，我很高兴。

谢谢你问候我的病，谢谢你提及曹雪芹画像的下落。

祖莱的报告，可惜我知道太晚了。我在去年十一二月里，曾写"所谓'曹雪芹小像'的谜"短文，给《海外论坛》一月号。（香港友联社印刷发表；又给《新时代》一卷四期转载。不知你看见此文没有？此文颇有责问祖韩的话。我曾剪下此文，寄给祖法，他已寄给祖韩了。我盼望你和祖莱都能看见此短文。如香港已找不到上说的两个刊物，乞告我，当觅一份寄上。）

祖莱的话使我很感兴趣。难道我疑心的一些作伪的痕迹，——如"旅云王冈写"的题款，王南石的二印章，如"壬午春三月"的题字，——都是在此画"被劫"之后才加上去的吗？祖韩受的冤枉不小了。

祝你和葆真都好。

适之　一九六一.五.廿五

（见胡颂平《胡适之先生年谱长编初稿》第十册）

与李孤帆书

孤帆兄：

前寄一信，想已收到了。

今剪寄我的短文，请你看看。如祖莱在港，也可以给他看看。

香港可以买到吴恩裕的《有关曹雪芹八种》，他谈曹雪芹画像是在八七页，八八页，八九—九一页。

此画虽被劫，而劫此画的人至今不敢出面，故至今仍说此画是"李祖涵旧藏"，"仍在收藏者之手，惟不肯示人耳"。吴恩裕说他曾托张国淦函祖韩，张又曾转托翁文灏函商，祖韩均不答复。现在想来，想是祖韩不敢再说"被劫"之事，更不敢说出"劫"者是谁？

祖莱若知"劫"者是谁，能告我否？

匆匆敬问你和葆真都安好。

适之　一九六一. 五. 廿八

（见胡颂平《胡适之先生年谱长编初稿》第十册）

答李祖法书

祖法兄：

　　谢谢你五月廿九日的信。

　　芑均兄已见过几次。

　　祖莱已见过否？"劫"此画者是谁？何年"被劫"？

　　至今此画的新主人还不曾出面，故此画的"照片"流传在大陆上还传说是"李祖涵旧藏"，还说"此画已运香港"，或说"此画仍在收藏者之手，惟不肯示人耳"！因此，吴恩裕（北大政治系教授，近年始注意《红楼梦》掌故）在一九五五、一九五六，曾托人写信问祖韩，均未得复。

　　祖韩所以不复信，原因大致如你信上所说，及孤帆转述祖莱所说。祖莱说的是：祖韩"被劫时亦未摄影留存"（此画及画上的题咏）。

　　我疑心那"劫"画的人就是造作那三件伪证的人，（一）"旅云王冈写"一行字，（二）"南石"、"冈"两小印，（三）"壬午春三月"一行字。此三项，我在三十年前见祖韩此幅时，就没有看见。（我绝不记得曾见此三事。）叶誉虎写信给我，也没有提及此三事。可能还有第（四）项伪证物，就是"幽篁图"或"独坐幽篁图"的标题。

　　我今夏去纽约，要把旧日记几十册带回来，我一定要翻出我当日记的话及叶誉虎的原信。

　　总而言之,原有的乾隆大名公八九人的题咏是永远要被埋葬或毁灭了。画上现在添出了这三四件有意作伪的题记及印章,而隐藏原题咏,与造作新题记及印章的责任,至今还由"上海李祖涵氏"负责! 这是劫画的人所以至今还不出面的原因。你想我的看法对不对?

　　寄上一份我的小文,可以与祖莱看看。

　　　　　　　　　　適之　一九六一.五.卅一

　　　　　（见胡颂平《胡适之先生年谱长编初稿》第十册）

答李孤帆书（节录）

孤帆兄：

谢谢你五月卅日及六月一日的两封信。

祖莱肯为那幅画象再去函祖韩，我十分感谢。请你告诉祖莱，最要紧的是那些乾隆名人的题咏的全部，其次是"旅云王冈写"，"王冈的两个印章"，及"壬午春三月"，"独坐幽篁图"等四项是否原画上所有的题记。

......

你收集的《红楼梦》的著作确实很丰富。六月一日信上开的书目使我歆羡！（我收的"程甲本"、"程乙本"都没有带出来。你的书目里的书，我大致都有。）但你的《红楼梦集评》计画，我觉得太广泛，太杂，不容易断制选择。你看见我的《甲戌脂砚斋重评本》影印本及我的长跋没有？香港预约的五百部，已寄出了，你若已预约了，你可以看看我的长跋，就可以知道这个问题的复杂性。你若没有预约，我当设法寄一部给你。

有许多文章是不值得收集的，如李辰冬、林语堂、赵冈、苏雪林……诸人的文字。"集评"一名，似也不甚妥。因为"集评"一名词不能包括这四十年中出来的原料，如故宫发现的曹寅父子三人一百多件密折及朱批——曹寅之妻李氏是李煦之妹——如周汝昌的《楝亭图》四大卷的资料，如近年出现的曹雪芹的朋友的诗文集，如敦诚、敦敏诸人的诗之类，"集评"一名也不能包括四十年来出现的红楼本子，如我的"甲戌本"之类。

　　这个问题，你没有好好的想过，此时谈论不能畅达，似宜暂时先着手收集资料，下次再谈如何整理。

　　你不妨重读我的《红楼梦考证》，看我如何处理这个纷乱的问题。我在那时（四十年前）指出"《红楼梦》的新研究"只有两个方面可以发展：一是作者问题，一是本子问题，四十年来"新红学"的发展，还只是这两个问题的新资料的增加而已。

　　匆匆奉复，写得太长了，暂且打住了。敬祝
双安

　　　　　　　　　　　适之　一九六一.六.五
　　　　　（见胡颂平《胡适之先生年谱长编初稿》第十册）

答 赵 聪 书 (节录)

赵聪先生：

　　谢谢你六月廿四日的信。我从你此信里，和刘甫林兄的信里，摘引了几句话——赞扬《甲戌本石头记》的印制精工的话——写信去谢中央印制厂的主持人。他们收到了我致谢的信，听说很高兴，听说他们要在一个厂中同人的通讯刊物上发表我的信和你们赞许的话。我若收到那刊物，一定寄一份给你。

　　友联重印的《红楼梦》初版卖完，即将再版，我盼能得"再版"一部。

　　我觉得俞平伯的《红楼梦八十四回校本》(四册，其一二册是八十回校本，第三册全是校字记，第四册是后四十回，作为附录)在今日还是第一善本。你若没有细看，请你找来一校，便知此本真不愧为他三十年的功力的结果！

　　……

　　　　　　　　　　　　胡适　一九六一.七.廿四

　　(见胡颂平《胡适之先生年谱长编初稿》第十册)

答苏雪林书

雪林：

谢谢你的信。

这回你来南港小住，使我得多见你几次，我很高兴。可惜我们没能多谈谈。

我劝你不要轻易写谈《红楼梦》的文字了。你没有耐心比校各种本子，就不适宜于做这种文字。

《作品》上的文字是赵冈写的，不是赵聪写的，你给我的信上说是"赵聪文"，难道我抓住了这一个误字，就可以写一篇文章说苏雪林如何如何吗？

同一封信里，你把董同龢作"董仲龢"，我抓住了第二个误字，难道又可以用作证据来证明什么吗？

赵冈先生是一位学经济的，他在几年前偶然对《红楼梦》发生兴趣，写了无数文字，越写越走上了一个牛角尖里去了。我也曾托人劝过他，他虽然不肯听，但他却真发愤搜集材料，搜集版本。他是很有耐心的，故能细心比较文字，有时有很可注意的发现。

你在这里小住的时候，我本想请你看看我的书房里现有的《红楼梦》版本：

　　甲戌脂本　　　　存十六回

庚辰脂本　　　　八十回本

戚蓼生本　　　　八十回本

　　俞平伯的《红楼梦八十回校本》这是一部最好的"汇校本"，单是"校字记"就有六百九十多页！

　　你连戚本都没有校过，又不曾比勘俞平伯的汇校本，千万不可用庚辰本的"别字，错字，及不通文句"来说，"当亦出于曹雪芹手笔"！你没有做过比勘本子的工夫，那有资格说这样武断的话！难道别本上的不"别"字，不"错"字，"通"的文句就不"出于曹雪芹手笔"了吗？

　　不必听章君毅的话，你多挑一个题目写文字吧。办杂志的人叫你写《红楼梦》的文字，那是"唯恐天下不乱"的心理，他不管苏雪林女士晚年目力与体力与耐心是否适宜于做这种需要平心静气的工夫而不可轻易发脾气的工作！

　　你听听老师的好心话吧！

　　　　　　　　　　　　适之　一九六一.十.四

　　（见胡颂平《胡适之先生年谱长编初稿》第十册）

答苏雪林书（节录）

雪林：

谢谢你的信。

你肯决定不写《红楼梦》的文章，我很高兴。

昨天院中布置双十节展览"善本书"，要我的《脂砚斋石头记》也参加。我因此翻看几个旧写本《红楼梦》与各种刻本、排本。我试举一两个例子，寄给你看看。

（一）你试翻我的影印本八三页上六行"刘姥姥"下注：

> 音老，出《谐声字笺》，称呼毕肖。

又看八三页上七行，又下十行，又八五页下三行作"刘嫽嫽"，又八六页上五行，又上八行，皆作"刘嫽嫽"。八六页下四行，又下十一行同，又八七页下二行，下十一行；八八页上七行，下二行；又八九页下六行，又九十页下三行，九一页上十一行，也作"嫽嫽"。

我们看这一回（第六回）里，现行的印本把"刘姥姥"都改作"刘老老"，凡六十四次之多。而我的写本，作"姥姥"的四十七次，作"嫽嫽"的十七次。庚辰本一律作"姥姥"。看甲戌本的注语"姥音老，出《谐声字笺》"，可知"嫽嫽"是最初写法，后来改"姥姥"，但改之不尽，还留下十七处作"嫽嫽"。原注的意思是说，此字读"老"音,但用于老女人,应写作"姥姥"。曹雪芹为这一个字,先用"嫽嫽",后来依据《谐声字笺》改为"姥姥"。刻本改"姥姥"为"老老",起于"程甲本"与"程乙本",这两木活字排本,为了避免刻"姥"字,一律改作"老老",——这样一来,作者先作"嫽嫽"后改作"姥姥"的一番苦心,就完全看不出了。

(二)你试翻我的影印本八五页下二行"进城逛去",下注云:

> 音先去声,游也。出《谐声字笺》。

九五页下三行有"只管来徎徎",庚辰本,一一八页二行,作"进城旷去",一三二页一行作"只管来旷旷"(庚辰本此回无脂批注),程氏排本用"逛"字,以后南方刻本也都用"逛"字。

若没有甲戌本保存的"徎"字与原注文,我们就无从知道二百年前的作者为这一个俗字费的心血了。

(编者按:胡适在这一段信头上又写:"旷"字不是光去声,也没有游玩之义。"逛"字见于《康熙字典》,引《集韵》古况切,音诳,欺也。又《等韵》狂上声,《玉篇》走貌。)

(三)你试翻我的影印本八五页下六行:

> 刘姥姥便不敢进去,且弹弹衣服,又教了板儿几句话,然后侦到角门前。(编者按:原信傍批"侦字神理"。)

又下八行:

> 刘姥姥只得侦上来,向"太爷们纳福!"

又九十页下五行：

　　方侦到这边屋内来。

这三个例子，庚辰本都改了：

　　（a）然后走到角门前。　　（程乙本作"溜"）
　　（b）只得蹭上来　　（程乙本作"蹭"）
　　（c）方过这边屋里来。　　（程乙本作"方蹭到这边屋内"。）

再看南方刻本：

　　（a）然后蹲在角门前。
　　（b）只得挨上前来。
　　（c）方蹭到这边屋内。

　　你看了这一个"侦"字的历史，就可以明白二百年前的作者寻一个合乎活语言的字有多么大的困难！

　　看以上的三个俗字，——嬲（姥）、徃、侦，——我们可以懂得古人用活语言作文学真不是一件容易的工作。曹雪芹这三个字，真费了一番苦心。然而稿本到了别人手里，这三个辛苦写定的字都轻轻的被人乱改换了！（"侦"字是《康熙字典》有的。）

　　你认得"聻"字吗？那是中古白话文字里的"呢"字。

　　你认得"懑"字吗？那是"我们""你们"的"们"字。

　　懂得一千年前或二三百年前古人造俗字的艰难，我们就不会轻易谈"白字"、"别字"了。

以上几个例子也可以略表示甲戌本早于一切写本。

……

　　　　　　　　　　　适之　一九六一.十.十夜

（见胡颂平《胡适之先生年谱长编初稿》第十册）

答翁慧娟书

雅南：

你的《红楼梦杂记》，你给你妹妹的信，我都看了。（我还没有看见你的"一团和气"。）

我觉得你的杂记是可以发表的。你读小说很细心；有些很有趣味的新发见，是细心比勘本子的人才能够指出的。你指出的庚辰脂本六十九回及七十三回比高本（程乙本）多出不少的字，都是值得指出的。

但七十三回的邢夫人一段话，颇与冷子兴说的贾家的世系有些不相合的地方。你已指出脂庚本"那赦公也有二子，长名贾琏"，我藏的甲戌脂本与庚辰本同。你引的高本"也有一子名叫贾琏"似是亚东版改本；程高本实作"也有二子，次名贾琏"。

第二回说迎春，各本有这样的不同：

甲戌本	二小姐乃赦老爹前妻所出。
庚辰本	二小姐乃政老爹前妻所出。
己卯本	二小姐赦老爷之女，政老爹养为己女。（据俞平伯校本）
程甲乙本	二小姐乃是赦老爷姨娘所出。
戚本	二小姐赦老爷之妾所出。
	（俞平伯合校本，"疑当作'赦老爷前妾所出'"。）

看七十三回邢夫人的话,显然甲戌本与庚辰本第二回关于迎春的话都有错了,这一点颇像我早年指出的第二回冷子兴说"第二胎生了一位小姐,生在大年初一……不想次年又生一位公子,说来奇怪",宝玉比元春止小一岁,与十八回说他们"虽为姊弟,有如母子",不相符合——这些地方好像都只表示曹雪芹的小说是陆陆续续,先先后后,不是一气写成的;他又常在贫病之中,精神有时不能贯注:后来书未写成,他就死了,没有修改调整的机会,致劳后人的各种方式的修正。

你的两点结论,一,贾琏不是邢夫人所生;二,也不是与迎春同母,我想都很对的。

你从一点女人的观点来看《红楼梦》,看出了许多东西,往往有我们男人不注意的。

六十五回庚辰本写尤三姐有"一对金莲,或敲,或并,没有半刻斯文",你指出全部《红楼梦》的女人,止有尤三姐写得是小脚,这一点好像没有人指出过。俞平伯的《红楼梦八十回板本》是用八种本子合校的,有六十五回的钞本凡有四种;庚辰本、己卯本、戚本、山西新出来的甲辰本,都有这十三个字(戚本作"或翘")。我曾请一位满洲贵族后人看这一段,问他,"这里写的还止是说两只活泼的脚,还是说一对小脚!"他说:"是说一对裹小的脚。"这是你的一个发见!

我个人的看法是:这里可能止是写"两只好看的脚","或敲或并,没半刻斯文",不一定是小脚,两只小脚未必能有这样活泼?但我不敢坚持此说。尤、秦两家出身不高明,可能不是旗人。

关于《红楼梦》里记的西洋进口的物品,从前已有方豪(天主教的学人)先生等作专文指出过了。大谈太祖皇帝南巡,贾家、甄家、王家接驾的故事是曹寅在江宁织造任内的实事。凤姐说,

"我们王府里也预备过一次。那时我爷爷专管各国进贡朝贺的事,凡有外国人来,都是我们家养活。粤、闽、滇、浙所有的洋船货物都是我们家的。"

那时曹寅任江宁织造,二十一年之久,李煦(曹寅妻兄)任苏州织造,二十九年之久,还有久任杭州织造的孙文成,似也是他们的亲戚,这三个织造是和外国贸易有很大关系的,故"洋船货物都是我们家的",并不是过分的"吹"了。

你说那些"吃、穿外国东西"……都在八十四回之内,偶有写衣服的,"都是很平常",甚至于九十七回写新妇宝钗也只有"盛装艳服,丰肩软体"那么几个字。你因此"不由得不怀疑前八十回与后四十回是一个人的手笔"。这也是一个很有趣味的发见。

古话说,"三世仕宦,才懂得穿衣吃饭。"你的观察是很有理的。

关于你喜欢宝钗,而不大喜欢黛玉,我也大致赞同你的看法。曹雪芹写宝钗,下笔很委婉,似乎没有多用贬词,但有两三处是有意写宝钗的深谋远虑的。如金锁片上刻词,与玉上刻词是"一对",是一例。如二十七回滴翠亭上听了小红坠儿的私语,宝钗用的"金蝉脱壳"的法子,笑着叫道,"颦儿,我看你往那里藏!"是一个更明显的例。你说是吗?

我今年把我藏了三十多年的《甲戌本脂砚斋重评石头记》影印出来了,预约卖了一千四百部,我自己留下了一百部,快送完了。今托燕娟寄一部给你看看。

祝你们都好。

　　　　　　　　　　　适之　一九六一.十.十四夜
　　　　(见胡颂平《胡适之先生年谱长编初稿》第十册)

题刘铨福的《竹楼藏书图》

王霭云先生收藏的常州庄少甫画的《竹坳春雨楼藏书图》，有代州冯志沂的记，有贵筑黄彭年的后记，图与记都是刘宽夫和他的儿子子重两代的传记资料，我最爱冯君说子重藏书。

喜借人观，庋书连栋，蹴几榻取异，无倦色……又多巧思，时出己意教肆工潢治之，无金玉锦绣之侈，而精雅可爱玩。朋友游书肆，见异本，力不能致者，多乐以告君，谓书入他人家不若在君家为得所也，以故，君藏书日以富。

三十多年前，我初得子重原藏的《乾隆甲戌脂砚斋重评石头记》十六回，我就注意这四本书绝无装璜，而盖有刘子重的私人印章八颗之多，又有他的短跋四条，都很有见地，装璜无金玉锦绣之侈，而能细读所收的书，能指出其佳胜处，写了一跋又一跋——这是真正爱书的刘铨福先生。

胡适敬记　一九六一.十一.三
（收入《胡适手稿》九集）

《红楼梦》问题最后一信

（答金作明书）

作明先生：

谢谢你二月十二日"清晨四时三十分"的信。

你喜欢搜集《红楼梦》的版本，又晚上做工直到"清晨"——这都是我年轻时的弱点，我欢迎一位同好！

青石山庄影印的百廿回活字排本《红楼梦》是用"程乙本"作底本影印的。最重要的证据是卷首的乾隆五十七年"壬子花朝后一日小泉兰墅又识"的"引言"六条，特别是其中第一条说的"因急欲公诸同好，故初印时不及细校，间有纰缪。今复聚集各原本。详加校阅，改正无讹"。这一点大概是你"也深信不疑"的理由之一。

你指出的一些不同的地方大概都是可以解释的。"版幅的大小"，我颇疑心汪原放君的记录颇不正确，他把公分认作"米突"，就是大错了的。他所谓"本子的大小"也是不清楚的说法。韩镜塘先生（青石山庄主人）是在工专教工程的，他的记录可信。（汪君记的"十三、五"必有错误。）"装订"廿册或廿四册，是随人意趣与方便的。廿四册大概分装四套，廿册则有时装两套。

程伟元序，青石山庄本所据底本显然有残破之处，有钞补之处，第一叶全叶是钞补的。

但此序文字确有前后不同的三种文字，如首句即有三本：

　　程甲本　"《红楼梦》小说本名《石头记》"（见一粟编的《红楼梦书录》页一五）

　　程甲乙本　"《石头记》是此书原名"（我所见本）

　　程乙本　"《红楼梦》是此书原名"（韩君所藏本）

《目录》，你引的例子第四回程甲乙本皆作"判断"，第十八回程甲本作"呈才藻"（见《书录》），乙本最初是作"呈才藻"的，韩君所藏程乙本则改作"献词华"，此是因为上句"省父母"末字仄声，故下联末句改平声。

　　看此几项文字上的异文，可知"程乙本"在乾隆壬子"详加校阅"之后，还经过一些小小的文字修改。

　　你看如何？

　　　　　　　　　　　　胡适　一九六二.二.二十

　　　　　　　　　　　　（载《作品》第三卷第四期）

附　录

一九六一年二月十八日与胡颂平的谈话

二月十八日（星期六）　胡颂平翻看《香艳丛书》第四集卷二十一本，收的都是关于《石头记》方面的诗文。其中《读红楼梦杂记》是"愿为明镜室主人"撰的。先生说："这个'愿为明镜室主人'就是旌德的江顺怡，字秋珊；是我太太的上一代的人。"

胡颂平问起寿鹏飞的《红楼梦本事辨证》。先生因而谈起"当年蔡先生的《红楼梦索隐》，我曾说了许多批评的话。那时蔡先生当校长，我当教授，但他并不生气，他有这种雅量。他对《红楼梦》的成见很深，像寿鹏飞的《红楼梦本事辨证》，说是影射清世宗与诸兄弟争立的故事，我早已答复他提出的问题。到了十五年，蔡先生还怂恿他出这本书，还给他作序。可见一个人的成见之不易打破。"

一九六一年四月七日与胡颂平的谈话

今天先生对胡颂平谈起俞平伯的《红楼梦校本》，说："这部书，平伯的确花了一番工夫。第二第三本是前八十回，第三本六九二页，全是校勘的文字。光是校勘的文字就有一百一十万字。现在还不能全部付印，只印一些校正的文字。第四本是《红楼梦》的后面四十回，从八十回到一百二十回，作为附录。《红楼梦》是经过不少人的修改而成的，最后四十回如果没有高鹗的续成,不晓得给别人会写成什么样子？当初有了刻本之后,大家都不注意抄本了；到了大家研究怎样修改的经过,于是才来注意抄本了。我的《甲戌本脂砚斋重评石头记》的可贵,就在于此。当时许多的批注,或写一点有关《红楼梦》的文章,大都是南方的文人当作宝贝来写的,他们不懂考证,又不懂校勘,像你昨天看的那本《红楼梦题记》,甚至收些女人的东西,见解很陋,毫无价值。"

一九六一年五月六日的谈话

中饭时,先生谈起：

过去亚东图书馆的印书是不计成本的。他们为了程乙本,就全部另外排过,标点符号都要注意,校对又精。他们几个人在各种杂志上随时注意我的文字,随时收录,过了几年,编了一个目录送我,那些可以保留,那些应该删节,有没有遗漏,还应该增补什么？我把目录整理之后,他们就付印了。如果没有他们的热心收录,我的文章都散佚了,那有这几部文存？他们保存我的文章是有大功的。

抗战胜利之后,这个书局欠了大批的债。他们对我说,他们十年来不曾付我的版税,寄给我的家,觉得很抱歉。我劝他们把纸版卖给商务,卖来的钱先还别的债主；我的版税可以不付了。真正说起来,现在此地几家翻印的,都是商务的版权。

先生又说：

我上午写的《脂砚斋重评石头记》影印本新跋,是从四十年来《红楼梦》的新材料发现很多写起,已经写了三千字,还不曾谈到影印这部十六回的事。我是用乾、嘉以来一班学者治经的考证训诂的方法来考证最普遍的小说,叫人知道治学的方法。当年我做《红楼梦》考证,有顾颉刚、俞平伯两人在着一同做,是很有趣的。开始作《水浒传》考证时,只有我一个人。这篇文章的上半段,叫胡颂平先看一遍,暂时不要编页数,怕还有改动。

一九六一年五月八日的谈话

五月八日(星期一),先生将昨夜写好的《石头记》影印本跋文上半段考证的主文只提出两个问题,一个是《红楼梦》的作者问题,一个是《红楼梦》的本子问题。

文内追忆四十年前,靠了南阳张嘉谋的一句指示,才去翻读杨钟羲的著作,才从《雪桥诗话续集》卷六里寻得一条记载,才知道雪芹名霑,是曹寅的孙子,不是他的儿子。至于《红楼梦》的本子,在四十年前,绝对没有梦想到八十回的《红楼梦》的原抄本都是有总评,有夹评,还有眉评的脂砚斋重评本!

到了十点多,先生问胡颂平看了上半段五千字的跋文之后,认为怎样?胡颂平说:"我看了一遍,知道四十年前的两个问题,得了一个非常清楚的概念;这样作一个总结,不是很好吗?"先生说"这样写下去,可能要有一万五千字,还是要删得短些,只留一个架子;改作第二段也可以。"

先生又说:"我当初看惯了百二十回的《红楼梦》,不知道原稿就是有批的,到现在明白了,原稿才是有批的。这个甲戌本是最早的钞本,那部脂砚斋批的八十回本,已比我的晚了一些时了。到了后来江南一般有批的,那是迂腐的文人或是女子批的,跟原批是不相干的。我还要仔细的想一想,究竟怎样来删成最简单才好。"

一九六一年五月九日的谈话

下午,先生的新跋文写到《石头记》十六回抄本的收藏家刘铨福的时候,说:"刘铨福在一百多年前就知道了这个抄本的可贵,实在是不容易的。我应给他提一提。这个抄本上的'专祖斋'三字的图章是刘铨福的斋名。还有一个'仿眉'的图章,大概是女人的图章。"先生谈到此时,拿出刘铨福写的一封短札,下面有一个"謻耆"图章,问胡颂平认不认得这是什么字。胡颂平怕认错了篆字,于是到中央图书馆去请教苏莹辉。苏莹辉说是"慎重"二字。慎字古文作昚,也作耆;耆是重字。回来告诉了先生。先生知道是问过苏莹辉的,要胡颂平谢谢他。说:"篆字到了胡澍(字甘伯,绩溪人)、赵之谦(㧑叔)两个人,篆字是写得有个性了,但不照六书的写法,后来的篆刻都乱了。"

一九六一年六月二十一日的谈话

今天先生用有正书局戚本(大字本)来校《脂批庚辰本红楼梦》,光就七十五回的校对,发现庚辰本的错字甚多,有些地方遗落了四五十字,如尤氏说:"你是探花榜眼,古今第一才子……"一大段,抄本全遗漏了。但有些地方,如贾政要宝玉写的中秋即景诗,诗是遗漏了。还可以看见遗漏的痕迹。用这戚本与庚辰本来校勘,可以互相发明原来的样子。先生颇有将这戚本大字本影印行世的愿望。

先生说:"我对《红楼梦》最大的贡献,就是从前用校勘、训诂考据来治经学、史学的,也可以用在小说上。校勘必须要有本子;现在本子出来了,可以工作了。"

(以上六则谈话,均见胡颂平《胡适之先生年谱长编初稿》第十册。)